LES MAÎTRES
DU PENTACLE

MARIO FECTEAU

LES MAÎTRES
DU PENTACLE

OUEST

ÉDITIONS
**MICHEL
QUINTIN**

Catalogage avant publication de Bibliothèque et Archives nationales du Québec et Bibliothèque et Archives Canada

Fecteau, Mario

    Les maîtres du Pentacle

    Sommaire: t. 1. Nord -- t. 2. Ouest.

    ISBN 978-2-89435-420-9 (v. 1)
    ISBN 978-2-89435-439-1 (v. 2)

    I. Titre.

PS8611.E395M34 2009   C843'.6   C2009-941492-9
PS9611.E395M34 2009

Infographie : Marie-Ève Boisvert, Éd. Michel Quintin
Illustration de la couverture : Boris Stoilov
Illustration de la carte : Mathieu Girard

 Le Conseil des Arts du Canada
The Canada Council for the Arts
 Québec
 Patrimoine canadien   Canadian Heritage

La publication de cet ouvrage a été réalisée grâce au soutien financier du Conseil des Arts du Canada et de la SODEC.

De plus, les Éditions Michel Quintin bénéficient de l'aide financière du gouvernement du Canada par l'entremise du Programme d'aide au développement de l'industrie de l'édition (PADIÉ) pour leurs activités d'édition.

Gouvernement du Québec – Programme de crédit d'impôt pour l'édition de livres – Gestion SODEC

ISBN 978-2-89435-439-1

Dépôt légal - Bibliothèque et Archives nationales du Québec, 2009
Dépôt légal - Bibliothèque et Archives Canada, 2009

© Copyright 2009

Éditions Michel Quintin
C.P. 340, Waterloo (Québec)
Canada J0E 2N0
Tél. : 450 539-3774
Téléc. : 450 539-4905
www.editionsmichelquintin.ca

09-GA-1

Imprimé au Canada

L'auteur remercie le Conseil des Arts du Canada pour l'aide accordée à l'écriture de ce roman.

Cinq régions, cinq morceaux, cinq compagnons
Un pentacle, une force, une mission

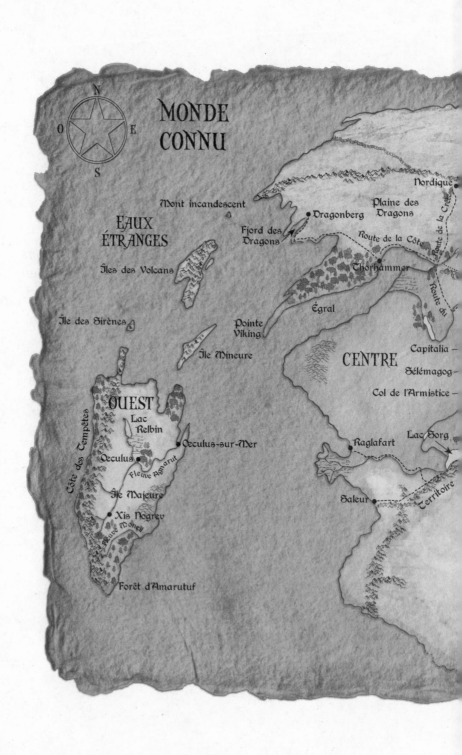

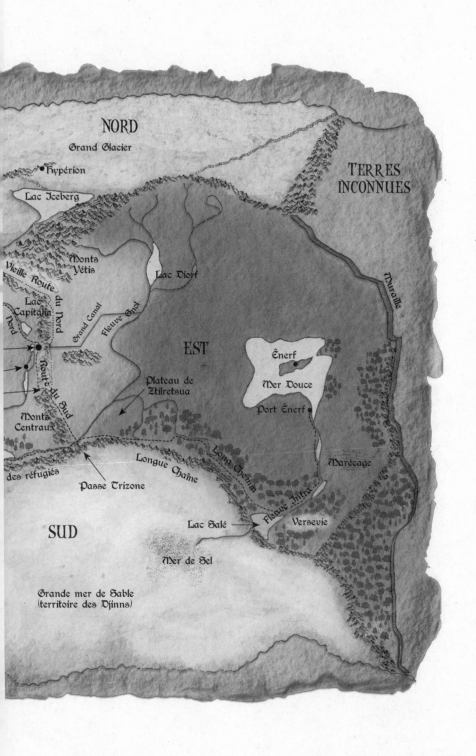

PROLOGUE

Dans un lointain passé, des guerres fréquentes divisaient les cinq peuples majeurs du Monde connu, les centaures, les cyclopes, les humains, les géants et les versevs. Pour mettre un terme définitif à ces violences incessantes, cinq magiciens représentant respectivement chacun de ces peuples acceptèrent de former un gouvernement central, le Conseil des sages, pour diriger l'ensemble du Monde connu. Dans le but d'éviter une reprise des conflits, ils créèrent un Pentacle auquel ils insufflèrent le pouvoir de les empêcher de vieillir. Ils évitaient ainsi les différends éventuels dans le choix de leurs successeurs.

La magicienne humaine apprécia le pouvoir au point de se proclamer déesse. Sournoisement, elle profita de l'absence de ses collègues pour briser le Pentacle, ce qui tua trois magiciens, car les pouvoirs de l'objet étaient désormais confinés à la seule capitale. Devenu un vieillard, le magicien centaure eut tout de même le temps de revenir dans la ville avant de mourir de vieillesse. La magicienne devint Lama-Thiva, la déesse-reine. Elle régnait par la force depuis 800 ans. Mais elle souhaitait encore plus.

Lama estimait que la violence était issue de l'existence de différentes espèces et même de la séparation des êtres vivants en deux sexes. Elle décida donc d'introduire une nouvelle espèce, les hermaphroïdes, qui remplaceraient toutes les autres qu'elle ferait ainsi disparaître. Après plusieurs décennies d'échecs, ses recherches lui permirent de créer ces créatures, ce qui alarma son collègue magicien Pakir-Skal, le grand sage, qui chercha à contrer le projet démentiel de la souveraine du Monde connu.

Huit cents ans plus tôt, Pakir avait fait récupérer quatre des morceaux du Pentacle brisé et les avait expédiés aux quatre horizons du Monde connu, soucieux d'empêcher Lama de le reformer et de reprendre tous ses pouvoirs. Par la suite, il avait découvert que si on réunissait les morceaux sans user de magie, le Pentacle perdrait tout pouvoir et la déesse périrait, libérant toutes les espèces de sa tutelle.

Pakir avertit un ami centaure, Nolate, qui constitua un groupe composé d'Aleel, une cyclope, de Sénid, un humain du peuple viking, et de Twilop, la première hermaphroïde conçue par Lama, que Pakir avait convertie à sa cause. Ils choisirent le Nord comme première destination. Le groupe souhaitait aussi former une coalition des peuples du Monde connu pour combattre les armées du Pentacle. Les Vikings étaient ceux qui avaient le moins subi l'influence de Lama et ils seraient donc plus faciles à convaincre.

Le groupe se joignit à une caravane partant pour le Sud afin de leurrer d'éventuels espions quant à sa destination véritable. Après une attaque par une bande de pillards, Elbare, un versev qui voyageait dans la même caravane, se joignit à la mission, car Lama avait toujours méprisé les siens. Les cinq compagnons quittèrent la caravane et partirent pour le Nord.

Ils se perdirent dans les montagnes et durent leur salut aux yétis, qui les escortèrent à travers leur territoire. Une fois sauf en territoire viking, le groupe rejoignit l'ancienne cité d'Hypérion et y fouilla jusqu'à trouver le morceau de Pentacle qui y reposait depuis huit siècles. Par la suite, les compagnons tentèrent de rejoindre Thorhammer, la capitale viking, afin d'exposer leur projet au gouvernement du Nord. Lama avait cependant lancé ses troupes à leur recherche, ce qui obligea le groupe à changer sa destination pour Dragonberg, ville natale de Sénid.

Le détour amena toutefois les cinq amis à traverser le territoire des dragons. Ils tombèrent en même temps sur une patrouille du Pentacle et sur trois de ces monstres. L'ennemi commun amena les deux groupes à combattre côte à côte les êtres cracheurs de feu. Des secours venus de Dragonberg permirent aux survivants d'échapper à une mort atroce. Et Dragonberg accepta de se soulever contre Lama-Thiva.

Le groupe devait à présent chercher le second morceau, à l'Ouest, au pays des cyclopes...

CHAPITRE 1

Les trois drakkars étaient amarrés au quai. Quelques Vikings s'affairaient autour des navires, y transportant caisses, barriques et autres fournitures nécessaires au voyage. Aux dires des navigateurs du Nord, la traversée jusqu'au pays des cyclopes ne serait qu'une affaire de routine : de dix à quinze jours, selon la collaboration du climat. Nolate soupira. La peur atavique des centaures pour les voyages sur l'eau le rendait nerveux. Il priait Equus pour qu'il leur accorde des vents favorables.

Autant qu'il pût en juger, il semblait au centaure que les navires vikings étaient prêts à l'appareillage. Il se trompait peut-être, cependant, car il avait pensé la même chose la veille. Sénid affirmait au contraire qu'il fallait embarquer d'autres réserves avant le voyage et attendre une marée propice au départ.

Nolate laissait de bonne grâce ces détails à Sénid et à ses compatriotes. Humains, cyclopes et géants naviguaient volontiers, mais les centaures fuyaient tout ce qui dépassait la taille d'un étang. La vue de l'océan rendait à elle seule les centaures nerveux. Paradoxalement, leur capitale se trouvait en bord de mer. Ils avaient donc érigé une haute muraille qui cachait les flots et, de plus, les quartiers des ambassades et ressortissants étrangers mettaient encore plus de distance entre l'eau et les huttes centaurines.

Les hautes montagnes qui cernaient Dragonberg le rendaient tout aussi anxieux. Ce n'était pas tant la hauteur des parois que leurs flancs abrupts qui leur conféraient un air menaçant. Ces murs de pierres atteignant par endroits le kilomètre de hauteur lui faisaient parfois l'effet d'un étau prêt à se refermer sur la petite ville. Nolate se demandait comment il avait pu en parcourir les sentiers, trois semaines plus tôt. Les silhouettes qu'il apercevait sur la route de Thorhammer paraissaient aussi petites que des fourmis.

Il connaissait les voyageurs qui remontaient en ce moment le sentier serpentant sur le flanc de la montagne. Cette délégation venue de la capitale viking avait séjourné trois jours à Dragonberg. Nolate lui avait expliqué le projet de Lama-Thiva en long et en large. Les délégués n'avaient pas caché leur scepticisme et ils avaient multiplié les questions, reprenant souvent les mêmes interrogations en des termes différents.

— Croyez-vous vraiment que la déesse peut réussir à transformer tous les êtres du monde connu ?

— Comment le soulèvement que vous proposez empêchera-t-il cette transformation ?

— Serons-nous seuls ou si d'autres peuples se soulèveront avec nous ? Un échec de cette rébellion pourrait inciter Lama à installer une force d'occupation dans le Nord.

Nolate avait repris patiemment les mêmes arguments qui avaient convaincu Aleel et Sénid, puis le Conseil de Dragonberg. Persuader le Nord de la nécessité du soulèvement représentait un des points les plus délicats de sa mission. Si le Conseil de Thorhammer avait refusé d'endosser l'appui que leur consentaient leurs collègues de Dragonberg, cela aurait créé un schisme au sein même du monde viking. Et comment pourrait-il convaincre les cyclopes et les siens, plus tard, dans le Sud ? L'appui des Vikings constituait pour lui un argument de poids.

C'était Twilop qui les avait convaincus, ou plus précisément l'existence de l'hermaphroïde. Ils avaient étudié scrupuleusement la créature issue de la folle imagination de la déesse. Twilop s'était laissée examiner, non sans une certaine gêne et un peu d'agacement face à l'insistance de certains délégués. Nolate ne la remercierait jamais assez de son abnégation pour la cause.

La délégation arrivait au plateau à mi-pente, ravivant l'amer souvenir des événements qu'ils y avaient vécus lors de leur arrivée à Dragonberg. Le voyage pour trouver le premier morceau avait été assez pénible ; mais, en dépit des épreuves affrontées, ils n'avaient déploré aucune perte de vie dans leur équipe. La traversée de la plaine des dragons aurait dû constituer le dernier danger jusqu'à la ville natale de Sénid. Même la patrouille du Pentacle qui les avait interceptés aurait pu être combattue avec succès.

L'attaque des dragons avait tout changé.

Les monstrueuses bêtes les avaient coincés au pire endroit possible, l'étroit sentier ne permettant pratiquement aucune fuite. Deux soldats avaient péri dans les flammes dès le premier assaut, transformant en un instant ces deux groupes ennemis en alliés. Leur fuite vers une caverne que Sénid connaissait pour y avoir souvent joué durant son enfance s'était achevée par une embuscade de la part des dragons. Il avait fallu le sacrifice du commandant de la patrouille pour leur permettre de trouver refuge dans la caverne.

Nolate ignorait les raisons précises qui avaient poussé le chef à se sacrifier pour ceux qu'il avait pour mission d'arrêter. Bien sûr, il avait aussi sauvé par la même occasion les trois soldats survivants de son unité. Pourtant, avant de se lancer dans une charge héroïque vers les dragons, c'était à Twilop qu'il avait parlé. Ce qu'il avait dit, le centaure n'en avait aucune idée. Mais depuis, l'hermaphroïde avait profondément changé. Elle avait mûri.

En fait, ce voyage avait changé tous les membres de l'expédition à des degrés divers. Le groupe disparate qu'il avait guidé sur la route du Nord formait à présent une équipe aux liens solides. Chacun avait utilisé ses forces pour compenser les points faibles des autres. Lors de la fuite devant les dragons, ils s'étaient mutuellement sauvé la vie sans hésitations.

Ce combat pour leur survie avait même eu un effet imprévu sur l'un des trois soldats survivants. Alors que ses deux collègues continuaient de jurer fidélité à Lama-Thiva, le troisième avait choisi de joindre les rangs de la rébellion contre la déesse. Borgar, d'origine viking, voulait désormais combattre aux côtés de ses compatriotes. Nolate ignorait s'ils devaient vraiment lui faire confiance, mais il avait néanmoins autorisé qu'on le laisse en liberté surveillée. L'ex-soldat apprenait même le maniement du bâton de combat à Twilop.

Ces événements remontaient à quinze jours seulement. Nolate avait l'impression qu'ils étaient survenus dans une autre vie. La quiétude de la petite ville viking contribuait à maintenir ce sentiment d'apaisement, sans toutefois lui faire oublier que leur mission devait se poursuivre. Dans quelques heures, ils se mettraient en route pour le pays des cyclopes. À première vue, ce serait un voyage paisible, une simple traversée océanique. Mais, pour un centaure, c'était une source d'angoisse irrépressible.

Nolate regarda les drakkars amarrés au quai et soupira à nouveau.

Des Vikings roulaient les barriques pleines du matériel nécessaire à la traversée jusqu'aux drakkars. Dans les navires, des hommes s'affairaient à arrimer solidement les tonneaux. Sénid n'avait plus voyagé en drakkar depuis plus de quatre ans, mais il se rappelait encore les voyages en haute mer. Les vaisseaux vikings, larges et d'un faible tirant d'eau, étaient aussi à l'aise sur l'océan que dans les rivières peu profondes. En mer, toutefois, il fallait compter avec le tangage et le roulis. Tout objet qui n'était pas convenablement fixé passait immanquablement par-dessus bord.

Sénid remarqua les dernières barriques, remplies de flèches et d'épées de rechange. Lorsque ces tonneaux seraient à leur tour arrimés, les navires n'attendraient plus que les membres d'équipage pour prendre la route d'Œculus-sur-Mer, la ville portuaire du pays des cyclopes. Sénid fronça les sourcils : il y avait beaucoup d'armes pour un simple voyage d'une quinzaine de jours au plus. Il se tourna vers Waram, son ami d'enfance, qui supervisait le chargement.

— Avons-nous vraiment besoin d'autant d'armes ? demanda-t-il.

— Les forbans sont particulièrement actifs depuis quelques mois, intervint un des Vikings chargés du transport des barriques.

Sénid avait entendu cette rumeur depuis son retour à Dragonberg, sans toutefois y prêter une attention particulière. Il était davantage préoccupé par les activités des patrouilles du Pentacle, toujours à leur recherche. Que ses compatriotes s'inquiètent des forbans au point de doubler la quantité d'armes à bord lui apprenait que le problème s'avérait plus sérieux qu'il ne l'avait cru.

— C'est grave à ce point ? Nous sommes des Vikings, tout de même, des guerriers accomplis !

— Je t'assure que nous n'exagérons pas, répliqua l'homme au tonneau. Ces pirates deviennent de plus en plus arrogants mois après mois.

Le Viking se remit à pousser sa barrique et la roula vers les drakkars. Sénid le regarda charger le tonneau sur le bateau le plus près. Il remarqua que l'équipe responsable de gréer les navires embarquait elle aussi des lances et des épées en surplus. Visiblement, ils voulaient éviter d'être pris au dépourvu, même si Sénid avait de la difficulté à croire les forbans assez idiots pour attaquer une expédition composée de trois drakkars.

Son regard croisa celui de Waram, qui semblait deviner ses pensées.

— Nous nous interrogions justement sur les raisons de leur audace, commenta son ami. D'habitude, la marine du Pentacle effectue un certain contrôle sur les activités de ces bandits. Les plans de Lama sont sans doute pour quelque chose dans leur regain d'activité.

Sénid fut sur le point de rétorquer que le projet de changer les êtres pensants du Monde connu en hermaphroïdes n'avait aucun lien avec la témérité des forbans. Il se ravisa bien vite en réalisant la finesse du raisonnement de Waram. Bien entendu, il savait comme tous les habitants du Nord que la marine du Pentacle était corrompue et qu'elle exerçait un chantage sur ces malfaiteurs. Elle les laissait piller quelques navires en échange d'une part des richesses volées. Elle devait néanmoins maintenir un semblant d'ordre et Lama laissait faire tant que les troubles ne prenaient pas trop d'ampleur.

Comme la déesse se concentrait désormais sur son projet dément, elle s'occupait de moins en moins des affaires de son royaume. Les marins du Pentacle avaient compris qu'ils pouvaient augmenter leurs exigences sans attirer l'attention de la souveraine. Les forbans, qui voyaient leur profit soudain diminuer, multipliaient les attaques contre les navires marchands pour acheter leur liberté d'action auprès de la marine corrompue.

Lama ne s'était jamais souciée de faire arrêter définitivement ces forbans. Cela confirmait à quel point elle se préoccupait peu du bien-être de ses sujets. Sénid se remémora l'attaque des pillards sur la caravane, au col de l'Armistice. Alors que Nolate, Aleel et lui s'efforçaient de secourir les passagers, les soldats du Pentacle accordaient priorité à la protection des marchandises.

C'était une raison de plus pour renverser Lama-Thiva.

— La prudence est de mise, approuva Sénid. L'importance de notre mission justifie toutes les précautions.

Après les obstacles qui avaient parsemé leur expédition vers Hypérion, il avait cru que la traversée jusqu'à l'île Majeure ne constituerait qu'une formalité. Il ne pouvait qu'espérer que cette menace potentielle n'entamerait pas le moral de ses compagnons de mission. Sénid comptait les rassurer en leur rappelant la vaillance et la force de frappe de ses compatriotes. Il n'y avait peut-être plus de guerre depuis la prise de pouvoir de Lama, mais les Vikings maintenaient leur puissance de combat active pour contrer le piratage.

Sénid avait la conviction que la traversée se déroulerait malgré tout sans anicroche. Il s'inquiétait davantage de la façon dont les compatriotes d'Aleel les recevraient. La cyclope se faisait rassurante quant à l'accueil sur lequel ils pouvaient compter. Mais elle restait étrangement discrète sur les raisons de cette confiance.

Sénid n'avait voyagé en pays cyclope qu'une fois dans sa vie, peu avant ses quinze ans. L'expédition commerciale n'avait toutefois pas remonté l'Agnarut jusqu'à la capitale, Œculus. Il gardait un excellent souvenir des gens d'Œculus-sur-Mer, qui semblaient toujours accueillir les visiteurs comme s'ils recevaient des parents lointains trop longtemps absents. Ils seraient effectivement bien reçus dans la capitale si cette hospitalité reflétait l'attitude de l'ensemble du peuple des cyclopes.

Le Viking redoutait cependant que la chaleur de la réception ne baisse d'un cran lorsqu'ils révéleraient les raisons de leur visite. Peut-être que le roi Sirrom VII, souverain des cyclopes, refuserait de les croire en dépit de la présence de Twilop, pour les livrer aux troupes du Pentacle afin de s'assurer les bonnes grâces de la déesse-reine... L'hospitalité pouvait même se changer carrément en hostilité quand le roi saurait que leur projet était de provoquer la mort de Lama-Thiva.

Sénid continuait à croire que la partie la plus difficile de leur mission serait de convaincre les cyclopes de joindre la rébellion. Aleel, au contraire, maintenait que Sirrom VII verrait la justesse de leur cause et leur remettrait sans discuter le morceau de Pentacle avant de préparer ses troupes à la guerre. L'alliance entre Vikings et cyclopes marquerait le chant du cygne de la déesse, selon Aleel.

Il décida d'aller lui en parler encore une fois.

La mission n'avait rien d'un voyage d'agrément, Aleel l'avait fort bien compris. Dans une expédition de ce genre, il fallait voyager léger. Sur la route d'Hypérion, la perte de la mule avait fait cruellement comprendre au groupe la nécessité pour chacun de transporter lui-même ses bagages. Aleel s'efforçait donc de faire entrer tout ce qu'elle devait emporter dans un sac qu'elle porterait sur son dos. Adepte du combat au corps à corps, la cyclope ne voulait pas d'un sac qui aurait entravé ses mouvements.

— Je crois que je vais laisser ce lainage, lança-t-elle à Gnowyma, sa compatriote cyclope qui l'aidait dans ses préparatifs.

La femme de Waram sembla inquiète.

— Les nuits sont fraîches, commenta-t-elle. Sur les bateaux, les embruns font en sorte qu'il devient pratiquement impossible de garder sa couverture au sec. Je ne voudrais pas que vous preniez froid et tombiez malade faute de vêtements de rechange.

Aleel se fit rassurante.

— Nous allons vers le sud, rappela-t-elle. Nous nous retrouverons rapidement dans des eaux chaudes. Et le voyage ne durera que deux semaines au plus. De toute façon, nous venons de traverser des zones de neige et de glace qui nous ont habitués au froid.

Gnowyma hocha la tête, résignée. Elle récupéra le lainage et le posa sur la pile des vêtements qu'Aleel avait rejetés. La cyclope aux cheveux orange – les cyclopes arboraient une chevelure orange ou violette – lui fournissait des vêtements de sa garde-robe. Heureusement, les deux cyclopes étaient sensiblement de la même taille. Gnowyma insista néanmoins pour que sa compatriote prenne des bas de rechange en surplus. Aleel accepta, plus pour apaiser les craintes de son hôtesse que pour son propre confort.

La femme de Waram était une jeune personne d'une grande gentillesse. Aleel était contente, en fin de compte, de l'avoir rencontrée, ce qui ne serait jamais arrivé si toutes deux étaient restées en pays cyclope. Non seulement leurs occupations respectives auraient empêché leur rencontre, mais Gnowyma venait de l'île Mineure et se rendait rarement à Œculus.

Comme Aleel l'avait redouté, Gnowyma avait rapidement deviné son identité. Aleel avait craint le pire, mais elle était parvenue à la rencontrer en privé pour lui parler avant qu'elles ne se retrouvent devant les autres. Sa compatriote avait accepté de garder le secret de sa consœur. Elle s'était cependant montrée nerveuse les premiers jours, surtout lorsque l'ami de Sénid avait invité les membres de la mission à dîner. Tremblante et craignant sans doute de commettre un impair, elle avait laissé tomber deux plats au cours du repas.

Les deux femmes s'étaient rencontrées régulièrement et une certaine amitié était née entre elles, du moins, Aleel voulait-elle le croire. Elle avait dû insister pour que Gnowyma accepte de l'appeler par son prénom. Le temps manquait pour nouer une véritable relation d'amitié, à condition qu'une pareille chose eût été possible.

Les coups frappés à la porte arrachèrent Aleel à ses réflexions.

— Je vais voir, fit l'hôtesse.

Gnowyma revint quelques secondes plus tard en compagnie de Sénid.

— Je vois que tu achèves ton paquetage, commenta le Viking.

— J'ai terminé, répliqua Aleel. Quand partons-nous ?

— Nous serons prêts à appareiller demain en matinée. Nous profiterons de la marée pour descendre le fjord.

— Parfait ! Ça nous laissera le temps de passer une dernière bonne nuit de sommeil avant le voyage en mer. Heureusement, aucun problème ne nous attend cette fois sur notre route.

Sénid ne releva pas la dernière remarque. Aleel eut cependant l'impression qu'il ne partageait pas son point de vue. Cela l'étonna, car elle se rappelait les discussions des derniers jours, alors que le Viking répétait à ses compagnons d'aventure que la traversée serait une affaire de routine. Il s'était montré si rassurant que les autres avaient hâte de vivre leur première traversée océanique, qu'ils voyaient ce voyage comme un moment de calme avant les prochaines épreuves qu'ils auraient à affronter. Il n'y avait que Nolate pour appréhender cette partie du voyage, et encore, c'était en raison de sa crainte de l'eau.

Sénid se fit hésitant.

— J'aimerais te parler en privé, lança-t-il finalement en regardant fixement Aleel.

Gnowyma sourit.

— Vous n'avez qu'à aller dans le potager, proposa-t-elle.

Ils sortirent par la porte arrière de l'isba. Des murs en pierre à hauteur d'homme séparaient le domicile de leurs hôtes des habitations voisines. Là, Gnowyma avait aménagé un potager. Aleel fut émue en apercevant des tiges d'ail cyclope, reconnaissables à leur teinte plus foncée. Elle doutait que la plante parvienne à survivre dans un climat aussi froid, mais elle comprenait sa compatriote d'avoir tenu à recréer un peu de sa terre d'origine dans son pays d'adoption.

Sénid jeta un regard vers la maison, comme s'il tenait à s'assurer que la femme de son ami ne les observait pas.

— Je ne voulais pas parler de ce que je viens d'apprendre devant Gnowyma pour ne pas l'inquiéter, expliqua Sénid. La traversée risque d'être plus ardue que prévu...

Le Viking résuma sa conversation avec Waram concernant la recrudescence des activités des forbans. Aleel comprit aussitôt l'ampleur du problème. Les cyclopes étant aussi un peuple naviguant, ils subissaient également les attaques des pirates. Même si elle n'avait jamais été confrontée à ces criminels, elle réalisait qu'ils seraient peut-être amenés à combattre en pleine mer. C'était une expérience dont elle se serait passée volontiers.

— Et moi qui commençais à croire que nous ne rencontrerions pas de problèmes avant d'arriver à l'Est... fit Aleel.

Elle n'avait pas besoin de rappeler au Viking que Nolate considérait le morceau confié aux centaures comme étant déjà en leur possession. En fait, il appartenait à sa famille. Le cinquième étant aux mains de Lama elle-même, il faudrait que la révolution soit enclenchée pour leur permettre de se faufiler dans le palais de la déesse et de le récupérer. Le quatrième, dans le pays des géants, serait lui aussi difficile à reprendre.

— Si des forbans osent nous attaquer, fit Sénid, nous saurons les recevoir. Ils connaîtront la vaillance viking. Mais avant de songer au quatrième morceau et même au troisième, il faudra d'abord obtenir le second.

— Ah ! Voilà pourquoi tu voulais me parler en privé... Je te répète que les miens ne feront aucune difficulté pour nous remettre ce morceau. Est-ce donc si dur de me faire confiance ?

— Tu sais bien que non ! répliqua le Viking. J'aimerais seulement savoir d'où te vient ce débordement de confiance.

Aleel hésita tout à coup. L'insistance de Sénid lui rendait de plus en plus difficile la préservation de son secret. Avant la fin du voyage, ses compagnons de mission sauraient tout d'elle. Peut-être ferait-elle mieux de tout leur dire, sans attendre ? Sans le savoir, Sénid résolut son dilemme en choisissant de ne pas insister davantage. Il se retourna et quitta le potager, laissant Aleel seule, avec des sentiments partagés. Elle était soulagée et inquiète tout à la fois.

Comment la considéreraient-ils après leur séjour à Œculus ?

— Allez ! lança l'ancien soldat du Pentacle. Voyons ce que tu sais faire...

Twilop se mit en position défensive, les pieds bien à plat sur le sol et le bâton de combat à l'horizontale au niveau du sternum. Elle pourrait ainsi parer les coups portés aussi bien vers sa tête que vers ses jambes. À son grand étonnement, elle s'était découvert du talent pour cette forme de combat.

L'hermaphroïde raffermit sa prise sur le bâton, les mains distantes l'une de l'autre de la largeur de ses hanches. Le soldat lui avait montré les problèmes que rencontraient les combattants qui ne s'assuraient pas une prise convenable. Si on tenait les mains trop près l'une de l'autre, il devenait plus difficile de passer d'une série de mouvements à une autre. Au contraire, une prise des mains trop écartées ne permettait pas de placer le bâton à la verticale, ce qui rendait la protection de la tête et des jambes plus compliquée.

Borgar commença par une série de coups très simples, que Twilop n'eut aucun mal à parer. Pour ne pas être en reste, elle passa à l'offensive, obligeant même son instructeur à sauter pour éviter un coup aux chevilles. Le soldat enchaîna avec une botte que l'hermaphroïde ne lui avait pas encore vu faire. Il fit tournoyer le bâton entre ses mains, donnant à Twilop l'impression de se retrouver soudain devant les pales d'un moulin à vent. Il la frappa ensuite au mollet.

Elle fut au sol avant de réaliser ce qui lui arrivait.

— Désolé, s'excusa Borgar. Tu n'es pas blessée ?

— Non, ça va, répondit Twilop, en acceptant la main tendue du garde.

— Je n'aurais pas dû tenter ce mouvement à ce stade de ton entraînement, ajouta Borgar. Mes réflexes de soldat ont pris le dessus.

— Eh bien, je suis contente que vous ayez choisi de vous joindre à notre cause, commenta l'hermaphroïde. Vous nous serez d'une aide précieuse.

— Si tes amis me laissent vous accompagner ! Je ne crois pas avoir encore gagné leur confiance.

Twilop hocha la tête, sans prendre la peine de répondre. Elle connaissait la situation tout aussi bien que son instructeur. À la suite du combat contre les dragons, les trois soldats survivants de la Patrouille avaient été amenés à Dragonberg. Borgar avait manifesté le souhait de rallier leur cause et les Vikings avaient accepté de le laisser en liberté, non sans garder un œil sur lui. L'hermaphroïde pouvait témoigner qu'il n'avait jamais abusé de cette confiance.

— J'aurais aimé que les autres soldats se joignent aussi à nous, avoua-t-elle.

Borgar eut un sourire sans joie.

— Il ne faut pas trop leur en vouloir, expliqua-t-il. Ils sont du Centre et ils ont été endoctrinés dès l'enfance. Mes origines vikings ont contribué à m'inculquer une certaine réserve envers la déesse et ses politiques... On reprend ?

Twilop se remit en position. Borgar lui montra comment tenir le bâton pour parer les coups venant de la manœuvre du moulinet. Il s'agissait essentiellement de repérer à quel moment le combattant mettait fin au mouvement rotatif, car il lançait alors son attaque. Il fallait du temps pour développer le bon réflexe. C'était justement ce qui leur manquait, le temps, pour un entraînement approfondi. L'hermaphroïde s'efforçait d'assimiler le plus de notions possible avant le départ.

Elle n'était pas la seule à s'entraîner.

— À toi, Elbare ! lança Borgar.

Le versev se leva, saisit le bâton que lui tendait son amie et se mit à son tour en position. Twilop alla s'asseoir sur un rocher et but une longue gorgée d'eau du pichet qui y était posé. Elle regarda l'être végétal s'efforcer de parer les coups que Borgar lui portait. L'ancien soldat se contentait de coups de base et pourtant, il devait les espacer pour permettre à Elbare de trouver le moyen de les parer. Le versev avait commencé son entraînement en même temps que l'hermaphroïde, mais il apprenait nettement moins vite.

Saurait-il se défendre en cas d'attaque ? Au cours du voyage vers Hypérion, Twilop avait appris que les versevs n'avaient aucune aptitude pour le combat et qu'ils comptaient avant tout sur leur exceptionnelle capacité de camouflage pour survivre : il leur suffisait de plonger leurs orteils, en fait, des racines, dans un sol meuble pour se transformer aussitôt en arbre.

Seulement, pendant la traversée, il n'y aurait aucun sol dans lequel Elbare pourrait planter ses racines. Le versev avait donc souhaité apprendre quelques rudiments de combat, pour le cas où ils seraient appelés à affronter un ennemi en mer. Selon les récits de leurs hôtes vikings, il y avait des pirates dans ce secteur de l'océan. Sénid les avait rassurés en expliquant qu'ils évitaient les navires transportant des guerriers, mais cela n'avait pas apaisé les craintes d'Elbare.

Twilop était heureuse de mieux connaître le peuple courageux des humains du Nord. Cette mission lui avait permis de rencontrer des êtres valeureux et d'une grande noblesse d'esprit. Chacun de ses compagnons faisait preuve d'une grandeur d'âme qui forçait le respect. Ils n'avaient qu'une partie du voyage d'accomplie, mais l'hermaphroïde avait déjà été changée à jamais.

Elle sortit le pendentif et l'examina, songeuse. Le sacrifice du commandant restait une énigme à ses yeux. Certes, elle devinait qu'il avait agi de la sorte pour sauver ses hommes, car sans sa charge suicidaire contre les dragons aucun d'eux n'aurait survécu. Pourtant, au moment de choisir la solution ultime, le commandant de la patrouille avait remis l'objet à celle qu'il croyait libérer d'un kidnapping plutôt qu'à l'un de ses soldats. Il semblait aussi avoir accepté son récit pourtant difficile à croire, au sujet des intentions malveillantes de Lama.

Il avait parlé de sa famille qui vivait à Capitalia, sans fournir plus de détails. Saurait-elle retrouver sa femme et ses deux enfants ? Elle ignorait leurs noms et même l'âge et le sexe des gamins. Borgar pourrait peut-être le renseigner. Quoi qu'il en fût, Twilop s'était d'ores et déjà juré de les retrouver et de leur transmettre le dernier message de l'être aimé.

L'arrivée de Sénid l'arracha à ses pensées mélancoliques.

— Je dois vous parler, lança le Viking, sans préambule.

L'ancien soldat et Elbare cessèrent leurs exercices et Borgar récupéra le bâton du versev. Il prit une gorgée à même le pichet et se retourna. Twilop devina qu'il allait les laisser entre eux pour qu'ils puissent parler sans témoins. L'hermaphroïde en fut désolée. Borgar se donnait beaucoup de mal pour l'aider à devenir plus forte pour la suite de la mission, mais les autres ne voulaient pas encore lui faire confiance.

Sénid se tourna cependant vers lui.

— Attends, Borgar, fit-il. Ce que j'ai à dire te concerne aussi. Puisque tu souhaites nous accompagner, il faut que tu saches ce qui nous attend.

Twilop sentit une profonde reconnaissance lui réchauffer l'âme. Depuis qu'ils étaient arrivés à Dragonberg, elle avait fait l'objet de la curiosité générale et aussi d'une certaine méfiance. Borgar avait été le premier en dehors des membres de l'expédition à lui parler et à s'intéresser à elle en tant que personne et non comme objet de curiosité. Elle apprécia l'effort de Sénid à sa juste valeur. Dommage qu'il soit porteur d'une information inquiétante.

Il n'y avait rien d'agréable à apprendre que les forbans pourraient les attaquer au cours du voyage.

CHAPITRE DEUX

Ils étaient vingt. Sortis des geôles du Palais, les prisonniers se tenaient debout dans la salle, tremblants sur leurs jambes qui peinaient à les soutenir. Tous avaient terriblement souffert de leur détention. Malgré la pénombre, ils clignaient souvent les yeux, car cette faible lumière remplaçait l'obscurité presque complète des cellules. Certains avaient peut-être été enfermés pour des délits réels, mais la plupart l'avaient été seulement pour avoir déplu à un garde du Pentacle en refusant de payer sa protection. Lama se moquait des raisons de leur incarcération. Pour sortir de prison, ils auraient accepté n'importe quel marché et cela seul importait. Dans un instant, ils allaient servir ses desseins.

Le moment était venu de passer à une nouvelle étape dans la création d'hermaphroïdes. Grâce aux cocons préparés à l'avance, la déesse avait produit une cinquantaine de ces créatures. Elles étaient toutes fonctionnelles et d'une solide constitution – tout le contraire de Twilop –, mais à ce rythme il lui faudrait des décennies pour en peupler uniquement la capitale. Quant au reste du Monde connu, elle ne pouvait s'y rendre, puisqu'elle était confinée à Capitalia depuis qu'elle avait brisé le Pentacle.

— Avant de commencer, déclara Lama, je tiens à vous répéter que l'expérience à laquelle vous allez vous prêter va racheter vos crimes. Vous êtes de la racaille et ne méritez que le mépris. Pourtant, ma magnanimité vous permet de devenir enfin utiles à quelque chose.

Elle se tourna vers Nossanac, sa servante hermaphroïde. La créature installa la table pliante près de sa maîtresse et y posa le morceau de Pentacle. Lama regarda pensivement le bout de métal. Elle se demandait parfois ce qu'elle pourrait accomplir avec le Pentacle reconstitué. L'envie de faire rechercher les morceaux lui était souvent venue, au fil des siècles. Mais non, le danger était trop grand. Elle savait ce qui se produirait s'il était recomposé sans les formules adéquates. Lama ferma les yeux et plaça sa main au-dessus du fragment magique.

— *Edualc u ædan !*

Elle rouvrit les yeux. Les prisonniers, déjà affaiblis par leur détention, s'écroulèrent sous l'effet de la formule sédative. Lama passa la main au-dessus du morceau et se concentra. Elle sentit la puissance des forces surnaturelles s'infiltrer dans son bras, mélange de forces occultes et de magie blanche. Investie de la puissance du Pentacle, elle se sentit prête. C'était le moment de vérité.

— *Enat Nitram corju fa qakilp !*

Sa voix s'éleva, forte et assurée, se réverbérant contre le plafond de la salle. Pendant une seconde, il ne se passa rien. Puis, l'un des corps se mit à frémir, comme si le prisonnier avait décidé de se relever. Une substance sombre apparut plutôt et l'enveloppa rapidement. Les autres corps subirent le même sort. Une trentaine de secondes après l'unique injonction magique, chaque prisonnier avait disparu sous une masse brunâtre, qui se referma complètement sur eux. Sur le sol de la caverne, vingt cosses remplaçaient maintenant les vingt cobayes.

Quelque peu ébahie par la facilité avec laquelle la transformation s'était accomplie, Lama descendit dans la salle et marcha entre les gousses. Elles étaient identiques en tout point à celles qu'elle développait habituellement séparément pour y introduire ensuite une créature vivante. La méthode directe ne présentait donc aucune difficulté supplémentaire, pas plus que le nombre de cosses à produire. Lama ne ressentait aucune fatigue.

Souriante, elle comprenait enfin ce qui l'avait fait échouer pendant toutes ces années : au début, elle avait tenté de créer un être vivant à partir d'une cosse vide. Le succès obtenu avec Twilop mis à part, elle avait constamment échoué. La magicienne voyait à présent qu'elle avait pris le problème à l'envers. Il fallait partir d'un être vivant, la cosse pouvant être créée par la suite.

Bien que satisfaite, Lama devait aussi songer à ses autres affaires en cours. De repenser à Twilop ternissait légèrement sa joie. L'hermaphroïde que Pakir-Skal avait confiée aux soins du centaure Nolate manquait toujours à l'appel et, hormis un vague rapport concernant leur possible présence dans le Nord, aucun nouveau message n'était venu lui fournir une information étoffée et crédible. Lama se doutait que Pakir avait une bonne raison pour envoyer Twilop ailleurs qu'à la destination prévue. Il cherchait à contrer son grand dessein et elle devait découvrir comment il comptait s'y prendre.

— Range le morceau, ordonna-t-elle. Je poursuivrai l'expérience un autre jour.

Lama ne prit pas la peine de vérifier si Nossanac obéissait. Contrairement à ce qu'elle avait fait pour Twilop, la magicienne avait décidé de créer des créatures aussi dépourvues d'émotions que possible. L'hermaphroïde ne pouvait donc exprimer le moindre étonnement devant ce changement dans les habitudes de sa maîtresse. Elle ne pouvait pas non plus protester ou désobéir. Sans émotions, des êtres tous identiques ne pourraient que coexister en paix.

Lama se rendit à la petite salle d'audience et demanda au héraut de service de convoquer le général en chef des armées du Pentacle. Comme il était de coutume depuis des siècles, la personne appelée se présentait dans un délai très bref. Chacun au palais savait qu'il ne fallait pas faire attendre la déesse. Tous les quinze ou vingt ans, Lama n'hésitait pas à ordonner l'exécution d'un subordonné peu empressé. Chacun rivalisait par la suite pour obéir à ses moindres commandements avec un zèle frôlant l'excès.

Le chef des armées, un sexagénaire qui ne faisait pas son âge, se prosterna devant sa souveraine.

— Je suis à vos ordres, ma déesse !

Lama ne s'embarrassa pas de préambule.

— Général, je suis insatisfaite. Les troupes envoyées de par le monde n'ont pas retrouvé ma jeune protégée. Jour après jour, j'attends qu'on m'annonce la capture des ravisseurs et le retour prochain de cette jeune femme. Comment expliquez-vous l'échec de nos armées ?

Bien qu'apostrophé, le militaire ne laissa paraître aucune nervosité. Il savait garder son calme en toutes circonstances, un sang-froid qui le rendait particulièrement efficace. Pourtant, cela impliquait aussi un certain manque de servilité. Lama avait déjà assez de Pakir, contre qui elle ne pouvait rien. Si ce général cessait un jour de se montrer aussi compétent, ce manque d'humilité le conduirait tout droit au bourreau.

— Les territoires à couvrir sont vastes, déesse ! Malgré les effectifs envoyés aux confins du monde, il faut du temps pour mener ce genre de recherche. S'il y avait moyen de réduire le champ des investigations...

— Ce moyen existe, interrompit Lama. J'ai des informations suggérant qu'ils se trouvent en territoire viking. Je veux que tu envoies des renforts pour accélérer les fouilles au Nord.

— Ce sera difficile, ma déesse ! Nos effectifs sont répartis dans les cinq régions, justement pour rechercher les ravisseurs. À moins d'appauvrir nos principales garnisons, je ne sais pas trop où trouver ces renforts.

— Est-ce à moi de régler ces détails ? tempêta Lama. Tu as tes ordres !

— Oui, déesse. Il y a des troupes postées à Raglafart. Elles pourraient se rendre sur place par mer en quelques jours.

— Dans ce cas, conclut la déesse, envoie ces troupes fouiller le Nord. J'ai dit.

Le général se retira précipitamment pour transmettre les ordres de sa souveraine. Lama regarda le chef de ses armées s'éloigner en songeant à sa façon de discuter chacun de ses ordres. Apparemment, un certain relâchement s'était installé parmi ses serviteurs. Il lui faudrait imposer quelques sanctions pour leur rappeler à qui ils devaient leur poste et leur remettre en mémoire qu'ils pouvaient le perdre sur un seul mot de leur déesse.

Lama quitta la salle d'audience et retourna à ses expériences.

Quelques sapins poussaient près d'un rocher, non loin du quai de Dragonberg. Un arbuste tropical trônait à leur pied. Un étranger en aurait été surpris et aurait pu croire à un souvenir ramené du Sud par un navigateur viking. Il se serait étonné que le végétal ait pu survivre dans un climat aussi rigoureux. Il ne s'y trouvait en fait que depuis quelques heures. Sous sa forme sylvestre, Elbare se nourrissait. Difficilement.

La mince couche d'humus permettait à peine au versev d'y enfoncer ses orteils racines qui touchaient même le roc sous son pied droit ! De plus, le sol était assez pauvre en nutriments et fortement acide, en raison de la décomposition des aiguilles des conifères. La nostalgie des sols riches et gras de sa Versevie natale fit soupirer Elbare. Ici, il n'avait pas trop le choix.

Dans quelques heures, ils appareilleraient pour l'île Majeure et le pays des cyclopes. D'après leurs hôtes vikings, le voyage durerait de dix jours à deux semaines, selon les vents. Ils avaient prévu un seul arrêt en chemin pour renouveler les provisions d'eau. Le reste du temps, Elbare ne trouverait aucun sol pour y planter ses racines et devrait s'alimenter de façon animale. La méthode était bien moins efficace ; aussi, le versev préférait-il se nourrir à même ce sol, aussi pauvre fût-il, avant le jeûne forcé.

— Elbare !

Nolate avançait vers lui. Le versev extirpa ses racines du sol et reprit aussitôt sa forme bipède. Le centaure s'arrêta un instant, apparemment surpris d'être témoin de la transformation. Ce n'était pourtant pas la première fois qu'Elbare changeait de forme devant lui depuis que Nolate l'avait accepté dans son équipe. Le centaure hocha la tête en souriant.

— Je crois que je ne m'y ferai jamais tout à fait, admit-il.

— L'ennemi non plus, souhaitons-le, rétorqua le versev en secouant ses pieds pour déloger la terre agglutinée entre ses orteils. J'espère seulement que ce don servira notre cause tout au long de notre mission... Vous souhaitiez me parler ?

— Je venais t'annoncer que nous sommes prêts pour le départ. Les autres embarquent en ce moment sur le drakkar qui nous est assigné.

Elbare suivit le centaure vers le quai. Il examina encore une fois les navires. D'une vingtaine de mètres de longueur, chaque drakkar possédait un fond large et plat, ce qui lui permettait de naviguer dans les eaux de faible profondeur. Le mât unique portait une voile, repliée pour le moment. La proue se terminait par une pointe montant à quatre mètres au-dessus du bastingage. Cette pointe s'enroulait sur elle-même, à la manière des têtes des jeunes fougères. Contrairement aux légendes, aucun des trois navires n'arborait une figure de proue à l'effigie d'un dragon.

Sénid avait souri lorsque Elbare en avait fait la remarque. Le Viking avait expliqué que son peuple ne nommait jamais ainsi leurs navires dans sa langue. L'appellation *drakkar* signifiait bien *dragon*, mais provenait d'une erreur de traduction commise par les géants des siècles plus tôt, avant l'avènement de Lama. Personne n'avait corrigé l'erreur, même chez les Vikings. Ce nom était devenu un moyen de susciter la crainte chez les ennemis.

Des habitants de Dragonberg étaient venus saluer le départ des guerrières et guerriers. Personne ne semblait particulièrement inquiet ; on croyait à un voyage de routine. La plupart ignoraient le but de la mission, gardée secrète autant que possible, et les voyages vers le pays des cyclopes étaient chose fréquente. Seule la présence des non-humains attisait la curiosité.

Le versev traversa la foule qui attendait sur la berge. Il grimpa dans le drakkar assigné aux membres de l'expédition et s'installa entre Aleel et Twilop, près de la poupe. Les Vikings se mirent vite au travail. Deux hommes retirèrent les cordes qui retenaient le navire au quai et sautèrent à bord pendant qu'un groupe utilisait des rames pour pousser contre l'embarcadère. Lentement, sans que le moindre mouvement soit vraiment perceptible, le drakkar se dégagea pour flotter sur les eaux calmes du fjord.

— Allons-y, à présent !

Sous l'injonction d'une Viking, des rameurs des deux sexes s'assirent sur les bancs disposés de chaque côté du navire. Rapidement, avec une économie de mouvements qui révélait leur grande expérience de la navigation, les Vikings placèrent les rames dans les fentes prévues à cet effet dans la coque et commencèrent à manœuvrer. Elbare sentit l'accélération et remarqua comment le drakkar fendait les eaux en laissant un sillage à l'arrière.

Twilop regardait aussi dans cette direction.

— Je croyais que nous serions davantage secoués, s'étonna-t-elle.

— Ces falaises nous protègent du vent, supposa Elbare en montrant les parois du fjord. En pleine mer, j'imagine que ce sera bien différent.

— En fait, pas tellement, intervint Aleel. Il faut assez peu de vent pour gonfler les voiles d'un navire et ce mode de propulsion assure une poussée continue, sans les à-coups des rames. Nous ne serons vraiment secoués qu'en cas de tempête.

— Espérons que le beau temps se maintiendra, ajouta Nolate.

Elbare ne pouvait qu'approuver le souhait du centaure. Une traversée calme leur permettrait de rejoindre le pays des cyclopes frais et dispos et d'oublier un peu les mésaventures du voyage vers Hypérion. Selon Aleel, ils n'auraient aucune difficulté à y obtenir le second morceau du Pentacle. Le versev se rappelait comment il avait presque perdu la vie à deux reprises dans la quête de la première pièce. Twilop l'avait sauvé lors d'une avalanche et Sénid avait empêché des soldats qui l'avaient pris pour un arbre de l'attaquer à la hache.

Elbare regarda les rameurs. Les Vikings plongeaient les rames dans l'eau et les relevaient avec un tel synchronisme que le versev avait de la difficulté à croire que personne ne rythmait la cadence. Son regard croisa celui de Sénid, au centre de la rangée de rameurs de gauche. Le Viking lui décocha un clin d'œil complice. Elbare trouva le signal rassurant. Que leur ami se montre si optimiste ne pouvait être que de bon augure pour la suite de la mission.

Les drakkars franchirent un coude du fjord et l'embouchure du bras de mer fut finalement en vue. Nolate sentit une légère appréhension se mêler à sa curiosité. Ils avaient quitté Dragonberg depuis deux heures environ et, au fur et à mesure que les navires descendaient le fjord, le centaure s'était senti de plus en plus serein. Il commençait même à trouver l'expérience plaisante ! À présent, cependant, il apercevait la mer qui se perdait à l'horizon et les parois rocheuses du bras de mer, qu'il avait trouvées oppressantes, lui parurent tout à coup rassurantes.

— Tout va bien, maître ? demanda la voix familière de Sénid.

Un peu plus tôt, le premier groupe de rameurs dont il faisait partie avait cédé sa place à des hommes frais et dispos. Ça avait d'ailleurs été le seul moment désagréable de la descente du fjord. Les Vikings avaient rentré les rames et s'étaient levés dans le navire qui s'était balancé sous leurs pas d'une façon désagréable. Le centaure avait douté du bon jugement de leurs hôtes.

Pourtant, les humains n'avaient pas semblé trouver la manœuvre spécialement dangereuse.

Le centaure apprécia la présence de son élève. Il répondit à sa question.

— Bien sûr ! Pourquoi en serait-il autrement ?

— Je songeais à notre voyage précédent sur l'eau, avec les yétis, dans les bateaux en glace.

Le centaure aurait préféré que Sénid ne lui rappelle pas cette partie de la mission. Après leur avoir sauvé la vie, les yétis les avaient guidés à travers les montagnes jusqu'au lac Iceberg, qu'ils avaient traversé sur de larges bateaux faits de glace. Même si aucun problème n'avait entravé ce voyage insolite, Nolate avait passé l'une des pires nuits de son existence.

Malgré la température plutôt douce, il frissonna à ce souvenir.

— Nous sommes beaucoup mieux sur vos navires, commenta-t-il. Pour ma part, je fais davantage confiance au bois qu'à la glace.

— Oh le *Piwanga* est solide ! affirma le Viking. Il a souvent traversé cette mer et a maintes fois fait ses preuves. Croyez-moi, il ne nous laissera pas tomber.

— Je veux bien le croire, commenta Nolate. Le *Piwanga*, dis-tu ?

— C'est ainsi que ce navire s'appelle, expliqua Sénid.

— Que signifie ce nom ?

Le Viking sembla heureux qu'on lui pose la question.

— Il s'agit d'un oiseau de notre mythologie. Selon la légende, le piwanga tombait à l'eau en admirant son reflet et se noyait. Mais plutôt que de mourir il renaissait dans chacune des bulles d'air que rejetaient ses poumons.

— C'est une belle légende. Et comment se nomment les autres navires ?

Sénid désigna le drakkar en tête du groupe du nom de *Dalkrid*. C'était le nom du dernier roi à avoir régné à

Hypérion. L'histoire avait retenu de ce monarque qu'il avait résisté au siège des géants pendant quatre ans avant de se résigner à la reddition. Le navire qui venait en dernier se nommait le *Ravachol*, un mot de l'ancien langage viking signifiant *entreprise*.

Les Vikings arrêtèrent soudain de ramer et le centaure anticipa un nouveau changement d'effectifs. Les rames furent cependant rentrées sans que quiconque prenne la relève. À la place, quelques Vikings grimpèrent au mat et rampèrent même au-dessus du vide, le long de la poutre horizontale à laquelle était attachée la voile. Nolate fut effrayé par une pareille témérité.

— Que font-ils ? s'étonna le centaure. Ils vont se tuer !

— Ils ne font que larguer la voile, répondit Sénid. Ils vont la détacher de la vergue pour la laisser descendre. Ce n'est pas particulièrement dangereux.

Nolate observa les Vikings et remarqua qu'en effet, ils s'étaient attachés à un cordage qui passait au-dessus de la poutre horizontale, c'est-à-dire la vergue. Ils défirent les cordes qui retenaient la voile repliée et la large toile blanche descendit par à-coups. D'autres s'empressèrent de la fixer à la base. Le pan de tissu carré battait déjà au vent. Lorsque les Vikings eurent fini de l'attacher, elle prit une forme bombée, alors que la brise la gonflait.

— Enfin ! s'écria Sénid. Nous avons fini de nous traîner lamentablement. À présent, nous allons pouvoir filer à toute allure.

Le centaure regarda les autres drakkars et vit qu'ils avaient eux aussi largué leur voile. Il remarqua également que, pendant sa discussion avec Sénid, ils s'étaient passablement éloignés de la côte. Les hautes falaises qui bordaient le fjord n'étaient plus que de légères excroissances claires au-dessus de l'horizon liquide. Hormis ces terres qu'on aurait dites sur le point d'être submergées, partout c'était la mer à perte de vue. Dans toutes les directions, le bleu sombre de l'eau se confondait au loin avec l'azur du ciel.

La brise souleva le crin sur le dos du centaure, qui se mit à frissonner. Créatures méridionales, les centaures n'avaient pas l'habitude de ces courants d'air frais. Nolate observa l'écume qui se formait à la proue du drakkar. À présent que la voile était pleinement gonflée, le *Piwanga* accélérait d'une façon surprenante.

Voilà qui était de bon augure. Tant que ce vent soufflerait, les drakkars progresseraient à vive allure vers leur destination, et la durée du voyage en serait réduite d'autant. Nolate appréciait cette perspective. Ici, au large, toutes ses craintes refaisaient surface. Il ne pouvait oublier que les siens n'apprenaient jamais à nager. Ils savaient à peine barboter et, lorsqu'ils s'aventuraient dans l'eau, ils s'assuraient de toujours avoir pied.

— Ça, c'est de la vitesse ! s'écria Sénid. Enfin, on pourra se reposer plutôt que de ramer.

Le vent avait cependant un effet que Nolate aurait préféré ne jamais connaître. Depuis quelques centaines de mètres, il lui semblait que les vagues étaient de plus en plus hautes. Le *Piwanga* ne devait pas avancer exactement dos au vent, car il plongeait entre les vagues pour les heurter de plein fouet, ce qui donnait des coups désagréables dans la coque. L'avantage de la vitesse ne paraissait plus aussi intéressant aux yeux du centaure. Il songeait en frémissant aux propos d'Aleel concernant les tempêtes. À quoi pouvait donc ressembler la mer en cas de mauvais temps ?

Nolate frissonna de nouveau. Il ressentait maintenant une pression incommodante au niveau de l'estomac. Son malaise gastrique s'accompagnait d'une sueur froide qui lui couvrait le visage. Il voulut ignorer ces maux, mais ne parvint pas à penser à autre chose. Subitement, Nolate se précipita au bastingage et vomit.

Il avait espéré que le mal de mer l'épargnerait. En vain, visiblement.

Un Viking ouvrit quelques barriques contenant divers aliments. Les femmes et les hommes du Nord firent la file pour recevoir leur ration, écuelle à la main. Sénid fit une place dans le rang à ses compagnons de mission, du moins, trois d'entre eux. Aleel, Twilop et Elbare reçurent chacun leur ration et se réunirent près de la poupe pour le premier repas en mer. Sénid prévoyait les rejoindre, mais il devait d'abord s'occuper de Nolate.

Le centaure se tenait au bastingage bâbord, le torse penché au-dessus de l'eau, en proie à un violent mal de mer. Sénid l'avait remarqué dès la sortie du fjord. Au cours de ses précédents voyages, il avait vu nombre de passagers ainsi incommodés, pas toujours des étrangers, d'ailleurs. Dans cette situation, la pire chose pour le malade était de penser à la nourriture. Certains s'amusaient à leurs dépens, une cruauté que personne ne s'autoriserait envers Nolate. Sénid se chargerait de corriger le malotru, le cas échéant. Il posa sa gamelle et chercha le médecin. Le vieil homme bivouaquait à l'avant du *Piwanga*.

— Nous avons un malade, signala Sénid.

Le sexagénaire jeta un regard dans la direction que le Viking lui désignait d'un discret coup de menton et hocha la tête.

— Je l'avais remarqué, fit-il. Les centaures ne semblent pas être de grands navigateurs pour souffrir de nausées par une mer aussi calme. J'ose à peine imaginer ce qu'il éprouvera au premier grain qui nous frappera...

— Crois-tu que ta médecine saura atténuer ses malaises ?

L'homme posa sa gamelle et soupira.

— Je vais faire mon possible, mais je ne promets rien. L'Académie de médecine de Thorhammer est excellente, mais on ne nous y apprenait pas à soigner les centaures !

Le médecin avala une dernière tranche de fruit séché, puis récupéra son paquetage et en extirpa un sachet d'herbes en poudre, ainsi qu'une fiole. L'homme mélangea l'herbe à un peu d'eau dans son écuelle et y versa le contenu de la fiole. Il se tourna vers le centaure, mais il hésita en soupesant la gamelle. Le médecin se ravisa et prit un second sachet d'herbes qu'il ajouta au mélange. Constatant que Sénid l'observait, il s'approcha et lui parla à voix basse.

— Crois-tu qu'il sera vexé si je calibre mes doses comme pour les chevaux ? demanda-t-il.

— C'est à craindre, commenta Sénid.

Les centaures détestaient en effet qu'on les compare aux chevaux. Dans un lointain passé, ils avaient été esclaves et bêtes de somme au service des géants. Nolate s'était d'ailleurs mis en colère lorsque les yétis avaient voulu le charger de bagages. Plus tard, le centaure avait proposé qu'on l'attelle pour sortir Aleel d'une crevasse. Par une sorte d'accord tacite, personne n'avait osé en reparler par la suite. Cette fois encore, la discrétion s'imposait. Il suffisait que la dose prévue pour les chevaux calme l'estomac de Nolate.

— Il n'y a qu'à ne pas le lui dire, décida le médecin.

Le sexagénaire marcha jusqu'à Nolate, qui se retourna quand l'homme lui adressa la parole. Sénid compatit à la vue du teint pâle de son mentor. Le médecin lui parla un moment en s'efforçant de se montrer patient, tandis que Nolate affichait son refus de boire d'un vigoureux hochement de tête. Le centaure dut même se pencher au-dessus de la rambarde après ce mouvement trop brusque. Encore plus faible, il accepta le remède que le médecin lui administrait à petites gorgées. Il irait vite mieux... si son estomac acceptait la décoction.

Sénid rejoignit ses autres compagnons de voyage, qui achevaient leur repas. Le Viking nota que ses compatriotes avaient aussi fini de manger et que le premier quart prenait son poste. Les autres s'installaient à différents endroits, certains pour jouer aux dés, d'autres, qui faisaient partie de l'équipe de nuit, pour dormir un peu.

— Comment va Nolate ? demanda l'hermaphroïde.

— Je crois que ça ira, répondit Sénid entre deux bouchées. Notre médecin est l'un des meilleurs que je connaisse.

— Souhaitons-le, commenta Aleel. Sinon, il ne pourra nous aider en cas de problème d'ici à l'île Majeure.

— Ni lors du voyage suivant vers le Sud.

Sénid se tourna vers le versev, qui venait de rappeler un point qu'ils avaient tous écarté de leurs pensées depuis leur arrivée à Dragonberg. Une fois la mission à Œculus achevée, pour peu qu'ils obtiennent le deuxième morceau et l'appui des cyclopes, ils devraient de nouveau traverser l'océan pour aller à Saleur, la capitale centaurine. Le Viking ne voulait pas trop anticiper les problèmes et se concentrait sur le présent voyage. Elbare avait vu plus loin, car la traversée vers le Sud le rapprocherait de son pays, à l'Est, la Versevie.

— Essayons de ne pas envisager le pire avant de nous y trouver confrontés, suggéra Aleel, reprenant ainsi une maxime du centaure. Si maître Nolate devait souffrir du mal de mer en permanence, je veillerai à ce qu'il récupère pendant notre séjour à Œculus.

— Connaîtrais-tu des gens importants parmi ton peuple ? demanda Twilop.

Aleel parut hésitante.

— Nous sommes également un peuple de marins, répliqua-t-elle, éludant la question. Nos médecins connaissent aussi des remèdes et des fortifiants. Ils sauront préparer notre ami à la seconde traversée.

— En tout cas, pour le moment, mieux vaut ne pas évoquer devant lui le prochain voyage, conclut Sénid.

Personne ne trouva à redire. Inutile, en effet, de lui saper encore plus le moral.

CHAPITRE TROIS

L e *Ravachol* et le *Piwanga* touchèrent terre à peu près en même temps. Les deux drakkars abordaient la pointe Viking pour renouveler les provisions d'eau. Une fois les barriques remplies, ils regagneraient le large pour céder la place au *Dalkrid*. Pour le moment, le troisième navire viking montait la garde. Il eût été stupide de se retrouver pris au dépourvu avec les trois navires échoués sur la grève, advenant une attaque des forbans.

Les Vikings ne perdirent pas de temps. Le *Piwanga* s'était à peine immobilisé qu'ils déployèrent la passerelle de débarquement, une simple planche munie de renforts qui assuraient sa rigidité. Rapidement mais en bon ordre, les hommes commencèrent à descendre les tonneaux sur la plage. Les passagers attendirent la fin de la manœuvre pour débarquer à leur tour.

Aleel fut la première à fouler le sable de la plage. Elle se retourna pour aider Nolate à franchir la passerelle plutôt étroite pour un quadrupède, pendant qu'Elbare et Twilop, derrière lui, l'aidaient à aligner ses sabots. Affaibli par le mal de mer qui l'avait affecté pendant les six jours du voyage, le centaure tenait à peine sur ses pattes. Les soins du médecin avaient calmé ses nausées, mais elles n'avaient pas encore disparu totalement. Tremblant de tous ses membres, Nolate descendit prudemment. La planche vacilla dangereusement sous ses pas. La cyclope crut qu'il allait tomber, mais il arriva sur la plage sans incident.

— Merci, Equus, marmonna le centaure, assez fort tout de même pour qu'Aleel l'entende.

Il fit quelques pas hésitants en s'éloignant de la rive. Personne ne pouvait apprécier cette halte plus que lui ! Elbare et Twilop descendirent à leur tour et se joignirent à leur camarade quadrupède. Même si Nolate avait été le seul à souffrir du mal de mer, ils paraissaient contents eux aussi de fouler un sol stable. Ce n'était que pour quelques heures et mieux valait en profiter.

— Aleel ?

La cyclope se retourna vers Sénid.

— J'aimerais que tu grimpes sur cette colline pour surveiller l'embouchure de l'Égral, expliqua le Viking. Des forbans pourraient y naviguer en ce moment même.

— L'embouchure est visible d'ici ? s'étonna Aleel.

— Nous n'en sommes qu'à quelques kilomètres.

Aleel jeta un regard sur la colline. Il ne s'agissait que d'un monticule sablonneux atteignant tout juste une trentaine de mètres de hauteur. Çà et là, quelques arbustes poussaient dans le sable, ce qui devait retenir les dunes en place. L'escalade de cette pente peu accentuée ne demandait qu'un petit effort et n'importe qui pouvait s'y rendre pour monter la garde. Cependant, le regard des cyclopes possédait la propriété de voir le lointain comme s'il se trouvait plus près, un peu comme sous l'effet d'une loupe. Cette faculté faisait d'Aleel la personne la mieux placée pour assurer la surveillance.

— À quoi ressemblent les navires des forbans ? s'informa-t-elle.

— Ce sont de petits deux-mâts, dit Sénid. Ils sont plus hauts sur mer et leur quille s'enfonce un peu plus profondément dans l'eau, ce qui les oblige à utiliser des canots pour aborder un rivage. Si tu vois un tel navire, cours nous prévenir sans attendre.

— Sois sans crainte, fit-elle, rassurante.

Aleel s'avança sur la pente de sable fin. Ses pieds s'enfonçaient un peu dans le sol meuble, ce qui ne compliquait pas trop l'escalade et ne l'empêcha pas de gagner le sommet en quelques minutes seulement. La cyclope découvrit la pente est, qui donnait effectivement sur une mer s'étendant à perte de vue. La couleur légèrement différente de l'eau révélait pourtant qu'il s'agissait d'un fleuve. Vers le sud, la pointe Viking se prolongeait encore de quelques kilomètres avant de plonger dans la mer. Plus loin, c'était l'océan à l'infini.

Le spectacle était splendide. En d'autres circonstances, Aleel se serait évadée dans la contemplation de ces flots bleus en songeant qu'au-delà de cet horizon, son pays les attendait. Elle l'avait quitté pour parcourir le monde et échapper pour un temps aux contraintes qu'on lui imposait. Mais les siens lui manquaient. Si on l'autorisait à poursuivre sa mission avec ses compagnons, elle en repartirait avec regret.

Mais voilà, il fallait arrêter Lama.

Les voiles qu'elle apercevait et qui contournaient la pointe Viking lui rappelaient que le danger serait leur compagnon de voyage tout au long de la mission. Malgré le pouvoir de son regard, Aleel éprouva quelques difficultés à bien distinguer les navires. Il lui semblait en compter trois, dont un voilier plus imposant, équipé de trois ou quatre mâts. Un navire marchand accompagné d'une escorte ?

Quelques secondes plus tard, les navires manœuvrèrent et la cyclope réalisa que le voilier plus imposant était en fait deux voiliers naviguant l'un près de l'autre. Il y en avait quatre, tous semblables. Des deux-mâts, tels que Sénid les avait décrits. Après un instant de découragement, Aleel se ressaisit et se précipita sur la pente pour rejoindre les drakkars.

— Sénid !

Plusieurs Vikings se trouvaient sur la plage. Ils avaient commencé à embarquer les premiers fûts. Ils se tournèrent vers la cyclope, qui ne vit Sénid nulle part parmi eux. Il devait être en train de remplir les barriques aux sources du boisé. Aleel vit cependant Waram, l'ami de Sénid et commandant de l'expédition, qui s'occupait du transfert des tonneaux. Elle courut vers le *Piwanga* et le colosse blond se tourna vers elle.

— Quatre navires contournent la pointe ! expliqua-t-elle. Ce sont des deux-mâts !

Les Vikings puisaient dans le ruisseau qui jaillissait de la petite oasis et versaient cette eau dans les barriques. Lorsque l'une d'elles était pleine, Elbare y posait le couvercle qu'il fixait à l'aide d'une petite masse. Le versev aurait pu profiter de la dernière halte sur la terre ferme avant le pays des cyclopes pour se nourrir à la manière des siens. Il avait tenu plutôt à se rendre utile en aidant l'équipe chargée du remplissage des fûts. Une Viking de l'équipe restée près des navires arriva à la course.

— Des forbans contournent la pointe ! annonça-t-elle.

L'information paralysa Elbare de stupeur. Elle eut l'effet complètement inverse sur les humains. Ils laissèrent les seaux sur place et, par équipes de deux, ils soulevèrent les barriques pleines et les transportèrent hors de la forêt. La stupeur du versev redoubla. Il ne parvenait tout simplement pas à croire que les Vikings s'embarrassaient des barriques alors qu'un ennemi fonçait sur eux. Il lui semblait au contraire que chaque seconde comptait pour prendre la fuite.

— Mais... s'étonna Elbare. Les forbans approchent !

— Et alors ? fit la Viking qui venait d'annoncer la catastrophe. Il nous faudra bien boire pendant le voyage !

La Viking attrapa les seaux et suivit les porteurs de tonneaux. Les humains passèrent devant le versev, qui courut à leur suite vers la sortie du boisé. Ils avaient raison quant à la nécessité d'avoir de l'eau à bord pour le voyage. Pourtant, cette précaution ne servirait à rien si les forbans les attaquaient. Elbare avisa Borgar, l'ancien soldat du Pentacle.

— Ils sont complètement inconscients ! s'écria-t-il.

— Les forbans passent la pointe, lança Borgar. En mer, les manœuvres prennent du temps. Cela nous permettra d'embarquer des provisions. Du moins, une certaine quantité.

Elbare n'eut besoin d'aucune explication supplémentaire.

Ils arrivèrent sur la plage pour découvrir que l'ennemi finissait de contourner la pointe. Dès qu'ils apercevraient les drakkars accostés sur la grève, les forbans fonceraient toutes voiles dehors vers ces proies alléchantes. Les Vikings renoncèrent à plusieurs tonneaux et se mirent à pousser les navires, allant jusqu'à s'engager dans l'eau. Elbare se désola de voir tant de barriques pleines ainsi abandonnées. Les forbans étaient encore loin, pourtant.

— Ils ont vu le *Dalkrid*, expliqua Borgar, répondant à sa question muette.

Le *Dalkrid*, bien sûr ! Elbare avait oublié le troisième drakkar resté au large pour faire le guet. Ironiquement, la précaution se retournait contre eux. Sans le vaisseau mouillé au large, les drakkars accostés auraient pu passer inaperçus un peu plus longtemps, ce qui aurait permis d'embarquer plus de barriques. Quoique, à la réflexion, ils auraient alors été plus vulnérables, coincés entre l'ennemi et la rive.

Elbare se précipita sur le *Piwanga*. Des rameurs s'étaient déjà installés et d'autres Vikings tendaient les bras par-dessus la rambarde pour attraper leurs camarades qui avaient poussé les navires. Une fois tout le monde à bord, les rameurs se mirent à l'ouvrage avec une énergie que le versev ne leur avait pas encore vu déployer.

Les deux-mâts des pirates filaient plein nord, ayant enfin contourné la pointe. Sur le drakkar resté au large, l'équipage hissait la voile. Pourtant, le *Dalkrid* restait sur place. Peut-être fallait-il un peu de temps avant que le vent ne fasse son effet et pousse le navire loin de ses poursuivants. Elbare avait plutôt l'impression que son capitaine tardait volontairement pour laisser le temps aux autres drakkars de le rejoindre. Les forbans croyaient sans doute le navire isolé et pourraient hésiter en découvrant que trois navires faisaient front contre eux.

L'ennemi gardait cependant l'avantage du nombre, en fonçant à quatre navires vers les drakkars. Elbare se rappela ce que leurs hôtes avaient expliqué concernant les bandits. S'ils attaquaient normalement des navires marchands, ils auraient toute une surprise en se retrouvant face à des guerriers prêts à les recevoir. Mais sans doute serait-il alors trop tard pour éviter le combat.

Non, il fallait fuir dès à présent.

— Doucement, à bâbord ! cria Waram.

Elbare jeta un coup d'œil vers leur ami, capitaine du *Piwanga* et commandant de la flotte. Le Viking se tenait à la proue, son attention se portant alternativement sur les navires forbans en approche et les vagues à l'avant du drakkar. Obéissant à l'injonction, les rameurs de gauche ralentirent la cadence, ce qui fit pivoter le *Piwanga*. Elbare supposa que Waram cherchait l'angle idéal, la position qui les ferait profiter du vent au maximum et les propulserait rapidement loin du danger. Mais la voile continuait à pendre mollement et les forbans se rapprochaient.

— On redonne tout ! ordonna Waram.

Le *Piwanga* cessa de tourner, croisant désormais de travers par rapport à l'ennemi qui fonçait. La voile se gonfla légèrement, mais il était évident que l'angle du vent ne favorisait toujours pas la fuite. Elbare s'inquiéta davantage en constatant qu'aucun Viking ne semblait se rendre compte de l'erreur de leur capitaine.

— Doucement, à tribord, à présent ! commanda enfin Waram.

Les rameurs de droite ralentirent la cadence. Elbare fut soulagé un moment que le capitaine se soit enfin aperçu du problème. Il craignait toutefois qu'ils ne parviennent pas à rattraper leur retard. L'inquiétude du versev redoubla lorsqu'il constata que Waram tardait beaucoup trop à redonner l'ordre aux rameurs de droite de se remettre à ramer au maximum. Ils dépassèrent la ligne de vent idéal et se retrouvèrent de travers. Encore une fois, aucun Viking ne releva l'erreur.

Elbare se décida à intervenir, mais une main se posa sur son bras pour le retenir.

— Inutile, lança Sénid. Waram sait parfaitement ce qu'il fait. Observe bien ce qui va se passer, à présent.

Le versev regarda les deux-mâts qui se rapprochaient. L'un d'eux avait pris de l'avance sur les autres. Elbare ne comprenait pas pourquoi personne ne réagissait. Waram donna à nouveau l'ordre de naviguer en ligne droite, mais il était évident que le premier forban allait les rattraper. Elbare était catastrophé. Pourquoi leur capitaine avait-il laissé le pire se produire ?

Au sud, le deux-mâts plongea soudain de la proue dans une vague. Les forbans que le versev distinguait sur le pont tombèrent à la renverse. Deux pirates passèrent même par-dessus bord. Ébahi par l'incroyable phénomène, Elbare vit le navire s'incliner subitement sur sa gauche. Il parut même sur le point de chavirer avant de s'immobiliser dans cette étonnante position. Les voiles devinrent flasques et le deux-mâts resta complètement immobile. Le versev se tourna vers Sénid.

— Que... que s'est-il passé ?

— Leurs navires s'enfoncent plus profondément dans l'eau que les nôtres, expliqua Sénid en souriant. Waram a repéré un haut-fond et a piégé leur capitaine.

— Ce qui nous met à égalité, à présent, compléta Elbare.

— Exact, fit-il. Malheureusement, nous ne les prendrons pas deux fois à ce traquenard.

Le versev se tourna vers le navire échoué. À son bord, c'était la pagaille. Un attroupement duquel émergeaient de temps en temps des bras agités trahissait une dispute. Le capitaine subissait les remontrances de son équipage. La vision réjouit Elbare. Lorsqu'il reporta son attention sur les trois autres navires, il vit qu'ils contournaient le haut-fond et poursuivaient dans leur direction. Sénid avait raison, ils n'étaient pas hors de danger. La poursuite reprenait.

✪✪✪

Waram avait habilement manœuvré pour tromper le capitaine ennemi. Sénid avait admiré le savoir-faire de son ami d'enfance, qui avait amené le forban à croire que sa proie prenait panique. À force d'anticiper une capture rapide, l'ennemi en avait oublié le banc de sable. Les pirates attaquaient régulièrement dans les environs et ils devaient connaître l'existence de ce haut-fond. La colère de l'équipage contre leur capitaine s'expliquait. Sa bêtise les privait d'une part du butin.

Restaient donc trois navires qui les pourchassaient toujours.

— Waram, dit Sénid, regarde l'avance que prend le premier navire.

Le colosse blond considéra un des deux-mâts restants qui se distançait de ses complices. Le capitaine voulait sans doute accaparer une plus grande part des biens des Vikings. Waram regarda son ami en fronçant d'abord les sourcils. Mais il devina ce qu'il avait en tête.

— Je vois où tu veux en venir, lança-t-il d'un air entendu. Brillante idée !

Il donna aussitôt ses ordres. Le *Piwanga* se mit en branle, sous un nouvel effort de ses rameurs. Plutôt que de tenter une manœuvre d'évitement, le drakkar fonça vers le deux-mâts. Les forbans réagirent comme Sénid l'avait espéré en déployant davantage de voilure, afin d'accélérer au maximum. Ils devaient croire à une tentative désespérée pour les éperonner. Bien entendu, l'intention de Waram était tout autre.

Il apparut bien vite que le *Piwanga* passerait derrière le deux-mâts. Des cris de joie fusèrent depuis le navire pirate, l'équipage croyant avoir déjoué le piège du capitaine viking. Lorsque le drakkar arriva derrière eux, Waram fit ramer son équipe à contresens. Le drakkar s'arrêta en quelques secondes, comme s'il avait jeté l'ancre. Sur le navire forban, les cris de joie se changèrent en exclamations de dépit. Les voiles du deux-mâts s'affalèrent, le navire ralentit et continua sur son erre avant de s'arrêter. Les brigands réalisaient qu'ils avaient été roulés.

— Et de deux ! s'écria Sénid.

— Que s'est-il passé ? s'étonna Twilop.

Sénid expliqua l'effet de la manœuvre.

— En passant derrière le deux-mâts, nous avons interrompu la poussée du vent dans les voiles du navire ennemi. C'est pourquoi elles se sont dégonflées.

— Nous prenons donc l'avantage du nombre, applaudit l'hermaphroïde. J'ai hâte de voir ce que vous avez prévu pour arrêter les autres !

— Ne sois pas si optimiste, intervint Aleel. Si le navire échoué est hors du coup pour plusieurs heures, ce deux-mâts ne perdra que quelques minutes avant de nous poursuivre de nouveau.

La cyclope avait raison et Sénid rappela que le navire forban pouvait toujours manœuvrer, contrairement au premier qui se trouvait enlisé dans le banc de sable. Mais le temps gagné avait permis au *Dalkrid* et au *Ravachol* de se regrouper. Waram ordonna aux rameurs de se remettre au travail, pour rejoindre les deux autres drakkars. À trois, ils seraient en meilleure position pour faire front. Sénid estima qu'ils arriveraient en même temps que les deux navires forbans. Une bataille à cinq navires se préparait, mais ce nombre passerait vite à six.

— Holà, Viking !

Sénid se retourna. Du deux-mâts le plus près, un homme se dressait sur le bastingage, agrippé au cordage. Le forban portait une redingote rouge et un chapeau bicorne qui révélaient son rôle de commandant des quatre navires. Il croyait sans doute se donner fière allure, mais Sénid le trouvait plutôt ridicule. L'homme avait fait hisser un pavillon blanc, signe de son désir de parlementer.

— Je suis l'amiral Egres, maître de cette mer. Nul ne peut franchir ce passage sans notre accord. Nous n'exigeons qu'une taxe de votre part pour traverser. Il est donc inutile de poursuivre cette confrontation. Remettez-nous la moitié de vos marchandises et vous repartirez en paix.

Sénid se tourna vers Waram, qui ne se donna même pas la peine de répondre. Par gestes, le colosse blond fit signe à son équipage de sortir discrètement les armes. Les Vikings ouvrirent les tonneaux qui renfermaient les épées et commencèrent à les distribuer. Sénid ne se faisait pourtant pas d'illusions ; les pirates devaient faire de même de leur côté.

— Alors, Vikings ? Que décidez-vous ?

À cette distance, il était assez difficile de lire les émotions sur le visage du forban. L'amiral de la flotte pirate cherchait avant tout à gagner du temps pour permettre au troisième navire de revenir à la charge. Or, les Vikings avaient également besoin d'un délai pour réaliser la jonction des trois drakkars.

Mû par une inspiration, Sénid décida de se faire le porte-parole des Vikings.

— Votre offre est plutôt intéressante, cria-t-il. Malheureusement, le pourcentage exigé dépasse de beaucoup ce que tout homme sensé considérerait comme raisonnable.

— Croyez-vous ? s'écria le forban. Comme vous n'avez pas demandé la permission pour passer, nous avons le droit de réclamer toute votre cargaison. Vos efforts pour nous échapper prouvent que vous transportez des marchandises de grande valeur. Même si on vous en prend la moitié, il vous restera largement de quoi payer votre voyage.

Sénid se demanda un instant comment réagirait le forban s'il lui avouait qu'ils ne transportaient en fait aucune cargaison. Le bandit refuserait probablement de le croire. Il pourrait aussi s'imaginer qu'ils convoyaient des personnalités importantes et, s'il avait vu Aleel ou Nolate, il devait déjà songer à une prise d'otages avec demande de rançon. Cette hypothèse rendait inévitables un abordage et des combats au corps à corps.

— Ce territoire est une possession viking, répondit Sénid. Vous n'avez aucun droit ici. Ni celui d'arraisonner, ni celui de percevoir un droit de passage.

— Le droit revient à celui qui le prend par la force ! clama le forban. Nous avons ce pouvoir et nous refusons le passage aux navires qui refusent de payer.

Sénid jeta un regard vers le troisième navire forban qui avait réussi à faire regonfler ses voiles. Il devait cependant manœuvrer contre le vent pour refermer le piège sur les drakkars. De l'autre côté, le Viking vit que le *Dalkrid* et le *Ravachol* les avaient presque rejoints. Les équipages des deux autres drakkars avaient continué à ramer discrètement.

— Votre force d'intervention est impressionnante, tempéra Sénid. Vous avez pourtant vu ce que nous pouvons faire de vos navires. Croyez-vous être à la hauteur ?

L'amiral des forbans se tourna vers ses hommes et fit un geste de la main.

— Vous l'aurez voulu, Vikings ! cria-t-il. Ce que vous ne voulez pas nous donner, nous allons le prendre par la force. À la fin, inutile de demander grâce.

Les forbans s'alignèrent le long de la rambarde, pendant que des rameurs manœuvraient le deux-mâts. Sénid vit quelques pirates munis de grappins grimper aux cordages. Lorsqu'ils estimeraient la distance suffisamment réduite, ces hommes lanceraient les imposants crochets pour agripper le drakkar et le tirer à eux, jusqu'à ce qu'ils puissent sauter à bord. Sénid mit la main sur son épée.

Aleel s'approcha.

— Tu es fou ! s'écria-t-elle. Quel besoin avais-tu de le provoquer ?

— Le combat était inévitable, répliqua Sénid, un sourire sardonique aux lèvres. Je crois que tu le sais aussi bien que moi. Mais un commandant en colère est plus susceptible de commettre des erreurs. Crois-moi, nous avons besoin de tous les avantages, y compris celui-là.

CHAPITRE QUATRE

S ix grappins jaillirent depuis le deux-mâts forban. Nolate s'étonna de la naïveté des pirates :
quelques coups d'épée bien placés trancheraient
vite les câbles. Le centaure était près de la poupe ; il se
jeta sur le crochet qui avait agrippé le bastingage juste
devant lui. Il réalisa que la tâche n'était pas aussi facile
qu'il l'avait cru. Une gaine d'un cuir épais protégeait
le premier mètre de la corde. Il faudrait plusieurs coups
pour trancher le câble, à moins d'en atteindre la partie
non protégée en tenant l'épée à bout de bras, ce qui enlevait toute force aux coups portés.

Les Vikings se mirent néanmoins à la tâche et Nolate
frappa sans relâche la gaine, y creusant rapidement une
entaille. Quelques coups de plus et la corde tomba à
l'eau. Le centaure jeta un regard satisfait au grappin toujours fiché dans le bois. Son sourire s'évanouit lorsqu'il
leva la tête : lui seul était parvenu à couper un câble. Pire,
d'autres grappins avaient été lancés.

Les forbans tiraient sur les cordes, entraînant les
deux navires l'un contre l'autre. Ils semblaient prêts à
bondir dans le *Piwanga* dès que la distance rendrait le
saut possible. Nolate jeta un coup d'œil sur l'océan :

la même scène se reproduisait sur le *Ravachol*. Le *Dalkrid* avait fort à faire pour échapper au troisième vaisseau forban qui avait repris ses manœuvres après l'affalement de ses voiles. Nolate s'efforça d'oublier les deux autres drakkars pour le moment. Ils ne pouvaient compter sur aucun renfort.

— À l'abordage !

Le commandement du capitaine forban fut suivi du cri de ses hommes, qui se ruèrent dans le *Piwanga*, cimeterre à la main. Le centaure devina qu'ils criaient ainsi pour effrayer les voyageurs qu'ils avaient l'habitude d'attaquer. Il se doutait que l'effet serait négligeable chez ses hôtes vikings, eux-mêmes des guerriers bien entraînés. Les forbans réaliseraient sans doute assez vite leur erreur. Les Vikings formaient un mur d'épées et de boucliers difficilement franchissable.

Un forban se rua sur Nolate. Il paraissait jeune, guère plus de vingt ans. Le centaure para le premier coup de cimeterre, repoussant aisément la longue lame recourbée. Le jeune homme se remit à frapper, déployant une énergie qu'il devait croire efficace. Ses coups manquaient cependant de subtilité et d'adresse. Nolate se contenta d'abord de les parer, le temps de découvrir les pièges éventuels du combat en mer. Sous ses pieds, le pont bougeait légèrement, sans que ce mouvement lui pose problème. Rassuré, il passa à l'attaque.

En quelques coups droits, il fit reculer le gamin jusqu'au bord du drakkar. Le forban, se voyant acculé, tenta quelques coups d'estoc, une manœuvre impropre au combat au sabre. Nolate avait presque pitié de son adversaire, qui gaspillait son énergie alors que seule la fuite aurait assuré son salut. Ce fut avec regret qu'il le frappa finalement, non sans lui laisser une dernière chance de s'échapper. Le forban tomba au pied du centaure, mortellement atteint.

Cela avait été si facile que c'en était embarrassant.

Nolate se tourna et para le coup qu'un deuxième forban essayait de lui porter. L'homme passa devant le centaure en pivotant et chercha à toucher sa partie chevaline. Avec l'élan que le mouvement de rotation lui donnait, le coup aurait pu sérieusement blesser Nolate, mais il para aisément cette attaque en traître et se positionna pour le prochain coup. L'homme se campa sur ses pieds en tenant fermement le cimeterre devant lui.

— J'aurai ta peau, quatre pattes !

L'homme était plus âgé que le premier forban et Nolate s'attendait à une attaque plus difficile à repousser. Elle fut au contraire aussi prévisible que celle du jeune homme. Le forban multiplia les coups qu'il portait de toutes ses forces. Nolate les contra tous, sans aucune difficulté. Lorsqu'il se déporta sur la gauche pour éviter une attaque, emporté par son élan, l'homme fit deux pas jusqu'au centre du drakkar et tomba, déséquilibré. En dépit du fait qu'il s'agissait d'un combattant sans scrupule, le centaure le laissa se relever. Il ne pouvait se résoudre à frapper un ennemi au sol, même dans ces circonstances.

— Tu es à moi, centaure, rugit le forban. Ta mort me vaudra une promotion. Ta tête ornera mon propre navire !

Alors qu'il repoussait la nouvelle attaque, Nolate comprit les raisons de l'acharnement de ce pirate à poursuivre l'engagement. Le centaure représentait une cible unique et celui qui le vaincrait gagnerait un prestige qui lui assurerait une rapide montée en grade au sein des forbans. C'était sans doute ce qui avait incité son premier adversaire à s'entêter à le combattre plutôt qu'à fuir.

Les coups de cimeterre se multiplièrent, mais Nolate les évita sans difficulté. Le forban frappait sans finesse. Il ne montrait aucun talent pour le combat, se contentant de faire étalage de sa force brute. Croyait-il donc vaincre un centaure avec si peu d'adresse ? À moins qu'il ne trébuche – Nolate faisait très attention à l'endroit où il posait ses sabots –, aucun humain ne pouvait surpasser un centaure dans un combat singulier. Et Nolate était particulièrement bien entraîné. Même un colosse comme Waram aurait eu peu de chances de le vaincre.

Le centaure passa à l'attaque. Ce fut presque aussi facile que pour le gamin qui s'en était pris à lui un instant plus tôt. Le forban recula à chaque coup d'épée du centaure, jusqu'à se retrouver adossé à la coque. L'ambition qui se lisait dans ses yeux fit rapidement place à l'incertitude, puis à la peur. Malgré la pitié qu'il ressentait pour cet homme qui réalisait que sa fin approchait, Nolate porta un coup mortel. Il aurait voulu lui faire grâce, mais s'il le laissait partir il irait combattre un de ses amis vikings.

Nolate se détourna du cadavre et se campa solidement sur ses sabots, prêt à affronter le prochain forban qui voudrait asseoir sa renommée sur son dos. Un pirate qui venait de sauter sur le drakkar regarda un moment le centaure. Avisant les deux cadavres à ses pieds, il préféra chercher un adversaire humain. Deux autres ennemis se détournèrent de Nolate. Eux aussi préféraient tenter leur chance contre des Vikings.

Ces derniers combattaient vaillamment et repoussaient assez facilement les forbans qui avaient visiblement appris le maniement des armes sans pouvoir compter sur l'enseignement d'un maître. Les Vikings manquaient aussi d'adresse, mais ils savaient coordonner leurs mouvements. Sénid, qui connaissait à la fois les méthodes de son peuple et celles des troupes du Pentacle, combattait avec souplesse et efficacité. Il faisait le vide autour de lui.

Gonflé à bloc, Nolate se lança dans la bataille. Il se porta au secours d'une jeune Viking que deux forbans avaient acculée dans un coin. Les pirates se défilèrent devant cette charge, préférant fuir cette tornade sur sabots. Le centaure poussa son avantage et chercha les combattants vikings en difficulté. Chaque fois qu'il voyait un allié en danger, il se précipitait à son secours et faisait déguerpir l'ennemi. Nolate se sentait au mieux de sa forme. Il était confiant que la victoire leur serait acquise. Non seulement parce qu'il effrayait les forbans, mais aussi pour autre chose qui lui remontait le moral : il ne se ressentait plus du mal de mer.

Twilop n'avait vu qu'une scène de combat dans sa courte existence, lors de l'attaque des pillards contre la caravane avec laquelle ils avaient quitté Capitalia. L'affrontement avec les forbans lui parut bien pire. Le tintement du métal sur le métal, quand les épées et les cimeterres s'entrechoquaient, s'entremêlait aux cris de guerre des combattants et aux râles des premiers blessés. L'hermaphroïde se demanda un instant si ces bruits n'allaient pas la rendre folle. Il fallut qu'Aleel la secoue pour la sortir de sa torpeur.

— Ressaisis-toi, se contenta d'ordonner la cyclope.

— Restez bien derrière moi, intervint Borgar. Je vous protégerai.

— Et puis quoi encore ? répliqua Aleel, qui s'avança aux côtés de l'ancien soldat du Pentacle.

Borgar ne dit rien, se concentrant sur le premier forban qui l'attaquait. La cyclope s'occupa également d'un pirate, qui hésita. Sa présence à bord l'avait peut-être surpris. Son hésitation ne dura qu'un instant, dont Aleel profita. Elle repoussa le cimeterre à l'aide de son bouclier et asséna une savate bien exécutée à son vis-à-vis, l'envoyant bouler sur le pont du navire. La cyclope préférait le combat au corps à corps, ce que le forban venait d'apprendre à ses dépens. Le temps que l'homme recouvre son souffle, il serait aux prises avec un autre combattant viking.

Twilop resta en retrait, tenant fermement son bâton de combat. Elle avait d'abord songé à se joindre à ses compagnons pour combattre les forbans, avant de se raviser. L'intensité des combats l'avait vite ramenée à la raison. Ce que Borgar lui avait appris lui aurait sûrement permis de mieux se défendre, mais elle aurait couru tout droit à la mort si elle avait tenté une attaque contre un combattant expérimenté. D'autant plus que le combat au bâton l'empêchait de tenir un bouclier.

Le Viking et la cyclope multipliaient les coups pour empêcher l'ennemi de passer. Un forban y parvint presque, avant que Borgar ne le repousse à la dernière seconde. Cela libéra le passage à un second pirate qui fonça sur Twilop. L'hermaphroïde se rappela les leçons de l'ancien soldat et attendit que l'ennemi fasse un premier geste. L'homme se contenta de foncer. Le bâton de combat saisit l'ennemi un peu en bas du sternum, ce qui lui coupa le souffle net. Le forban se retrouva au sol, plié en deux, incapable de combattre.

— Bravo, Twilop !

C'était Elbare qui observait les combats, en retrait, une épée à la main. L'hermaphroïde en avait oublié le versev dans le feu de l'action. L'être végétal risquait encore plus qu'elle dans cet affrontement. Twilop devait arrêter les forbans qui réussiraient à passer la ligne de défense que formaient Borgar et Aleel, sans quoi Elbare serait tué. Il n'avait montré aucune aptitude au combat et, sur ce bateau, il ne pouvait se camoufler.

De nouveau, un forban profita de ce que ses comparses occupaient la cyclope et le Viking pour les déborder et se retrouver devant l'hermaphroïde. Twilop regarda l'homme, un colosse encore plus imposant que Waram. Ses tempes grisonnantes révélaient un combattant expérimenté. Il n'avait certainement pas vécu aussi longtemps en commettant des erreurs.

Le forban évalua Twilop du regard, l'épée pointée vers elle, et chargea. Prise au dépourvu, l'hermaphroïde ne put que pointer une extrémité de son bâton vers le forban, cherchant à le tenir assez loin d'elle pour qu'il ne puisse la toucher de sa lame. Le combattant ennemi asséna un violent coup d'épée vers Twilop. Elle vit l'extrémité du bâton voler dans les airs et se retrouva avec une arme qui ne faisait plus que la moitié de sa longueur ; son extrémité avait été tranchée en biseau. Le forban poursuivit son élan, levant l'épée bien haut pour un coup qu'il voulait fatal.

Dans un réflexe désespéré, Twilop s'agenouilla, ce qui lui restait de son bâton toujours pointé vers son ennemi. Le forban avait entamé un mouvement pour frapper l'hermaphroïde au cou alors qu'elle était encore debout. Emportée par son élan, l'arme siffla dans l'air au-dessus de la combattante agenouillée. Le forban vint à la rencontre de l'extrémité aiguë du bâton. Le bout de bois entra profondément dans le ventre de l'homme, qui s'arrêta, surpris, et s'écroula.

Twilop ne put se déplacer à temps et l'homme tomba sur elle.

Le forban n'était pourtant pas mort. Il plongea son regard dans celui de l'hermaphroïde qui, étendue sur le dos, y lut l'étonnement et la frayeur. L'homme réalisait que sa vie s'achevait. Il eut un haut-le-cœur et Twilop redouta qu'il vomisse sur elle. Un filet de sang glissa entre ses lèvres et le forban retomba, inerte, sa tête heurtant le bois du pont avec un bruit sourd.

Étourdie, elle eut besoin de plusieurs secondes pour réaliser ce qui venait de se passer. Non seulement elle était toujours vivante, mais elle venait de l'emporter sur un adversaire plus fort et plus expérimenté qu'elle. Une humidité poisseuse contre son ventre l'incita à relever la tête. Le sang du forban se répandait sur elle. Twilop tenta de repousser le corps sans vie pour échapper à cette sensation désagréable. L'homme était trop lourd pour qu'elle puisse le déplacer. Elle redoubla d'efforts, en vain. Un début de panique s'empara d'elle.

— À l'aide ! cria-t-elle, un sanglot dans la voix.

Elbare arriva et poussa à son tour le cadavre, qui glissa enfin de côté.

— Par les Éléments ! s'écria-t-il. Ne bouge surtout pas !

Le visage du versev avait pâli, sans que Twilop sache pourquoi. Elbare appela le médecin. Il y avait un sentiment d'urgence dans sa voix qui surprit l'hermaphroïde. Pourquoi demandait-il le médecin ? Elbare se tourna de nouveau vers elle, lui enjoignant de ne pas bouger. Il jeta ensuite un regard sur le ventre de Twilop, qui devina la cause de la frayeur de son ami.

— Ce n'est pas mon sang, lança-t-elle. Il n'est pas blanc.

Elle se sentait pourtant mal, au point qu'elle crut qu'elle allait s'évanouir. Elle se redressa partiellement et resta assise à même le pont du drakkar. Son regard se posa sur le cadavre juste à ses côtés. La cause de son malaise s'imposa à son esprit. Rien dans sa vie paisible, bien protégée à Capitalia, ne l'avait préparée à de telles violences. Ni à l'idée qu'elle prendrait un jour la vie d'un être pensant.

— Retraite !

Le cri eut un effet immédiat sur les forbans : ils cessèrent les combats et se ruèrent vers leur navire. Celui qui affrontait Sénid donna deux derniers coups de cimeterre avant de fuir au pas de course. Le Viking supposa que le pirate qui se proclamait pompeusement amiral avait fini par réaliser qu'il ne pourrait jamais prendre le dessus sur des combattants aguerris. À moins qu'un de ses hommes ait fini par paniquer et crier cet ordre.

Peu importait, les forbans fuyaient.

Les pirates sautèrent aussi vite que possible dans le deux-mâts. Les premiers arrivés commencèrent à enlever les grappins, certains allant même jusqu'à trancher les cordages pour accélérer leur départ. Les retardataires criaient, ne voulant pas être abandonnés. Le dernier pirate sauta par-dessus l'espace béant qui s'ouvrait entre les deux navires. Il s'accrocha au bastingage et il fallut qu'un comparse l'attrape pour lui éviter de tomber à l'eau.

En moins d'une minute, les Vikings se retrouvèrent seuls sur le *Piwanga*. Quelques cris de victoire fusèrent, mais la plupart des combattants se contentaient de reprendre leur souffle. Sénid savourait le seul fait d'être encore vivant. Il regarda un peu plus loin et vit qu'une scène similaire se déroulait sur les deux autres drakkars.

Des gémissements s'échappaient d'un peu partout, ceux des blessés. Si les forbans n'avaient aucune technique dans leur façon de combattre, ils n'étaient pas manchots pour autant. Sénid se tourna vers le blessé le plus près, et s'aperçut qu'il s'agissait d'un forban. Dans leur précipitation à fuir la bataille, ces hommes sans honneur avaient abandonné leurs camarades tombés au combat. Sénid n'avait que du mépris pour ces brigands qui volaient les plus faibles. Ce geste de lâcheté supplémentaire n'allait certainement pas améliorer l'opinion qu'il avait d'eux.

Il marcha vers le blessé qui saignait abondamment. Il avait une profonde entaille au bras gauche, qu'il perdrait sans doute vu la profondeur de la blessure. Sa vie elle-même était en danger ; il avait besoin de soins immédiats. Lorsque Sénid s'avança vers lui, le bandit tenta de reculer en s'aidant de sa main valide pour ramper sur le dos.

— Arrête de bouger ! ordonna le Viking. Tu vas aggraver tes blessures.

— Qu'est-ce que ça peut te faire ? Achève-moi et n'en parlons plus !

Sénid remit son épée dans son fourreau et se pencha sur le blessé.

— La bataille est finie, salaud, lança le Viking. J'ignore si tu as tué de mes compagnons, mais tu vivras.

Il arracha des lanières de tissu de la tunique du bandit et lui fit un garrot, après quoi il nettoya et pansa la plaie. L'homme ne bougeait pas, mais il jetait des regards effrayés autour de lui. Le Viking regarda à son tour ce qui se passait sur le pont du *Piwanga*. La même scène se déroulait un peu partout : ses compatriotes soignaient les blessés et certains s'occupaient déjà de déplacer les cadavres. Sénid se demanda combien des siens étaient tombés.

— C'est pour me torturer, que tu me gardes en vie ?

Sénid finit d'attacher le pansement.

— Nous ne maltraitons jamais nos prisonniers, rétorqua-t-il. C'est une chance que l'engeance dont tu fais partie ne doit pas accorder à ses captifs !

Le blessé ne répondit pas et Sénid apprécia son silence. La dernière chose qui l'intéressait, c'était de discuter avec le bandit. En le soignant, il lui faisait un honneur qu'un combattant réservait normalement à un autre, allié ou ennemi. Mais le Viking trouvait difficile de considérer le forban comme appartenant même à cette dernière catégorie.

— Que fait-il ? demanda une voix féminine, tout près de lui.

Il leva les yeux vers Aleel, dont il avait reconnu la voix. Sénid ressentit un profond soulagement de la savoir en vie et indemne. Il avait cru qu'elle parlait du forban qu'il venait de soigner, mais Aleel regardait vers l'horizon, ses mains formant visière au-dessus de son œil. Intrigué, Sénid se leva et chercha ce qui suscitait l'intérêt de la jeune cyclope. Elle pointa du doigt le deux-mâts qui les avait attaqués.

— Tout le monde va bien ? s'informa Sénid.

— Nous sommes sains et saufs tous les cinq, confirma Aleel, sans quitter le navire ennemi du regard.

Le deux-mâts avait sorti ses rames et filait à grande vitesse. Sénid remarqua qu'il passerait entre le *Ravachol* et le *Dalkrid*. Le capitaine du deux-mâts dut donner certains ordres, car le navire tourna lentement, les rameurs de tribord ayant ralenti la cadence. Ce faisant, il s'écartait de l'espace vacant entre les deux drakkars. Sénid sentit ses cheveux se dresser sur la tête en réalisant ce que la nouvelle course de l'ennemi impliquait. Visiblement, l'amiral voulait venger sa défaite. Il dirigeait son deux-mâts droit sur le *Dalkrid*.

— Par Thor ! s'exclama-t-il. Il veut l'éperonner.

L'équipage du drakkar tardait à réagir. Sénid se demanda ce qu'attendait son capitaine pour envoyer les rameurs à leur poste. Sa vision ne lui permettait pas de voir de plus près comme Aleel, mais il apercevait peu de guerriers depuis sa place. Les combats avaient dû y être plus acharnés. Enfin, les Vikings du *Dalkrid* réalisèrent la menace. Ils se ruèrent aux bancs de nage et tentèrent de faire bouger leur navire. Le drakkar se mit en branle et recula lentement, très lentement. Trop lentement.

Même à cette distance, le bruit du bois qui se brisait parut assourdissant. Le deux-mâts s'arrêta net, alors que le *Dalkrid* s'inclina dangereusement sur bâbord. Horrifié, Sénid vit même quelques compatriotes tomber à la mer.

Les rameurs du navire forban se remirent au travail et le deux-mâts recula. Curieusement, son capitaine ne poussa pas plus avant son avantage et le navire s'éloigna, sous un vent favorable qui gonflait ses voiles. Plutôt que de repartir vers la pointe Viking, le deux-mâts se dirigea vers le nord.

Sénid observa le *Dalkrid* et nota la vilaine inclinaison qu'il avait prise. Il ne savait trop jusqu'à quel point c'était dramatique. Peut-être y avait-il une infiltration d'eau ? Sur le pont du drakkar, les Vikings couraient en tout sens, comme si personne ne savait comment réagir. Sénid se demanda si le capitaine faisait partie des victimes. Cela aurait expliqué la panique et aussi le retard dans l'exécution de la manœuvre d'évitement.

Le *Dalkrid* allait-il couler ou resterait-il à flots ? Aucun des deux scénarios ne s'avérait réjouissant. S'il sombrait, son équipage trouverait place sur les deux drakkars restants. Il faudrait cependant s'entasser et rationner les réserves. S'il restait à flot, d'importantes réparations seraient nécessaires pour lui permettre de naviguer de nouveau.

Dans les deux cas, leur voyage prendrait beaucoup de retard.

Aleel acheva de panser la jambe d'une Viking. Elle rassura la blessée quant à la profondeur de la blessure. Malgré l'importance de l'entaille que le cimeterre avait pratiquée dans son mollet, la guerrière ne perdrait pas sa jambe. La cyclope la prévint toutefois qu'elle devrait se résigner à marcher avec peine le reste de sa vie. Aleel avait vu le courage de ces femmes et de ces hommes face à l'ennemi et ne comptait pas les insulter en leur cachant la gravité de leur état.

Une fois le pansement fait, elle passa au blessé suivant, un jeune homme qui ne devait pas avoir encore vingt ans. Ce Viking avait reçu un coup qui lui avait tranché deux doigts de la main gauche. Le garçon faisait montre d'un grand courage, tout en grimaçant de douleur. Il avait même réussi à se faire lui-même un bandage sommaire. La cyclope remplaça le pansement et se releva. Avant de songer au prochain blessé, elle prit un moment pour regarder autour d'elle. Aleel n'arrivait pas à croire en leur chance. Il n'y avait eu que deux morts parmi l'équipage du *Piwanga*.

Partout sur le pont les bien-portants s'occupaient des blessés. Cette solidarité contrastait avec ce qui s'était produit au col de l'Armistice, quand des pillards avaient attaqué leur caravane peu après leur départ de Capitalia. Après les combats, les soldats du Pentacle ne s'étaient souciés que des leurs et avaient carrément délaissé les voyageurs. Sur le drakkar, les Vikings avaient même soigné les forbans blessés, qui seraient plus tard traduits en justice. Ils s'étaient aussi concertés sur ce qu'il convenait de faire pour le *Dalkrid*.

Ayant constaté la grande confusion qui régnait à bord, Waram avait conclu que le capitaine du drakkar touché avait perdu la vie au cours de l'affrontement. Il fit donc manœuvrer le *Piwanga* pour rejoindre et aborder le navire endommagé. Ils devaient évaluer les dégâts et décider s'il convenait d'abandonner le drakkar afin de repartir le plus tôt possible. Il grimpa à bord du navire abîmé.

Aleel vit que sa patiente suivante serait Twilop, mais elle savait déjà que son amie n'avait rien. Les Vikings avaient dû la placer en compagnie des blessés en découvrant la tache écarlate qui marquait sa chemise. Aleel se rappelait encore le moment où elle avait aperçu l'hermaphroïde dans cet état : elle venait d'affronter des forbans armés de cimeterres et pourtant c'était en croyant son amie blessée qu'elle avait ressenti la frayeur la plus intense de la journée. Elbare s'était empressé de la rassurer, ainsi que Twilop elle-même.

Physiquement, l'hermaphroïde était indemne, mais elle tremblait de tous ses membres, recroquevillée sur elle-même. Il fallait lui parler sans attendre. Elle n'avait peut-être subi aucune blessure, mais elle était néanmoins atteinte. Si les Vikings étaient aguerris au combat, il en allait autrement de cet être vulnérable. Après tout, elle n'avait que dix ans !

Aleel trouva une couverture et en emmitoufla son amie.

— Ça ira, tu verras, commença-t-elle. Je sais ce que tu ressens.

— Que t... tu crois, bégaya Twilop en retour.

— Mais si ! Tu te sens mal pour le moment et c'est normal. Tu as été impliquée de près dans une scène d'une rare violence et tu réalises seulement que tu es encore en vie. Crois-moi, tous les combattants éprouvent ce que tu ressens après leur premier combat.

— Mais j... j'ai tué, se plaignit-elle.

— C'est ce qui te bouleverse, ajouta une voix masculine derrière elles.

Aleel se tourna vers le centaure.

— Tu as tué cet homme parce que c'était nécessaire, expliqua Nolate. Tu n'en ressens aucune joie et cela prouve ta valeur. Personne ne devrait éprouver de la satisfaction à ôter la vie à un être pensant. C'est ce qui distingue les soldats des meurtriers.

— Et tu n'as rien d'une meurtrière, compléta Aleel. Tu le sais au fond de toi.

L'hermaphroïde tremblait toujours autant dans sa couverture. Aleel redouta de la voir éclater en sanglots. Twilop tint pourtant le coup et se calma. Cela rassura la cyclope quant à la force morale de son amie. Elle surmonterait sa culpabilité, en fin de compte. Heureusement, car bien d'autres dangers les attendaient d'ici la fin de la mission.

Aleel se releva et jeta un coup d'œil vers l'horizon, comme elle le faisait régulièrement depuis qu'elle avait commencé à soigner les blessés. Une fois encore, l'infini bleuté de l'océan apaisa ses appréhensions. Il n'y avait que les terres de la pointe Viking qui rompaient la ligne d'horizon et, bien sûr, le deux-mâts échoué, duquel ils s'étaient considérablement éloignés avant l'abordage des forbans. Pour le reste, c'était de l'eau à perte de vue. Quelques nuages défilaient dans un ciel d'azur.

Mais quelque chose qu'Aleel n'identifia pas bien apparaissait à l'extrémité de la pointe. Elle concentra son regard et le calme qu'elle avait péniblement retrouvé en fut brisé net.

— Oh non ! marmonna-t-elle. Je crois qu'ils reviennent.

Elle chercha ses amis du regard et repéra Sénid. Le Viking vit le signe de la main qu'elle lui faisait et s'approcha. Du doigt, elle pointa sa découverte. Sénid aperçut à son tour les taches lointaines, sans évidemment distinguer plus que deux points sur l'horizon. Il échangea un regard avec elle. Son premier réflexe de découragement se mua vite en résolution. S'il fallait combattre de nouveau, il allait préparer ses compatriotes en conséquence.

Nolate vint les rejoindre.

— Es-tu certaine qu'il s'agit de deux-mâts ? demanda-t-il. Ne serait-ce pas des marchands ou des pêcheurs ?

— Je ne crois pas, répondit-elle. En fait, ces navires sont bien plus gros que les deux-mâts des forbans. Ils ont trois mâts au moins. Peut-être quatre.

— Quatre mâts ?

Aleel fut surprise de l'intervention de Twilop. Toujours emmitouflée dans sa couverture, l'hermaphroïde se leva et se joignit au groupe. À sa demande, la cyclope décrivit les navires qu'elle voyait. Ils avaient en effet quatre mâts et affichaient une forme arrondie, avec une partie arrière couverte qui formait un étage supplémentaire sur le navire. La description causa un choc à Twilop, qui s'appuya des deux mains au bastingage, laissant tomber la couverture. Il semblait qu'elle allait craquer, en fin de compte.

Lorsqu'elle se tourna vers ses compagnons, elle avait les yeux pleins de larmes.

— Ce sont des galions, révéla-t-elle.

Aleel accusa le coup.

— Encore des pirates ? demanda Elbare.

Ce fut le centaure qui répondit à sa question.

— Les navires de transport de la marine du Pentacle, expliqua-t-il.

CHAPITRE CINQ

Comme tous à bord, Elbare avait écouté la description que la cyclope avait faite des nouveaux navires. À présent, Twilop en décrivait la fonction. Si elle avait raison, et rien ne permettait de penser le contraire, ces galions transportaient une grande quantité de marchandises comme de l'armement et des machines de guerre. S'ils convoyaient des troupes, chacun devait transporter plus d'une centaine de soldats. Dans les deux cas, il s'agissait d'un adversaire bien plus dangereux que les pirates...

— Maintenant, je comprends pourquoi les forbans ont pris la fuite, ironisa Sénid.

Il appela Waram, toujours sur le *Dalkrid*. Il fallait décider rapidement de ce qu'ils devaient faire. En d'autres circonstances, les hommes du Nord auraient sans doute apprécié ces renforts inattendus. Mais la nature de la mission faisait de cette apparition une catastrophe de plus dans un voyage qui aurait dû se dérouler dans le calme. Malgré le peu de pertes subies aux mains des forbans, jamais les Vikings, aussi braves soient-ils, ne pourraient vaincre des ennemis aussi nombreux et bien entraînés.

— Peut-être que ces galions transportent les troupes de relève pour les casernes de Thorhammer ? supposa Nolate. Si c'est le cas, ils remonteront l'Égral.

Aleel se tourna vers le centaure.

— Désolée de vous décevoir, mais ils ont dépassé la pointe Viking et font voile directement vers nous.

— Cela ne signifie pas qu'ils viennent nous arrêter, objecta Twilop. Ils ont sûrement vu l'attaque et naviguent vers nous pour nous porter assistance.

— Les soldats du Pentacle n'ont pas l'habitude de poser des actes de générosité, rappela Nolate.

— En fait, commenta Sénid, la supposition de Twilop se tient. Les marins sont souvent d'origine viking. Il y en a peu parmi les gradés, ceux qui empochent une part du butin des forbans. Mais ces commandants risqueraient une mutinerie s'ils refusaient d'intervenir lorsqu'ils sont témoins d'une attaque sur des drakkars.

— Cela ne change rien au problème, déplora Elbare. Ils viennent sur nous. Et quand ils nous verront...

Le versev n'eut pas à compléter sa pensée. Dès qu'un marin verrait les compagnons de mission sur le *Piwanga*, les commandants abandonneraient leur projet d'assistance et s'empresseraient d'arrêter les fuyards. Sénid pouvait passer inaperçu parmi ses compatriotes, mais les autres, non. Surtout Nolate.

Le moral déjà fortement entamé par l'apparition des galions tomba encore plus bas.

— C'est la fin ? demanda Twilop.

— Peut-être pas, tempéra Borgar. Nous avions reçu l'ordre de vous capturer vivants.

— Cela n'a pas vraiment d'importance, commenta Sénid. Que nous soyons capturés ou tués, la mission est terminée et le sort de chaque habitant du Monde connu est scellé... Il faut trouver une solution, et vite ! Mais que fait donc Waram ?

Le capitaine de la flotte viking se trouvait toujours sur le *Dalkrid* à discuter avec l'équipage du navire endommagé.

— Embarquons l'équipage du *Dalkrid* et abandonnons le navire, proposa Nolate. C'est l'affaire de dix minutes au plus et ces galions se trouvent encore à une bonne distance. D'après ce que vous avez expliqué, les drakkars sont plus rapides.

— Ils le sont, confirma Sénid. Malheureusement, pour faire passer l'équipage du *Dalkrid* sur le *Piwanga* aussi vite, il faudrait laisser les blessés en arrière. Ils seraient capturés et interrogés. Inutile de vous rappeler que, si la plupart ignorent le but de notre mission, ils vous ont tous vu, maître.

Sénid n'ajouta rien, chacun étant à même de compléter la pensée de leur ami. Des marchands qui auraient repoussé une attaque de forbans accueilleraient avec soulagement la présence d'une force aussi impressionnante ; fuir reviendrait à avouer qu'ils tramaient quelque chose de louche. Soumis à un interrogatoire, un des prisonniers mentionnerait la présence de Nolate et les marins du Pentacle les pourchasseraient sans répit.

— Si seulement nous pouvions nous cacher, commenta Elbare. Malheureusement, il n'y a aucune cachette sur ces navires dépourvus de pont.

— Il y a un moyen, lança une voix derrière eux.

Ils se retournèrent tous et virent Waram, enfin de retour du drakkar endommagé.

— Tout drakkar transporte de la toile dans ses réserves pour réparer la voile en cas de bris, expliqua-t-il. Vous vous cacherez tous les cinq sous la toile pendant que nous les accueillerons. S'ils ne voient que des Vikings, ils croiront qu'il ne s'agit que d'un voyage d'affaires. Nous allons même leur remettre les forbans blessés.

— Mais ils vont dénoncer notre présence ! s'objecta Twilop.

— Le médecin leur donnera une bonne dose d'une potion calmante, sourit le colosse blond. Ils dormiront une douzaine d'heures avant de pouvoir parler. Quand ils parleront de vous, messire Nolate, nous serons déjà loin.

L'interpellé prit un air songeur.

— Ça pourrait marcher, fit-il. C'est insensé, mais il s'agit peut-être de notre seule chance.

Waram sourit.

— Allons-y ! s'écria-t-il.

Il donna ses ordres et l'équipage du *Piwanga* s'activa. Elbare suivit Aleel et Twilop près des barriques de vivres et de fournitures. Nolate s'installa dans un coin, tandis que les autres s'étendaient à même le plancher en bois. Des Vikings s'empressèrent de couvrir les non-humains d'un bout de toile qu'ils disposèrent de manière à faire croire qu'elle n'abritait rien de plus que des barriques. La lumière crépusculaire qui traversait le tissu ne laissait entrevoir que des silhouettes en mouvement sur le pont. Elbare adressa une courte prière aux Éléments.

La ruse allait-elle suffire ?

★ ❂ ✪

Parce qu'il avait voulu devenir soldat de la garde du Pentacle plutôt que marin comme la plupart de ses compatriotes, Sénid n'avait jamais vu un galion de près auparavant. Celui qui s'immobilisait à quelques enca-blures des drakkars était aussi haut qu'un édifice de trois étages. Il y avait même une dunette, à l'arrière, formant un étage de plus. Face à cette masse qui les surplombait, le Viking fut pris d'un frisson. Si la ruse échouait, c'en serait fini d'eux et de la mission.

Au moins, ils n'avaient qu'un galion à proximité, l'autre s'étant arrêté près du deux-mâts toujours échoué sur son banc de sable. Des chaloupes avaient été mises à la mer et les marins du Pentacle grimpaient dans le navire pirate. Sénid ignorait s'ils procédaient à leur arrestation ou s'ils chargeaient une partie des richesses des forbans pour les laisser repartir ensuite, ce qui ne changeait rien à leur propre situation.

La faible profondeur de l'eau empêchait le galion de se rapprocher des drakkars. Les marins mirent donc une chaloupe à la mer et une douzaine d'hommes y grimpèrent. L'embarcation rejoignit le *Piwanga*. Les Vikings aidèrent les marins à monter à bord. Les hommes du Pentacle se ressemblaient tous un peu, en raison de leur uniforme bleu nuit. L'un d'eux, en revanche, portait en plus des épaulettes avec des grades de commandement. C'était le capitaine du galion. L'homme s'avança devant Waram, qui se tenait un pas devant les autres, et fit un salut militaire.

— Je suis Somsoc, capitaine du *Félicité*, galion de la marine de la très estimée Lama-Thiva, souveraine éternelle du Monde connu.

Waram se présenta à son tour.

— Nous vous sommes reconnaissants de votre présence, ajouta le colosse blond. Sans votre intervention, nous n'aurions peut-être pas pu mettre ces pirates en fuite, du moins, pas sans prolonger les combats et sans subir davantage de pertes.

— En effet, vous avez eu de la chance que nous passions près de la pointe, commenta le capitaine du *Félicité*. Nous avons vu ces deux-mâts se presser vers le large, ce qui nous a semblé suspect. Je dois dire que je croyais qu'ils se contentaient de nous fuir, mais j'ai jugé nécessaire de faire un petit détour.

Sénid se demanda ce qu'il y avait de vrai dans ce récit. Il soupçonnait plutôt le capitaine d'avoir décidé de rattraper les pirates pour leur soustraire un pot-de-vin.

Waram avait parlé d'une recrudescence des activités des forbans, qui pillaient davantage de navires pour répondre aux exigences plus élevées des commandants de la marine. Sénid imagina la déconvenue de Somsoc quand il avait aperçu les drakkars. Il aurait certainement aimé subtiliser aux forbans une part de leur butin, mais il ne pouvait se permettre de faire des Vikings des témoins de leur forfaiture.

— Quoi qu'il en soit, conclut Waram, votre apparition nous a assuré la victoire. Nous pourrons donc poursuivre notre route. Nous repartirons dès que vous aurez embarqué nos prisonniers. Ils sont sous médication et seront d'autant plus dociles.

— Ne vous en faites pas, répondit Somsoc. Quand ils se réveilleront, ils comprendront qu'il est préférable pour eux de se montrer dociles.

Il donna aussitôt des ordres. Les marins qui l'accompagnaient commencèrent à amener des forbans blessés au canot. Ils embarquèrent un premier groupe qu'ils conduisirent sans tarder vers le galion. Sénid compta les blessés restants et estima qu'un deuxième voyage suffirait pour transporter les derniers pirates. Il ne resterait qu'à remercier le capitaine et à espérer qu'il se montre pressé de repartir.

— Vous nous libérez d'un fardeau, remercia Waram. Sans votre présence, nous aurions dû faire un détour pour mener ces bandits en prison.

— Oh! nous n'allons pas nous attarder, lança Somsoc. Nous sommes nous-mêmes attendus à Thorhammer. Nous devons épauler nos collègues de l'armée, qui semblent incapables de retrouver cinq fugitifs en cavale. On se demande comment les terreux se débrouilleraient sans nous...

Le capitaine s'esclaffa et certains de ses hommes rirent aussi, les autres se contentant d'un sourire un peu gêné.

Lors de sa formation à l'Académie, Sénid avait souvent entendu le surnom de *terreux* que les marins donnaient aux militaires de l'armée de terre. Il n'y avait que les humains du Centre, ceux qui obtenaient leur poste de génération en génération, à se montrer aussi méprisants envers les autres soldats. La différence de réaction des marins permettait de deviner lesquels, dans la délégation du *Félicité*, étaient d'origine viking.

La référence aux fugitifs en fuite, toutefois, fit frissonner Sénid de nervosité. Par cette courte phrase lancée sur le ton du badinage, Somsoc venait de confirmer leur pire crainte : ces galions transportaient des troupes dans le Nord pour appuyer les recherches. Le Viking se retint à temps de regarder vers la bâche.

Le capitaine se tourna vers ses marins, de retour pour récupérer les derniers forbans blessés. Ils étaient revenus avec deux canots, nota Sénid, qui se demanda s'ils avaient surévalué le nombre des blessés. En fait, il était plus vraisemblable de supposer que les marins transborderaient les prisonniers dans un canot, alors que l'autre ramènerait le capitaine sur le *Félicité*. Une fois le reste des prisonniers embarqué, Somsoc jeta un regard surpris autour de lui sur le pont du *Piwanga* soudain plutôt désert.

— Vous n'avez presque aucun blessé. Vous vous êtes bien défendus.

— Les Vikings n'ont pas l'habitude de s'en laisser imposer, commenta Waram.

— Certes, approuva le capitaine. Je m'étonne seulement de voir autant de combattants pour un voyage commercial. Que transportez-vous de si précieux pour avoir choisi autant de guerriers comme membres d'équipage ?

Pris de court, Waram hésita avant de répondre.

— Nous voulons mieux protéger nos navires, improvisa-t-il. Les forbans sont plus actifs depuis quelque temps.

Le capitaine porta une main à son menton et, fermant à demi les yeux, il se plongea un moment dans une réflexion intense.

— Tout ceci me paraît fort étrange, dit-il en se parlant à lui-même.

Il se tourna tout à coup vers ses hommes.

— Fouillez le navire ! ordonna-t-il.

Catastrophé, Sénid voulut protester, mais Waram lui posa la main sur le bras pour l'arrêter. Les marins s'avancèrent jusqu'aux marchandises, arrimées au centre du *Piwanga*. Ils regardèrent dans les premières barriques, qui contenaient la nourriture et l'eau. Deux marins avisèrent la voile et la soulevèrent. L'un d'eux eut un mouvement de recul. L'autre sortit son épée. Il donna un ordre et les quatre non-humains se levèrent, mains en l'air en signe de reddition. Somsoc posa un regard ébahi sur Aleel, Elbare, Nolate et Twilop. Il sourit.

Le capitaine du *Félicité* ne devait pas croire à sa chance.

★ ★ ★

Immobile devant Somsoc, Nolate réfléchissait à la situation. Le capitaine du *Félicité* s'efforçait de rester de marbre. La grande expérience du centaure lui permettait toutefois de déchiffrer les émotions sur les visages. Avec ses gardes qui encerclaient les quatre non-humains, Somsoc devait s'imaginer qu'il dominait la situation et anticiper sa promotion prochaine au grade d'amiral de la marine du Pentacle pour cette capture. Nolate comptait bien le décevoir.

Près du centaure, Aleel, Elbare et Twilop attendaient, tête basse et épaules voûtées, en signe de désespoir. Ils devaient déjà s'imaginer en prison dans l'attente de leur exécution. Nolate restait beaucoup plus calme, car le capitaine du *Félicité* avait négligé un point capital qui ne lui avait pas échappé, ni, il en était certain, à l'équipage du *Piwanga*.

Ils étaient bien plus nombreux que les marins.

— Ainsi, commença Somsoc, nous partons épauler nos confrères des troupes terrestres qui recherchent des traîtres ayant enlevé une protégée de la déesse, et que découvrons-nous ? Ces mêmes traîtres sur un drakkar en route vers le sud ! J'imagine la déconvenue des terreux quand ils apprendront que leur proie leur avait déjà échappé.

Somsoc rit et fit un pas en avant pour s'arrêter à quelques centimètres du centaure.

— Vous ne dites rien, sire Nolate ? triompha-t-il. Pas de suppliques, pas de tentatives de corruption ? Aucune justification de vos actes ?

— Aurais-je une chance de vous convaincre ? lança le centaure. Auriez-vous l'esprit assez ouvert pour entendre nos explications et croire à la justesse de notre cause ? Nous laisseriez-vous repartir, quitte à dire à vos hommes que nous ne sommes pas ceux que vous recherchez ? Je sais bien que non. Je préfère garder ma salive pour des paroles qui serviront à quelque chose.

Une certaine colère remplaça le sourire sur le visage du capitaine.

— Je vous trouve incroyablement arrogant pour un captif, fit Somsoc. Je pourrais vous transpercer de mon épée, là, tout de suite, pour vous punir de votre insolence.

— Seulement, la déesse exige que nous soyons menés à elle. Ce qui implique que vous devez nous capturer vivants.

— Ce que j'ai fait. Du moins pour quatre d'entre vous. Mais le déserteur ne nous échappera pas longtemps. Nous fouillerons chacun de vos pitoyables navires et le trouverons. Il n'y a donc rien que vous puissiez dire pour gagner votre liberté.

— Un mot, peut-être, sourit Nolate.

— Vraiment ? Je serais curieux d'entendre ce mot nanti d'un tel pouvoir.

Nolate se contenta de lever un bras.

— Vikings !

Des bruits métalliques poussèrent le capitaine à se retourner. Somsoc regardait de tous les côtés, surpris de voir la forêt de lames qui les menaçaient, ses hommes et lui. Tout à sa satisfaction de la découverte des fugitifs, le capitaine du *Félicité* en avait oublié leur très grande infériorité numérique. Il n'avait qu'une douzaine de marins avec lui, contre plus de soixante guerriers. Aveuglé par son orgueil, Somsoc n'avait même pas envisagé qu'on puisse s'opposer à l'autorité d'un représentant des forces militaires du Pentacle.

Nolate avait compté sur cet orgueil pour abuser son vis-à-vis. Étant lui-même maître d'armes, il connaissait la mentalité de ses collègues des armées de Lama-Thiva. Le centaure n'avait eu qu'à laisser Somsoc se gausser et à retenir son attention, pour l'empêcher de songer à la possibilité d'une attaque.

Le capitaine regarda les Vikings en fermant à demi les yeux, partagé entre l'indignation et la colère.

— Vous osez lever vos armes contre l'armée de votre déesse ?

Un long silence accueillit la question du capitaine. Nolate était conscient que les hommes du Nord attendaient son ordre. Le centaure fit un pas en arrière, bloqua ses sabots à un mètre de son adversaire et croisa ses bras sur son torse. Il fixa Somsoc en souriant. Le capitaine du *Félicité* fulminait.

Waram vint rejoindre Nolate.

— Je crois que vous commencez à comprendre, fit le Viking. Nous ne sommes pas vos prisonniers, c'est vous qui êtes les nôtres. Je pense donc qu'il serait de bon aloi que vous déposiez vos armes.

Somsoc sortit son épée.

— Pour que vous nous saigniez à blanc comme des bêtes à la boucherie ? rugit le capitaine. Nous ne mourrons pas dans le déshonneur.

— Il ne vous sera fait aucun mal si vous restez tranquilles ! s'emporta Waram.

— Nous comptons seulement embarquer nos camarades du drakkar endommagé et reprendre notre route, intervint Nolate. Une fois cela fait, nous nous éloignerons suffisamment de vos navires et vous libérerons dans votre canot. Vous pourrez alors regagner votre galion.

— Vous connaissez les performances des drakkars ! commenta Waram. Il sera donc inutile de nous pourchasser.

Somsoc garda son épée fermement en main, sans toutefois poser de geste menaçant.

— Ainsi, vous nous échapperiez et nous laisserions à d'autres le soin de vous capturer ?

Waram et Nolate hochèrent la tête. Le capitaine se fit hésitant ; il réfléchissait à l'offre qui lui était faite. S'il se montrait raisonnable, il pourrait repartir en vie avec ses hommes. Bien sûr, en laissant échapper les fugitifs, Somsoc risquait un blâme, une perte de son grade, voire le renvoi de l'armée du Pentacle. Tout homme sensé aurait préféré cette option à la mort.

Le capitaine décocha un sourire en coin à ses interlocuteurs.

— Soldats ! À l'attaque !

Les marins du Pentacle n'étaient pas idiots : ils savaient qu'ils n'avaient aucune chance de vaincre. Twilop devina bientôt leurs intentions : ils bataillaient ferme en se tenant épaule contre épaule afin de former un rang que les combattants vikings ne pouvaient franchir. Ce faisant, l'avantage en nombre des compatriotes de Sénid ne procurait aucun bénéfice, du moins à court terme. Mais les Vikings pouvaient se relayer pour ferrailler contre les marins. Ces derniers s'épuiseraient vite.

Les hommes du Pentacle reculèrent jusqu'au bastingage. Lorsqu'ils y furent adossés, le capitaine laissa ses hommes protéger sa fuite et descendit l'échelle de cordage à toute vitesse. Deux marins le suivirent. Ceux qui restaient avaient de plus en plus de difficultés à éviter de se faire submerger. Les Vikings n'avaient cependant pas l'intention de les tuer. Ils les voulaient vivants pour s'en servir comme otages. Du moins, c'est ce que l'hermaphroïde avait cru.

— Contentez-vous de les refouler, hurla Waram.

Twilop se précipita vers le colosse blond.

— Que faites-vous ? cria-t-elle pour se faire entendre à travers le tintement métallique des lames qui s'entrechoquaient. Ils vont nous échapper !

Ignorant son intervention, Waram répéta :

— Repoussez-les, rien de plus !

Comme ils ne connaissaient pas les intentions de leurs adversaires et qu'ils n'avaient visiblement pas entendu l'échange entre Waram et Twilop, les deux derniers marins sautèrent tout simplement à l'eau. L'hermaphroïde courut à la rambarde et les vit nager vers le canot. Leurs collègues les aidèrent à monter dans l'embarcation, pendant que les autres poussaient sur la coque du *Piwanga* avec leurs rames pour mettre le plus de distance possible entre leur esquif et le drakkar.

Twilop se tourna vers Waram.

— Pourquoi les avez-vous laissés partir ? demanda-t-elle, plutôt en colère. Il nous fallait des otages !

En discussion avec Nolate, Waram ne prit pas la peine de répondre.

— Nous voilà saufs pour le moment, dit Sénid. C'est ce qui compte, non ?

— Peut-être, mais ils ne vont pas en rester là.

— Évidemment, intervint Nolate, qui avait fini de discuter avec le capitaine du *Piwanga*. Espérons que la suite nous donnera raison.

Intriguée, Twilop se tourna vers le centaure, qui ne semblait pas disposé à lui fournir une explication, même s'il paraissait connaître la stratégie des Vikings. Elle regarda Waram aller d'un groupe à l'autre pour donner des ordres, pendant que Nolate observait le canot en train de s'éloigner. Le centaure affichait une telle confiance que la colère de l'hermaphroïde s'apaisa. Elle ignorait ce qu'il avait mijoté avec les hommes du Nord, mais elle se doutait que ce serait astucieux et intéressant.

— Et s'ils nous attaquent ? s'inquiéta Elbare, qui les avait rejoints. D'aussi près, leur navire surplombe le nôtre. Une volée de flèches nous obligerait à nous cacher sous nos boucliers.

— Ce serait trop risqué, rappela Nolate. Ils pourraient nous atteindre.

— Et comme la déesse veut nous attraper vivants... compléta Sénid.

Twilop commençait à comprendre. Pendant un moment, elle avait oublié que la déesse tenait à son retour, car elle avait présenté sa disparition comme étant une affaire d'enlèvement. Évidemment, si une tentative d'arrestation se soldait par la mort de celle qu'ils croyaient sauver de ses ravisseurs, les responsables de cette perte en répondraient directement à la déesse. Jamais le capitaine Somsoc ne prendrait un pareil risque, aussi démesurée que soit son ambition. La vie des maladroits ne pesait pas lourd entre les mains de Lama.

L'hermaphroïde observa de nouveau le canot qui avait franchi la courte distance séparant le *Piwanga* du *Félicité*. D'un instant à l'autre, les marins du galion lanceraient une échelle de cordage. Mais rien ne se passa. Le capitaine multipliait pourtant les gestes, se permettant même de se mettre debout dans l'embarcation qui tangua dangereusement. Une vive agitation fit suite aux ordres que devait lancer le capitaine. Twilop s'étonna que des marins aguerris aient pu oublier de préparer l'échelle qui devait permettre de rapatrier le capitaine et son équipe.

Les marins arrivèrent au bastingage. Twilop fut surprise de les voir en si grand nombre. Son incompréhension redoubla lorsqu'elle réalisa qu'aucune échelle n'était lancée vers le canot. À la place, les hommes formèrent un rang bien ordonné et bandèrent des arcs. Sous le choc, l'hermaphroïde chercha autour d'elle un bouclier abandonné pour se protéger. Une première volée de flèches prit son envol. Elle se jeta contre le bastingage et s'accroupit, mains sur la tête. Rien ne se passa. Intriguée, elle se redressa à demi et chercha la cible des marins. Aucune flèche n'avait atteint le drakkar. Elle n'arrivait pas à croire qu'ils aient pu rater une cible aussi grosse. Lorsqu'ils tirèrent de nouveau, Twilop réalisa qu'ils ne visaient pas le *Piwanga*. Ils ciblaient le *Dalkrid*.

— Exactement ce que vous aviez prévu, messire Nolate. Bravo !

Waram souriait.

— Vos compatriotes ont aussi manœuvré avec subtilité, rétorqua le centaure. Nous pourrons nous échapper, à présent.

Le capitaine viking et le centaure observaient le navire endommagé en souriant. Twilop continuait de chercher ce qui les réjouissait. Elle se rendit compte qu'il n'y avait presque plus personne sur le drakkar en perdition. Une vague un peu plus forte fit bouger le navire, qui parut un instant se dédoubler. L'hermaphroïde éclata de rire, comprenant enfin ce qui s'était passé. Effrayée par les événements en cours, elle en avait oublié que l'expédition se composait de trois drakkars. C'était le *Ravachol* qu'elle avait aperçu, dissimulé par le *Dalkrid*.

Ainsi, pendant que le capitaine du *Félicité* discutait sur le *Piwanga*, le *Ravachol* avait poursuivi sa route jusqu'au *Dalkrid*. Les marins du galion avaient regardé la manœuvre sans réagir. Pourquoi se seraient-ils méfiés ? De leur point de vue, ils observaient un sauvetage en mer, pas une tentative de rebelles cherchant à leur échapper. Personne sur le *Félicité* ne pouvait savoir que leur capitaine découvrirait des fugitifs dans la flotte viking.

Cela expliquait aussi l'agitation de Somsoc lorsqu'il avait découvert le sauvetage en cours. Il savait fort bien que les drakkars battaient le galion en vitesse et en manœuvrabilité. Sans le navire endommagé, ses proies auraient déjà pris la fuite. Il avait donc ordonné cette attaque pour empêcher l'évacuation du poids mort qui retardait les Vikings.

Une troisième volée de flèches visa cette fois le *Ravachol*. Twilop vit que le capitaine du troisième drakkar avait finement manœuvré. Il ne s'était pas contenté de s'amarrer au *Dalkrid* pour en évacuer l'équipage, il avait aussi placé les passerelles de telle façon que la voile du drakkar immobilisé limite la vue depuis le galion. Les Vikings tenaient néanmoins leurs boucliers au-dessus de leur tête pour arrêter les quelques flèches qui passaient au-dessus du mât.

Ils purent achever l'évacuation des derniers hommes du *Dalkrid*.

Le capitaine du galion n'allait pas abandonner. Effectivement, l'équipage du *Félicité* avait mis des canots à la mer. Les marins tiraient de toutes leurs forces sur les rames pour foncer vers les drakkars. Twilop ne connaissait rien aux manœuvres maritimes, mais elle réalisa rapidement que ni le *Piwanga* ni le *Ravachol* n'aurait le temps d'échapper à la troupe d'assaut du Pentacle. Elle soupira, résignée. Un nouveau combat s'annonçait.

Les premiers canots accostèrent le *Dalkrid* et les marins profitèrent de ce que l'équipage avait été évacué pour grimper en nombre sur le drakkar. Ils coururent en formation serrée vers les passerelles menant au *Ravachol*. Les Vikings du navire de secours s'empressèrent de les retirer. Ils ne furent toutefois pas assez rapides ; deux d'entre elles demeuraient en place. Les marins se ruèrent sur le *Ravachol* et le combat commença.

Sénid se tourna vers leur propre problème : la moitié des canots fonçaient vers le *Piwanga*. Les premiers accostèrent le drakkar et les marins utilisèrent des lances pour éloigner les Vikings du bastingage et permettre à certains d'entre eux de grimper à bord. Les compatriotes de Sénid multiplièrent les coups d'épée pour repousser les lances. Quelques marins purent prendre pied sur le drakkar. Ils furent repoussés avant d'être assez nombreux pour soutenir leur position. Après l'échec de la troisième tentative, le commandant de l'assaut préféra renoncer.

— Retraite ! cria-t-il.

Les marins ne se firent pas prier pour ramer à distance sûre du *Piwanga*. Guerrières et guerriers crièrent leur contentement. Sénid mêlait ses cris à ceux de ses compatriotes. Il ne pouvait oublier que la victoire n'avait été facile que parce que le capitaine Somsoc voulait absolument capturer les cinq fugitifs vivants. Il n'y avait donc aucune pluie de flèches à redouter.

Les choses étaient bien différentes sur le *Ravachol*. En dépit des effectifs plus nombreux du troisième drakkar, qui comptait désormais sur l'appui des Vikings du *Dalkrid*, les combats dont Sénid était témoin semblaient acharnés. Les bruits d'épées et de cimeterres qui s'entrechoquaient leur parvenaient malgré la vingtaine de mètres qui les séparaient des autres drakkars. Il y avait des cris et des Vikings s'écroulaient, blessés ou tués.

Waram donna ses ordres :

— Aux rames, mes amis ! Nous allons secourir nos camarades.

Les Vikings se précipitèrent aux bancs de nage et firent rapidement bouger le *Piwanga*. Le drakkar avança de quelques mètres, s'éloignant un peu du *Félicité*. Il contourna le *Dalkrid* par la proue afin de prendre les marins du Pentacle à revers. En quelques minutes, il se retrouva tout contre le *Ravachol*.

— À l'attaque ! cria Waram.

Il n'attendit pas que des grappins soient lancés pour coller les navires l'un contre l'autre. Il saisit un des cordages de la voile, courut sur le pont et, en se balançant au bout de la corde, franchit l'espace entre les drakkars pour retomber sur ses pieds en plein centre d'une bagarre. En quelques coups d'épée, le colosse blond écarta les marins et chercha du regard d'autres Vikings en difficulté pour leur porter secours.

Une véritable tempête blonde sema la pagaille au sein des marins du Pentacle, des bretteurs chevronnés qui avaient reçu la formation des troupes de la déesse. Pourtant, Waram repoussa plusieurs adversaires. Son style particulier le distinguait parmi les combattants. Ses puissantes frappes, portées de haut en bas, tenaient à distance n'importe quel adversaire.

Des passerelles permirent aux Vikings du *Piwanga* de passer sur le *Ravachol*. Ces renforts renversèrent bientôt la situation. Les combats étaient toujours aussi acharnés, mais cette fois c'était les marins du Pentacle qui reculaient, submergés. Le commandant de l'escouade ordonna bientôt la retraite. Les Vikings avaient de nouveau vaincu.

— Tous aux rames ! cria Sénid. Il faut mettre de la distance entre eux et nous.

Les hommes du *Piwanga* coururent aux bancs de nage. En utilisant le *Dalkrid* comme bouclier, Sénid réussit à distancer le galion de quelques encablures. Un regard en arrière montra le *Félicité* en train de contourner le drakkar endommagé. L'autre navire de la marine du Pentacle, légèrement en retrait, faisait également voile vers eux. Sénid encouragea les guerriers à redoubler d'ardeur. Aussi conscients que lui de la situation, ils jetèrent leurs dernières forces sur les rames.

Un vent favorable permit aux Vikings de larguer la voile. Aussitôt, le *Piwanga* distança l'ennemi, qui, peu maniable, n'en finissait pas de contourner l'épave. Le *Ravachol* suivit, avec moins d'une encablure de retard. Les guerriers purent délaisser les rames et reposer enfin leurs muscles fatigués. Ils restèrent néanmoins en poste, prêts à tout donner pour échapper à l'ennemi.

Sénid attendit que les galions ne soient plus que deux points à l'horizon, difficiles à percevoir même par Aleel, avant de permettre aux rameurs de quitter leur poste. Le *Piwanga* glissait paresseusement sur l'onde. Le *Ravachol* suivait de près. Les drakkars manœuvrèrent pour se placer flanc contre flanc. Une passerelle fut mise en place et les survivants se répartirent entre les deux drakkars. Sénid pouvait remettre le commandement à Waram.

Mais pourquoi son ami n'était-il pas intervenu durant la manœuvre ? Pris d'un affreux pressentiment, Sénid fit le tour du *Piwanga* à la recherche de son ami. Si Waram n'avait pas repris le commandement de son drakkar, il devait se trouver parmi les blessés ou pire, les morts. L'idée fit battre son cœur de façon désordonnée. Comme il ne le voyait nulle part sur son navire, il se tourna vers le *Ravachol*. Avisant l'ancien soldat du Pentacle, il le héla.

— Borgar ! Waram est-il à votre bord ?

— Il est sur le *Piwanga*, rétorqua l'ex-soldat.

— Non, il n'est pas ici !

— Comment ? Où est-il, alors ?

Sénid refusait d'envisager la mort du meilleur ami qu'il ait eu. Waram était un des plus talentueux combattants qui soit et il en aurait remontré à bien des promus de l'Académie militaire. Avant de trépasser, il avait certainement chèrement vendu sa vie et emporté plusieurs ennemis avec lui. Il songea soudain que Waram était peut-être en vie, mais que, dans la confusion de la bataille, il n'avait pu rejoindre les drakkars. Cette possibilité ne rasséréna Sénid qu'un court moment, car il en mesura aussitôt les terribles conséquences.

Si Waram était vivant, il avait été fait prisonnier. Il serait interrogé, probablement torturé. Peut-être résisterait-il aux tortionnaires de la marine, mais Somsoc l'enverrait à Capitalia. Là-bas, la déesse saurait arracher à Waram tout ce qu'il savait, notamment le but réel de leur expédition. Dès lors, elle enverrait toutes ses troupes pour les arrêter.

CHAPITRE SIX

Encore une fois, Aleel se dressait sur la vergue, agrippée au mât d'une main et formant une visière de l'autre pour protéger son regard du soleil. La cyclope scrutait ainsi l'horizon depuis plusieurs minutes. Nolate n'aimait pas trop la voir prendre tant de risques ; il se remémorait sa chute dans une crevasse. Mais elle pouvait détecter les galions mieux que personne. Contre un ennemi aussi décidé que Somsoc, il fallait profiter de tout avantage.

— Rien en vue ? s'enquit Nolate, sans réel espoir d'une réponse positive.

Trois jours après la bataille, la marine du Pentacle les pourchassait toujours. Les habiles Vikings parvenaient à semer les galions et à les voir disparaître sous la ligne d'horizon, mais chaque fois qu'ils remettaient le cap au sud, ils les retrouvaient qui bloquaient le passage. Même une tentative de nuit avait échoué. Serait-ce enfin diffé-rent ?

— Il y en a un au sud-ouest, répondit Aleel. Je ne vois pas l'autre pour l'instant… Attendez... Oui, il est là aussi, à l'est du premier !

Nolate remercia la cyclope et l'invita à descendre de son perchoir. Il n'était guère surpris. Il avait jaugé le capitaine du *Félicité* au premier regard et s'était attendu à cet acharnement pour les rattraper. La crainte d'annoncer son échec à la déesse jouait assurément dans ce zèle, mais aussi la perspective d'une promotion qu'une capture aussi prestigieuse ne manquerait pas de lui valoir. Dans tous les cas, il ne pouvait que tout tenter pour capturer le centaure et ses amis. Qu'il connaisse le but véritable de leur voyage ou non.

Bien des choses avaient été discutées les jours précédents. Cela avait commencé par l'élection de deux nouveaux capitaines pour les drakkars restants. Le guerrier Rogor avait obtenu le *Piwanga* et sa compatriote Eksab, le *Ravachol*. Sénid n'avait pas cherché à garder le navire de Waram, sachant que les marins ne le connaissaient pas aussi bien qu'ils se connaissaient les uns les autres. Et il était lié par la recherche des morceaux du Pentacle.

Les cinq amis s'étaient réunis pour discuter de la suite de la mission. L'incertitude concernant le sort de Waram faisait planer une nouvelle menace sur une aventure déjà risquée. Sénid était convaincu que son ami ne parlerait pas à Somsoc, même sous la contrainte. Nolate pensait de même, mais il redoutait que le colosse blond soit amené devant Lama. Avec ses pouvoirs magiques, la déesse aurait tôt fait d'apprendre tout ce qu'il savait.

— Comment savoir s'il a été interrogé ? avait demandé Elbare.

Nolate se souvenait fort bien de sa réponse.

— Si nous voyons les troupes du Pentacle arriver en masse, nous saurons.

Cela, c'était pour plus tard. Pour le moment, il fallait trouver le moyen de contourner les galions et de rejoindre l'île Majeure.

D'après la carte, les navires passaient par Œculus-sur-Mer et remontaient l'Agnarut. Ce passage, Somsoc ne tarderait pas à en organiser le blocus lorsqu'il aurait compris qu'il ne rattraperait pas les drakkars.

Nolate avait une idée sur la façon de contourner les galions et de reprendre la navigation vers le sud. Il réunit à nouveau ses compagnons de mission auxquels se joignit Borgar, qui connaissait le but de leur voyage. Le centaure demanda aussi aux nouveaux capitaines de le rejoindre. Ce qu'il comptait proposer les concernait au premier chef.

— Comme je le redoutais, commença Nolate sans attendre, la voie nous est une nouvelle fois coupée. Il est évident à présent que nous ne pourrons jamais rejoindre l'île Majeure.

— Nous pourrions forcer le passage, proposa Elbare. Nous sommes plus rapides qu'eux.

— Trop aléatoire, objecta Sénid. Il faudrait un vent favorable pour les gagner de vitesse et, si le vent devait tourner au mauvais moment, nous serions faits comme des rats.

— Je suis d'accord, approuva Nolate. Il nous faut donc prendre une autre route.

Nolate déplia une carte du Monde connu. Le document viking ressemblait beaucoup à celui que Twilop avait emporté en quittant Capitalia et qui avait disparu avec la mule dans une avalanche, à ceci près qu'elle comportait plus de détails sur les régions Nord et Ouest. C'était logique, puisque les hommes du Nord connaissaient mieux leur région et celle des cyclopes, leurs principaux partenaires commerciaux.

Le centaure montra d'abord leur position sur le document.

— En trois jours, expliqua-t-il, nous sommes allés assez loin vers l'ouest pour devoir à présent contourner l'île Mineure. Les galions vont sans doute tenter de nous bloquer aussi ce passage. Je propose de les surprendre en empruntant un itinéraire complètement inattendu.

Il pointa une troisième île plus au nord, plus grande encore que l'île Mineure.

— L'île des Volcans ? s'étonna Aleel. Qu'avez-vous exactement à l'esprit ?

— Nous contournerons cette île par l'ouest, précisa Nolate en glissant son doigt sur le parchemin pour montrer la route.

La cyclope et les Vikings relevèrent la tête et fixèrent des regards chargés de stupeur sur le centaure. Pendant plusieurs secondes, ni Aleel ni les hommes du Nord ne prirent la parole. Nolate voyait bien qu'aucun d'eux n'appréciait la suggestion. Il vit même de la frayeur sur leurs traits. Pourtant, ce détour paraissait anodin. Ils perdraient quelques jours, rien de plus.

— Vous... Vous voulez passer par les Eaux étranges ? lança enfin Aleel, la première à retrouver la voix. Auriez-vous perdu l'esprit ?

— Ces eaux regorgent de courants marins et de récifs traîtres, lança Eksab. Peu de navires sont revenus d'un séjour dans le secteur.

— On raconte aussi que de redoutables créatures marines y sévissent ! renchérit Borgar. Des bêtes de forte taille, capables de s'attaquer à un navire et de le couler.

— Il faut pourtant contourner ces galions, rappela Elbare. Il semble qu'il n'y ait aucun autre chemin.

De nouveau le silence s'abattit sur le groupe. Nolate s'étonnait d'une pareille frayeur chez les hommes du Nord. Il n'avait jamais vu un Viking reculer ni même hésiter face à un danger, quelle qu'en soit la nature. Cette histoire de créatures marines redoutables lui paraissait relever de la plus haute fantaisie. Le centaure était au moins renseigné sur la raison pour laquelle personne n'avait envisagé cette route depuis trois jours.

Sénid soupira.

— Maître Nolate a raison, finit-il par dire. Je crois qu'aucun autre choix ne s'offre à nous.

Un à un, chacun se résigna à l'évidence.

★ ★ ★

La nuit avait été froide et Aleel frissonnait sous sa couverture. Une lueur blanche lui apprit la venue de l'aube. La cyclope garda pourtant sa paupière close, cherchant à prolonger son sommeil. Le contact de la couverture sur sa peau était si humide et glacial qu'elle se résigna pourtant à ouvrir l'œil. À la place du bleu du ciel, elle ne vit qu'une blancheur diffuse.

Elle repoussa la couverture, frissonnant de plus belle au contact de l'air glacé qui passa sur ses bras. Cette fraîcheur l'étonnait, car le temps était resté plutôt clément depuis leur départ de Dragonberg. Hormis une journée de pluie, la veille du débarquement sur la pointe Viking, le beau temps avait toujours été au rendez-vous. Cependant, elle se rappelait que, pour contourner l'île des Volcans, il fallait remonter assez loin au nord. Il était temps de remettre des fourrures.

Aleel se redressa et regarda autour d'elle. La blancheur qu'elle avait vue enveloppait le *Piwanga*, ne laissant apparaître que quelques mètres d'une mer d'huile. Vers la poupe, la cyclope distinguait à peine le *Ravachol*. L'autre drakkar suivait pourtant à moins d'une encablure. Pour le reste, la blancheur était infinie.

Aleel ne se rappelait pas avoir vu un brouillard aussi dense de sa vie.

— On se croirait hors du monde, n'est-ce pas ?

La cyclope accepta le manteau que lui tendait Twilop. Elle s'emmitoufla dans la fourrure, en attendant que le soleil dissipe cette humidité. Sans disposer de toutes les connaissances des sages, Aleel savait que le brouillard ne se formait qu'à la faveur d'un ciel dégagé. Le vêtement qui avait été conservé au sec dans les bagages rendrait l'attente bien plus supportable. Dernière levée, elle observa ce que faisaient les autres.

Dans un coin, à la poupe, des Vikings mangeaient leur ration du matin. D'autres occupaient les bancs de nage, mais, curieusement, ne donnaient que quelques coups de rames à l'occasion, selon les instructions que Borgar leur transmettait. L'ancien soldat se tenait à la proue, en compagnie du capitaine Rogor et de Nolate.

La cyclope ne comprenait pas ce que faisaient les deux Vikings et le centaure à l'avant du *Piwanga*. Ils scrutaient le brouillard, comme s'ils croyaient parvenir à voir à travers cette nuée. De temps à autre, ils échangeaient quelques mots, imperceptibles à cette distance. En fait, ils semblaient plutôt murmurer entre eux. Aleel envisagea de les rejoindre, mais jugea plus avisé de les laisser à leur tâche, car ils s'y connaissaient mieux qu'elle en navigation et, même en concentrant son regard, elle ne pouvait percer ce brouillard. Il fallait vraiment attendre que le soleil fasse son effet.

Un hochement de tête révéla que le trio avait pris une décision. Le centaure avança d'un pas jusqu'à se retrouver tout contre le bord. Aleel resta bouche bée en voyant qu'il avait sorti son arc. Il encocha une flèche que lui tendait le capitaine, se mit en position, banda l'arc et tira. La flèche disparut aussitôt dans la blancheur laiteuse. L'étonnement de la cyclope redoubla lorsqu'elle constata que la flèche était reliée à un filin.

— Mais que font-ils donc ?

— Ils tentent de repérer les obstacles sur notre route, répondit Sénid, qui venait de les rejoindre, Twilop et elle.

— Les obstacles ? En pleine mer ?

Elle entendit un lointain bruit d'éclaboussure, venant de quelque part devant le *Piwanga*. La flèche venait de retomber à l'eau. Borgar tira sur le filin, ramena le trait et le remit au centaure. Aleel remarqua l'excroissance à l'extrémité de la tige de bois. Les Vikings avaient attaché une sorte de boule, vraisemblablement une balle en cuir, à la place de la pointe. Ainsi arrangée, la flèche faisait assez de bruit en tombant à l'eau.

L'hermaphroïde confirma ce qu'Aleel commençait à comprendre.

— Nous remontons vers le nord, rappela Twilop. Nous risquons de croiser des icebergs.

— Et comme ce brouillard nous empêche de les repérer, compléta la cyclope, le bruit de la flèche dans l'eau indique un passage dégagé.

Aleel regarda la suite de la manœuvre, admirative devant l'ingéniosité et la simplicité de la solution trouvée. Sans cette astuce, ils auraient sans doute été contraints d'attendre sur place que le brouillard se lève et auraient perdu encore plus de temps sur la route menant à Œculus. Le détour par les Eaux étranges provoquerait déjà un retard assez important, sans compter les dangers que cette région méconnue pouvait receler.

Nolate encocha de nouveau la flèche et se mit en position de tir. Cette fois, le capitaine désigna un point légèrement à droite de la direction dans laquelle ils avançaient. Le centaure banda l'arc et, avec la force propre à son espèce, tira une nouvelle fois la flèche qui s'envola dans la brume. Aleel apprécia la logique de laisser Nolate au tir à l'arc. Non seulement les centaures excellaient au maniement de cette arme, mais leur grande force leur permettait d'envoyer la flèche plus loin. Le filin retomba, prouvant que la flèche avait atteint la limite de sa course... sans avoir provoqué le bruit d'éclaboussure.

— On dénage ! lança Borgar, sans attendre d'ordre du capitaine.

Les Vikings inversèrent le mouvement des rames, ralentissant la progression du *Piwanga*. Le *Ravachol* suivit avec quelques secondes de retard, ce qui amena les deux drakkars à frôler la collision. Aleel soupira de soulagement, consciente tout de même qu'à une aussi faible vitesse les dégâts se seraient avérés négligeables. Elle se tourna vers la proue du *Piwanga*... et vit la muraille de glace qu'ils avaient presque emboutie. La cyclope se remémora un moment les icebergs aperçus sur l'étendue d'eau nordique qui portait précisément le nom de lac Iceberg, lors de leur voyage avec les yétis. Ils étaient autant de nains comparés à ces montagnes.

Dans le calme, les Vikings se remirent à ramer, cette fois de façon à contourner la masse blanche. Le capitaine fit passer les drakkars par la gauche. Aleel regarda la muraille qu'ils longeaient en imaginant les dégâts qu'aurait causés une collision. Ni les drakkars ni les galions n'auraient pu échapper au naufrage. Un pareil colosse aurait coulé même le plus titanesque des navires.

✪ ✪ ✪

Finalement, le brouillard ne les avait retardés qu'un seul matin. Les jours suivants, les drakkars avaient parcouru une bonne distance vers le nord. Le froid avait progressé d'autant. La veille, quelques flocons d'une neige mouillée avaient salué les navires vikings. Twilop commençait à se lasser du froid et de la neige.

Aux dires des Vikings, le brouillard se formait lorsque de l'air froid passait au-dessus d'une surface d'eau plus chaude. Les masses de glace flottantes de plus en plus nombreuses qu'ils doublaient démontraient que l'eau aussi était glacée, désormais. La banquise recouvrait maintenant presque toute la surface de la mer et compliquait la progression des drakkars. Il n'avait fallu que quatre jours pour rejoindre la pointe Viking, mais le *Piwanga* et le *Ravachol* filaient vers le nord depuis une semaine déjà, sans compter les trois jours pendant lesquels ils avaient tenté de contourner les galions.

Et Twilop s'interrogeait sur ce qui les attendait dans les heures à venir. La veille, elle s'était réveillée en pleine nuit. Il lui avait semblé entendre le bruit du tonnerre, mais la vue du ciel étoilé l'avait laissée perplexe. Elle s'était levée pour chercher l'origine du grondement qui troublait le silence nocturne. L'hermaphroïde avait remarqué une lueur rouge à l'horizon, vers laquelle ils se dirigeaient. Avisant le Viking responsable des rameurs de nuit, elle l'avait interrogé à propos de cette source lumineuse.

— C'est la lueur du mont Incandescent, avait grommelé l'interpellé.

— Le mont Incandescent ?

— Un volcan. La limite que tout être sensé refuse de franchir. Nous allons pourtant tenter cette folie. Je crains même que la banquise ne nous force à passer tout près de cet enfer.

Évidemment, Twilop n'avait jamais vu de volcans auparavant. Les parchemins de la bibliothèque de Pakir-Skal parlaient de montagnes qui, en certaines circonstances, crachaient des flammes. L'hermaphroïde s'était toujours demandé à quel point ces récits exagéraient. La découverte des geysers à Hypérion lui avait appris au moins que des phénomènes semblables existaient réellement. Quoi qu'il en soit, elle ne voyait pas ce qui justifiait la crainte des Vikings concernant cette montagne.

Twilop avait vu le volcan, encore petit à l'horizon. En plein jour, elle ne parvint pas à distinguer le feu qui devait en principe embraser son sommet. Il y avait bien un panache grisâtre qui paraissait surgir de la montagne, mais l'hermaphroïde n'aurait su dire s'il s'agissait de fumée ou d'un nuage qui s'agrippait à ses pentes. Elle avait hâte de voir le phénomène de plus près.

— Ça ne me semble pas vraiment spectaculaire, commenta-t-elle.

— Nous en sommes encore loin, expliqua Sénid. Si nous passons assez près, tu verras sa forme conique. J'espère cependant que nous pourrons rester à distance.

Le Viking se tourna vers la vergue, sur laquelle Aleel se tenait. Depuis l'aube, la cyclope scrutait l'horizon, cherchant les espaces libres dans la banquise. Elle ne se permettait que quelques courtes pauses, le temps de descendre boire un peu d'eau. Elle regrimpait bien vite et reprenait une tâche qui ne pouvait que s'avérer délicate.

De temps à autre, la cyclope désignait un passage et les drakkars s'y engouffraient. Parfois, au contraire, elle rejetait une voie d'eau qui semblait libre, ayant constaté qu'elle menait à une impasse. La manœuvre restait lente et hasardeuse, car le mouvement constant des glaces ouvrait de nouveaux passages pour en refermer d'autres. En dépit de sa vision exceptionnelle, Aleel pouvait fort bien les guider dans un passage qui se refermerait sur eux. L'hermaphroïde ne put s'empêcher de frissonner en imaginant ces mâchoires de glace en train de broyer les navires.

Le chemin indiqué par la cyclope amenait les drakkars à se diriger vers le volcan, ce qui contrariait visiblement les Vikings. Pour sa part, Twilop avait hâte de voir la montagne d'un peu plus près. Déjà, le mont Incandescent paraissait plus imposant sur la ligne d'horizon. Assez pour que la lueur rougeoyante de son sommet apparaisse enfin.

— Les glaces semblent moins compactes plus près du mont Incandescent, commenta-t-elle.

— Nous aurions pu le prévoir, observa Sénid. La chaleur du volcan réchauffe sans doute l'eau sur plusieurs kilomètres à la ronde.

— Dans ce cas, nous aurions intérêt à passer à proximité de cette montagne, il me semble.

— On voit que tu ne connais pas les volcans, intervint Borgar. Ils crachent parfois des blocs de roche fondue à des centaines de mètres de distance. Le genre de masse qui transpercerait un drakkar et l'enverrait par le fond en quelques instants.

Twilop s'efforça de visualiser une pierre d'un poids suffisant pour fracasser le bois des navires vikings. Il faudrait une masse si lourde qu'elle ne voyait pas comment un rocher pareil pouvait voler dans les airs. L'hermaphroïde regarda Borgar attentivement. À coup sûr, le Viking se moquait d'elle. Pourtant, il n'avait pas l'habitude de ce genre de plaisanterie. Et il paraissait si sérieux qu'elle ne pouvait que croire à ce qu'il racontait.

Des bruits de tonnerre l'incitèrent à tourner la tête vers le volcan. Twilop vit un nouveau panache de fumée grimper dans les airs. Des points rougeâtres retombaient un peu partout sur le flanc de la montagne, certains même dans la mer. Interloquée, l'hermaphroïde comprit qu'il s'agissait de rochers de forte taille. Borgar n'avait donc rien exagéré.

Les drakkars arrivaient plus près du volcan, à présent. Un peu trop, même, au goût de Twilop, compte tenu de ce que Borgar venait d'expliquer. À cette distance, elle réalisa que ce qu'elle avait pris pour des flammes était en réalité une sorte de boue rougeâtre qui coulait sur le flanc de la montagne. Voyait-elle ce qu'on nommait de la lave ? En tout cas, cette substance inconnue devait être très chaude, car elle faisait bouillonner la mer à l'endroit où elle y plongeait.

Une légère neige se mit à tomber sur les drakkars. Twilop la balaya machinalement de sa manche, avant de se rappeler que le temps était ensoleillé. Elle fronça les sourcils et regarda d'un peu plus près cette neige sale. Il s'agissait d'une substance grisâtre, nullement froide au toucher. On aurait dit de la cendre, sauf qu'elle crissait entre ses doigts comme du sable.

— Droit devant, cria Aleel, de son perchoir.

Twilop jeta un regard vers l'avant et réalisa que la mer était libre de glace sur des kilomètres. Des courants chauds avaient dispersé le couvert de glace, à moins que ce ne soit le vent. Encouragés, les marins tirèrent de toutes leurs forces sur les rames, faisant prendre de la vitesse au *Piwanga*. L'hermaphroïde ne pouvait qu'approuver leur zèle. Aussi fascinante que soit l'observation d'un volcan, elle préférait le regarder de plus loin, désormais. La cendre qui s'abattait sur le navire cessa de tomber au bout de quelque temps. Ils dépassaient lentement le mont Incandescent.

Le bruit incroyablement fort d'une explosion se fit entendre. Twilop se plia en deux, les mains sur les oreilles. Elle avait l'impression que ses os vibraient comme le métal d'une cloche qui tintait. En levant les yeux, elle vit que chacun avait réagi comme elle. À la recherche de l'origine du phénomène, elle ne tarda pas à regarder vers le volcan.

C'était ahurissant ! Tout un flanc de la montagne se détachait et glissait dans la mer. Une vague gigantesque se souleva, pendant qu'un nuage de poussière se répandait à la surface de l'eau. Twilop regardait le cataclysme, paralysée de stupeur. Le mur liquide se trouvait encore à bonne distance. Malgré l'absence de point de repère sur l'océan, la vague semblait aussi haute, sinon plus, que le mât du *Piwanga*. C'était stupéfiant, mais il y avait pire. La vague fonçait droit sur eux.

Même dans ses cauchemars les plus terrifiants, Elbare n'aurait pu imaginer un déchaînement de forces naturelles aussi spectaculaire que l'effondrement de toute une montagne. Le nuage de cendre qui glissait sur les eaux s'étendait vers l'est et n'approcherait pas les drakkars. Il en allait autrement de la vague. Elle se déployait en éventail autour du volcan et, si sa partie la plus imposante disparaissait dans la masse grise tourbillonnante, une lame de plusieurs mètres de hauteur les frapperait dans quelques minutes.

Il ne lui restait plus qu'à se mettre en paix avec les Éléments.

— Demi-tour !

Les rameurs du *Piwanga* obéirent au cri du capitaine Rogor. Elbare voyait dans ce geste une tentative désespérée, dictée par la panique. Même s'il ne connaissait rien à la navigation, le versev savait pertinemment qu'ils n'avaient aucune chance de distancer la vague. Il était difficile d'en estimer la vitesse, mais la masse bleue couverte d'écume déferlait dans leur direction aussi vite, sinon plus, qu'un cheval au galop.

Sur les bancs de nage, les Vikings mirent toutes leurs forces sur les rames. Elbare se sentit brusquement déporté sur sa droite et dut s'agripper au bastingage pour éviter de tomber. Étonné, il jeta un regard vers les rameurs. Apparemment, une rangée déployait plus de force que l'autre. Dans leur panique, les Vikings ne parvenaient pas à synchroniser leurs efforts. En y regardant de plus près, Elbare réalisa qu'en fait chacune des deux rangées ramait en sens inverse de l'autre, ce qui faisait tourner le *Piwanga* sur lui-même.

Curieusement, Rogor ne donna aucun ordre pour redresser la situation. Pourtant, la vague se rapprochait et Elbare estima qu'il ne restait que quelques secondes avant qu'elle ne s'abatte sur eux. Alors que le *Piwanga* continuait à tourner, le versev se rappela l'ordre que le capitaine avait lancé aux rameurs et comprit enfin ses intentions. Il amenait volontairement le drakkar face à la vague !

— Maintenez ce cap ! cria Rogor. Que tous les autres s'agrippent. Et n'oubliez pas les blessés !

Les Vikings qui ne s'occupaient pas des rames cherchèrent des prises pour se cramponner. La plupart choisirent le bastingage. Quelques-uns coururent jusqu'aux blessés avec des cordages. Elbare les vit attacher leurs compatriotes au navire, avant de trouver à leur tour des prises pour résister à l'impact imminent. Il vit la même agitation sur le *Ravachol*, qui avait lui aussi accompli une manœuvre semblable. Cela le plaçait devant le *Piwanga*, à présent, et ce serait donc lui qui affronterait la vague le premier.

Un étrange silence s'abattit sur les deux navires. Quelques instants plus tard, un grondement sourd se fit entendre, d'abord très ténu, puis de plus en plus fort. Elbare se trouvait près de la proue du *Piwanga* et voyait le mur liquide se rapprocher. Il s'élevait de plus en plus à chaque seconde, dépassant en hauteur le mât du *Ravachol*.

Lentement, l'autre drakkar se souleva, jusqu'à se dresser presque à la verticale. Elbare vit les Vikings qui s'agrippaient de leur mieux. Les rameurs s'activaient pour tenir le navire bien droit sur la montagne liquide. Quelques barriques se libérèrent et roulèrent vers la poupe. Le sommet de la vague déferla, noyant le *Ravachol* sous un nuage d'écume. Au dernier instant, avant que le navire ne disparaisse de son champ de vision, le versev crut voir quelques Vikings perdre pied. Ils n'avaient aucune chance de survivre à cette fureur.

La vague arriva au *Piwanga* et Elbare oublia toute autre considération.

Comme le *Ravachol* un moment plus tôt, la proue du *Piwanga* se souleva. Le mouvement fut d'abord si progressif que le versev crut que rien de sérieux ne leur arriverait. Le drakkar se retrouva cependant presque à la verticale et les mêmes scènes que celles qu'il avait vues l'instant d'avant sur le *Ravachol* se répétèrent. Les Vikings tinrent bon pendant que les rameurs s'efforçaient de garder le navire face à la vague.

Un homme tomba et passa près d'Elbare en criant. Il heurta les barriques arrimées au centre du navire, sans toutefois parvenir à s'y agripper, la force de l'impact l'ayant tout simplement assommé. Un deuxième Viking tomba directement à la mer. Un craquement sinistre fit craindre le pire au versev. Le *Piwanga* allait-il se briser ?

L'écume de la vague les submergea. Elbare raffermit sa prise. Il eut alors l'impression que le navire basculait. Il crut d'abord qu'il se retournait complètement, puis il ressentit le choc d'un impact sous ses pieds. Le pont bougea encore un peu avant de se stabiliser. Comme la sensation de calme se prolongeait, Elbare rouvrit les yeux. Il n'avait même pas eu conscience de les avoir fermés.

Un à un, les Vikings relâchèrent leurs prises. Ils regardaient eux aussi autour d'eux, hébétés. Certains firent quelques pas en tremblant, d'autres se laissèrent simplement tomber contre la coque, assis à même le pont. Les rameurs étaient toujours à leur poste, du moins, c'est ce qu'il semblait à Elbare ; il n'avait jamais pris le temps de les compter. Au centre du navire, quelques barriques manquaient. Elles étaient sûrement passées par-dessus bord. Avaient-elles entraîné des Vikings avec elles dans la mer ? Il faudrait entreprendre des recherches au plus tôt.

Et ses amis, où se trouvaient-ils ?

Le versev chercha ses compagnons de mission. Il vit Aleel et Nolate, à la poupe du *Piwanga*. La cyclope, pliée en deux, reprenait son souffle. Elle se redressa enfin et s'activa près du centaure. Elbare réalisa qu'elle détachait Nolate. Évidemment, étant donné son poids et avec ses sabots qui offraient bien peu de prise sur le bois du navire, le centaure n'aurait jamais pu se retenir et serait passé par-dessus bord s'il n'avait pas été solidement arrimé. Le versev admira Aleel d'avoir eu la présence d'esprit d'attacher bien vite leur ami pour le sauver. De l'autre côté, à la proue, Sénid, Borgar et le capitaine Rogor se relevaient aussi.

Twilop, elle, se tenait tout près de lui.

— Est-ce fini ? demanda-t-elle.

Le versev se tourna vers l'hermaphroïde. Elle regardait au large et Elbare suivit son exemple. Il vit le *Ravachol*, à quelques encablures de là. Le second drakkar avait lui aussi survécu à la vague destructrice. Sur les flots, des débris divers flottaient un peu partout. Des barriques brisées, essentiellement. Et aussi des formes que le versev ne tarda pas à identifier. Des corps. Ceux des malheureux tombés à la mer.

Au loin, la vague s'éloignait, poursuivant sa progression sur l'océan.

— Je crois bien que oui, répondit enfin Elbare. Nous sommes vivants. Vivants...

Il se mit à trembler de tous ces membres.

CHAPITRE SEPT

Les rayons du soleil levant éclairaient à contre-jour un groupe de nuages qui s'accrochaient à l'horizon, les colorant d'une teinte dorée. Partout ailleurs, le ciel était d'un bleu éclatant, hormis quelques nuages épars, trop peu nombreux pour représenter une menace de pluie. De petites vagues troublaient à peine la surface de la mer. Twilop n'avait jamais assisté à un aussi beau lever de soleil de sa vie. Mais elle ne parvenait pas à apprécier le spectacle.

L'hermaphroïde avait très peu dormi. Il lui suffisait de fermer les yeux et la scène d'apocalypse de la veille revenait la hanter. Elle voyait la vague foncer sur eux, les Vikings jetés à la mer sans espoir de survie, l'écume qui enveloppait tout... L'horreur de cette journée ne pourrait jamais s'effacer de sa mémoire.

— Larguez les voiles !

Le cri du capitaine ramena Twilop à l'instant présent. Sur l'océan, le *Piwanga* et le *Ravachol* avançaient doucement au rythme régulier du clapotis des rames qui plongeaient dans l'eau. Obéissant à l'injonction de Rogor, les Vikings grimpèrent au mât et détachèrent la voile. Le large pan de tissu se gonfla immédiatement. Twilop sentit le drakkar prendre aussitôt de la vitesse. Elle soupira, soulagée. Ils allaient quitter plus rapidement ces eaux maudites.

Une fois la vague passée, un calme surréel avait enveloppé les navires vikings. Pendant un instant, personne n'avait osé bouger, comme si le moindre bruit avait pu raviver la colère du volcan. Les capitaines avaient ordonné des recherches, mais aucun survivant n'avait été retrouvé. Après le constat de ces huit morts de plus, les équipes de rameurs avaient éloigné les drakkars de la montagne infernale. Twilop s'était jointe à l'équipe chargée d'écoper le *Piwanga*. Elle en avait encore mal aux bras !

Le mont Incandescent était loin, à présent, et la brise qui soufflait du nord les en éloignait encore plus rapidement. Ici, il n'y avait plus de glace pour freiner leur progression. En fait, le passage de la vague gigantesque avait fragmenté la banquise, ce qui leur avait permis de quitter les parages du volcan plus facilement. C'était le seul élément positif de la tragédie, un détail qui, pas plus que la beauté du lever de soleil, ne réconfortait l'hermaphroïde.

Les Vikings des bancs de nage quittèrent leur poste. Personne ne les remplaça. Tant que le vent voudrait bien souffler, une équipe réduite se chargerait de manœuvrer le *Piwanga*. Les rameurs récupérèrent leurs couvertures et se couchèrent près des barriques pour dormir quelques heures. Twilop devinait leur découragement, qui transparaissait sur les visages par-delà l'épuisement. Les événements des derniers jours avaient poussé ces femmes et ces hommes courageux à dépasser leurs limites. Le moral, autant que le physique, en souffrait.

L'équipe qui aurait dû remplacer les rameurs commença les travaux de remise en état du *Piwanga*. Des bruits de marteaux retentissaient déjà, venant du

Ravachol. En voyant les rameurs étendus, l'hermaphroïde se demanda comment ils parviendraient à dormir avec tout ce vacarme. L'habitude de la vie en mer et l'épuisement y contribueraient à coup sûr.

Twilop se joignit à l'équipe de Sénid, qui inspectait la coque du côté tribord. Le Viking examinait minutieusement chaque section en partant de la proue. Il frappait à l'occasion les planches à l'aide d'un maillet. Il répéta le manège jusqu'à mi-chemin de la poupe. Là, avant de poursuivre l'inspection, il exigea le colmatage de deux minuscules brèches qui ne paraissaient pourtant pas laisser passer d'eau. Ayant rejoint l'équipe de bâbord à la poupe, il se releva et jeta un regard à l'ensemble du *Piwanga.* Twilop ne put deviner s'il était satisfait.

— Tout va bien ?

— Il n'y a pas de dommages sérieux, répondit Sénid. Le *Piwanga* est un bon navire.

Ce qui ne semblait pas le réjouir pour autant.

— C'est une bonne nouvelle, non ?

— Bien sûr.

— Qu'est-ce qui ne va pas, alors ?

Sénid se tourna vers Twilop. L'hermaphroïde lut dans son regard la même fatigue que chez les autres Vikings. Elle commençait toutefois à le connaître assez bien pour savoir qu'autre chose le perturbait. Sénid avait montré son courage et sa force de caractère en bien des occasions lors du voyage dans le Nord et aussi depuis le départ de Dragonberg. Il n'affichait cet air perpétuellement maussade que depuis l'attaque des galions du Pentacle.

— Ce navire a perdu son capitaine, rappela-t-il, confirmant ce que Twilop avait deviné.

Elle attendit sans rien dire, laissant Sénid décider s'il voulait se confier ou non.

— Nous avons grandi ensemble, lança enfin le Viking. Il est mon aîné d'un an, mais nous avons partagé la plupart de nos jeux d'enfants. Quand j'ai voulu me rendre à Capitalia pour devenir soldat dans la garde du Pentacle, il m'a appuyé sans réserve, même s'il savait que cela nous séparerait, peut-être à jamais.

— Je ne l'ai pas connu comme toi, mais il m'a semblé quelqu'un de bien.

— L'idée de sa mort me révulse. Pourtant, maître Nolate a raison : s'ils l'ont capturé, il doit avoir subi un interrogatoire serré. Qui sait ce qu'il a enduré ? Qui sait ce qu'il devra encore supporter ?

Twilop ne sut que répondre. Ils avaient tous imaginé ce que Waram pouvait souffrir aux mains des troupes du Pentacle. Malgré toute la résistance dont elle le croyait capable, le colosse blond avait peut-être déjà révélé le but de leur mission. L'hermaphroïde s'accrochait à l'espoir qu'il ait pu cacher leur quête des morceaux du Pentacle, qu'il n'ait parlé que du voyage à l'île Majeure. Après tout, les marins du galion n'avaient aucune raison de l'interroger à ce sujet.

Il en irait bien autrement si Waram était mené devant Lama-Thiva.

★❈★

Depuis une heure environ, une terre inconnue était en vue. Selon les dires d'Aleel, à nouveau sur la vergue du *Piwanga*, il s'agissait de l'île des Volcans, la deuxième plus vaste île du royaume cyclope. Même si aucun panache de fumée ne s'élevait des lointaines montagnes, les Vikings avaient convenu de naviguer loin de ces côtes, une prudence qu'Elbare ne pouvait qu'approuver.

L'expertise d'Aleel prenait de plus en plus d'importance au fur et à mesure que les drakkars s'éloignaient du nord. En plus de l'avantage que lui conférait sa capacité de voir le lointain, ses connaissances sur son pays s'avéreraient sans doute essentielles d'ici la fin de la traversée. Sénid était entouré de compatriotes, tous navigateurs experts et guerriers de grands talents. Il avait lui-même démontré sa valeur au combat et Nolate avait fait bénéficier leurs hôtes de ses qualités de combattant et de négociateur. Twilop aussi avait réussi à combattre avec succès. Dès lors, Elbare se sentait plus inutile que jamais.

Cela faisait trois jours que les drakkars avaient dépassé le mont Incandescent et filaient plein sud. Les vents favorables, bien que traînant avec eux un froid désagréable, leur avaient fait franchir une grande distance avec un minimum d'effort. Ce repos était apprécié de tous. Qui sait ce qui les attendait encore avant leur arrivée à Œculus ?

Il y avait précisément une nouvelle ombre au tableau et cette préoccupation avait permis à Elbare de se rendre utile. Au lendemain du passage désastreux près du volcan, les deux capitaines s'étaient rencontrés pour déterminer la route à suivre. Ils avaient estimé le nouveau trajet à neuf jours de navigation, plus même s'ils devaient affronter des vents défavorables. Or, en raison de l'embarquement précipité à la pointe Viking, les réserves d'eau baissaient dangereusement. Elbare avait confié ses craintes à Sénid concernant la nourriture, ce qui l'avait fait sourire.

— Ça, ce n'est pas un problème, avait-il expliqué. Nous allons pêcher.

Dès le milieu de la journée, des filets avaient été préparés et une équipe sur chaque drakkar s'était mise à l'ouvrage. Elbare s'était joint à l'équipe du *Piwanga*. Le soir venu, lui seul était encore à la pêche, entouré d'une foule d'admirateurs. Peu importait l'endroit où il choisissait de le lancer, il retirait toujours son filet plein de poissons, au grand étonnement des Vikings. Le versev ignorait ce qu'il faisait pour obtenir autant de succès.

Depuis l'aube, cependant, son filet ne ramenait plus rien.

— À croire que tu as vidé l'océan en une journée ! plaisanta Sénid.

La boutade ne détendit pas vraiment Elbare. Cette absence complète de poisson le rendait à nouveau inutile. Le versev soupçonnait les volcans de l'île voisine de produire une pollution qui chassait la vie marine des eaux environnantes. Après tout, ils n'avaient observé aucune vie aux alentours du mont Incandescent alors que des dauphins et des baleines avaient côtoyé les drakkars le deuxième jour. Certes, aucune éruption n'était visible, mais il y avait des dizaines de ces montagnes de feu sur l'île des Volcans et l'accumulation de leurs émanations faisait peut-être une différence.

Un sifflement aigu retentit, venant de quelque part sur la route des drakkars. Elbare crut un instant au chant d'un oiseau, mais il se rappela que les volatiles manquaient aussi à l'appel depuis l'aube. Un deuxième sifflement lui prouva qu'il n'avait pas rêvé. Il restait donc de la vie dans ces eaux. Le versev rejoignit Twilop et Borgar à la proue du *Piwanga*.

— Qu'est-ce que c'est ? demanda-t-il.

— Je l'ignore, répondit l'ex-soldat en désignant un endroit à tribord. Les sifflements viennent de cette direction.

— Regardez !

L'hermaphroïde pointait une tache sombre au creux d'une vague. Elle disparut presque aussitôt. Elbare scruta les flots, espérant voir reparaître la chose. Il remarqua des silhouettes sombres qui fendaient l'eau à faible profondeur, tout près des flancs du drakkar. Alors qu'il allait détourner le regard, une de ces bêtes sortit soudain la tête hors de l'eau.

Elbare aperçut une tête noire, large et plate, surmontée de deux protubérances. Un œil apparut un instant dans une de ces bosses. Curieusement, l'autre ne suivait pas le même mouvement, comme si les yeux de cet étrange animal fonctionnaient indépendamment l'un de l'autre. La créature acheva sa courte escapade hors de l'eau et plongea, révélant un corps long et plat terminé par deux larges nageoires caudales.

D'autres Vikings s'appuyaient à présent au bastingage pour observer les étranges bêtes. Ils ne savaient pas s'il s'agissait de poissons ou d'animaux respirant à la surface comme les dauphins. Quelqu'un se demanda s'ils étaient comestibles. Personne cependant ne sortit de filet pour tenter d'en capturer. Elbare ignorait pourquoi, mais ces créatures lui filaient la chair de poule.

— J'ai un mauvais pressentiment, murmura-t-il.

Une autre de ces créatures sortit la tête de l'eau et se tourna vers le *Piwanga*. Elbare vit nettement ses yeux qui pivotaient dans tous les sens. La tête large et plate se fendait d'une bouche, large elle aussi, aux commissures relevées qui donnaient l'impression d'un sourire niais. Un des Vikings montra la créature de son bras tendu et se moqua de son aspect. Les yeux tournèrent tous deux dans cette direction et s'immobilisèrent sur l'homme. L'animal entrouvrit la bouche et sortit une langue rose qu'il enroula en forme de tube.

Un jet d'eau d'une rare violence en sortit, frappant le Viking moqueur. L'homme se retrouva projeté en arrière, traversa le drakkar sur toute sa largeur et heurta le bastingage de bâbord. Il ne put se retenir à quoi que ce soit et bascula à l'eau. Un instant, l'étonnement figea chacun sur place. Les Vikings se reprirent rapidement pour prêter main-forte au malheureux.

— Tiens bon ! cria Sénid en s'emparant d'une corde.

Elbare s'était tourné de l'autre côté pour voir ce qui se passait. L'homme attrapa la corde, mais, sonné, il ne parvenait pas à grimper ni même à attraper les mains que ses compatriotes lui tendaient. Une autre de ces étranges créatures apparut tout près de l'homme et se jeta sur lui. La bouche qui donnait à la bête un air débonnaire s'ouvrit, révélant une rangée de dents pointues. Elle mordit le malheureux Viking qui cria et échappa la corde.

Personne ne put intervenir. L'homme reparut une dernière fois à la surface et se débattit un moment avant d'être entraîné sous l'eau par son agresseur marin. Les sifflements aigus reprirent, venant cette fois de toutes les directions. Plusieurs dizaines de ces bêtes fendaient les eaux et entouraient complètement les drakkars.

— Écartez-vous du bastingage ! ordonna le capitaine.

Juste avant d'obéir à l'injonction, Elbare eut le temps de voir la mer se couvrir d'écarlate à l'endroit où le Viking avait été emporté.

Assise près des barriques, Aleel cherchait à identifier l'espèce qui les attaquait. Elle n'arrivait pas à se concentrer avec ces sifflements qui lui vrillaient les oreilles. Quelle bête parvenait à émettre des sons pareils pour dérouter ses proies ? Quel animal possédait ce corps plat d'un noir luisant, ces yeux protubérants et, surtout, cette langue qui s'enroulait en forme de tube pour projeter un jet d'eau sous pression ? Ce détail lui fournit la solution. Elle connaissait une créature qui correspondait à cette description. Elle ne voulait cependant pas croire à la réponse qu'elle avait trouvée : des lanços !

Aleel avait toujours cru que ces animaux n'appartenaient qu'à la mythologie cyclopéenne. Selon les récits
les concernant, les lanços faisaient passer les malheureux
navigateurs par-dessus bord pour les dévorer ensuite. La
mort du Viking, un instant plus tôt, attestait la véracité
de cette prétendue légende. Une autre partie du mythe
lui revint en mémoire.

— Récupérez vos armes ! cria-t-elle en cherchant à se
faire entendre en dépit des sifflements.

Sénid se tourna vers Aleel, qui devina l'étonnement
du Viking.

— Pourquoi nos armes ? demanda finalement Sénid.
Nous sommes à l'abri, dans le bateau !

Sénid semblait persuadé que tout danger était écarté,
à présent que chacun savait qu'il fallait éviter de se tenir
près de la rambarde. Les Vikings ne portaient pas leurs
armes sur les drakkars, car elles auraient entravé
leurs mouvements. Pire, le poids d'une épée et d'un
bouclier aurait entraîné le meilleur nageur par le fond.
En mer, un ennemi se voyait de loin et il fallait du temps
pour les manœuvres d'abordage. Le délai laissait tout le
temps de s'équiper pour le combat.

— Ce sont des lanços, expliqua-t-elle. Ils attaquent en
meute, comme des loups !

— Nous sommes en sécurité à bord, objecta le Viking.

Les sifflements cessèrent d'un coup et firent place à un
silence qui paraissait presque irréel après le vacarme qui
sévissait l'instant d'avant.

— Tu vois ? sourit Sénid. Ils ont abandonné.

Le bruit d'un corps tombant lourdement sur le pont les
fit se retourner. Sénid et Aleel virent tous deux la masse
noire luisante d'humidité du lanço qui venait d'atterrir.
Les créatures faisaient des bonds spectaculaires hors
de l'eau avant de retomber dans le *Piwanga*. En moins
d'une minute, une douzaine de ces bêtes se retrouvèrent

à bord. Ils pouvaient en estimer la taille, à présent. Elles mesuraient environ deux mètres de long.

Un premier jet d'eau frappa une Viking et la projeta violemment contre la rambarde. La femme ne passa pas par-dessus bord, mais elle resta allongée sur place, inconsciente. Un autre lanço se rua sur la malheureuse en courant sur ses nageoires antérieures à une vitesse qu'Aleel n'aurait pas crue possible chez une créature aquatique. Le lanço mordit la Viking, lui arrachant presque un bras. Un compatriote vint à sa rescousse et administra un puissant coup de pied à la bête. Le lanço se retourna et sauta à la gorge de l'homme, le tuant instantanément.

Sénid courut aux barriques d'armes. Un lanço le surprit d'un jet puissant, puis tenta de le mordre. Aleel poussa un cri, terrorisée à l'idée de voir son ami se faire dévorer devant elle. Le Viking ne dut la vie qu'à l'intervention de Nolate, qui se jeta sur les bêtes pour les repousser d'une série de ruades. Le lanço qui goûtait à la médecine du centaure n'insista pas et chercha une proie plus docile. Bien qu'étourdi, Sénid récupéra quelques épées.

Aleel en prit une. Elle aurait préféré son glaive – cette lame était plus longue et trop lourde –, mais elle ne se lança pas moins aussitôt à l'attaque. Un lanço passa à deux mètres d'elle, pourchassant un jeune Viking qu'elle reconnut pour l'avoir soigné après l'attaque des forbans. Elle porta à la bête un coup de haut en bas, afin de la frapper avec autant de force que possible. La lame rebondit sur le dos du lanço en ne lui causant guère plus qu'une égratignure. La cyclope n'eut que peu de temps pour s'en étonner. Furieux, l'animal se retourna contre elle.

Un deuxième coup d'épée ne fit qu'aviver la colère du lanço. La bête siffla et sortit la langue pour asperger Aleel. Une frappe du Viking qu'elle venait de secourir déconcentra l'animal, qui rata sa cible. À la recherche du point faible de la créature, Aleel visa les yeux proéminents. Elle vit avec stupeur les globes rentrer dans le corps et ressortir aussitôt, indemnes.

Le blindage de ces monstres semblait inexpugnable.

Le lanço décocha un second jet qui projeta le jeune Viking au sol. Sonné, le garçon s'ébroua en essayant de reprendre ses esprits. La bête se rua sur lui, ignorant les coups d'épée que la cyclope lui assénait. Même les frappes de la pointe de l'arme ne traversaient pas la peau. En voyant cette masse qui fonçait sur lui, le Viking leva son arme et le lanço la reçut en pleine gueule. Il s'immobilisa d'un coup et roula sur le dos.

Le jeune Viking se releva.

— Ils ont un point faible, en fin de compte.

— Il y a plus, ajouta Aleel. Son jet t'a frappé avec moins de force. Leurs réserves ne leur permettent sans doute qu'un petit nombre d'attaques.

— Il faut prévenir les autres ! fit le garçon.

Il arracha l'épée de la gueule du lanço et retourna au combat, non sans se vanter d'avoir tué l'une de ces bêtes. Aleel reprit aussi le combat en avertissant ceux qu'elle rencontrait. Elle avait conscience que cet unique point faible ne leur procurait qu'un mince avantage. Pour tuer un de ces monstres, il fallait lui faire face et risquer une projection d'eau aux conséquences potentiellement fatales. Si les lanços frappaient avec moins de force, ils restaient tout de même dangereux.

— Twilop ! Attention !

Le cri d'Elbare attira l'attention d'Aleel. La cyclope vit l'hermaphröide aux prises avec un lanço qu'elle bombardait de coups avec son bâton de combat, sans autre résultat que d'attiser la fureur de l'animal. Aleel se précipita au secours de son amie. Elle frappa un lanço qui lui barrait le passage, le blessant à la gueule, et reprit sa course. Devant elle, la bête parvint à lancer une projection qui fit tomber Twilop. Aleel assista impuissante à la ruée de la bête sur l'hermaphroïde. L'animal ouvrit grand la gueule et mordit Twilop à une jambe.

La cyclope tenta à nouveau de rejoindre son amie avant qu'elle ne se fasse tuer. Elle vit avec stupeur le lanço s'écarter de sa proie. L'animal releva la tête et poussa un cri strident très bref, qui s'acheva sur une note plus basse. Un instant plus tard, un deuxième lanço s'éloigna de Twilop, refusant de profiter de sa faiblesse. Aleel arriva enfin près de son amie. Elbare l'avait précédée et pansait la plaie béante, de laquelle un liquide blanc coulait. Le sang de l'hermaphroïde.

Twilop ne bougeait pas. Elle se tenait la jambe en grimaçant.

— La blessure est superficielle, commenta le versev. Je m'occupe de la soigner.

— Et toi, ça va ?

— Ces choses m'évitent, expliqua Elbare. C'est peut-être parce que je suis une plante.

Aleel fut soulagée de savoir qu'un de ses amis, au moins, ne risquait rien. Ça lui faisait un souci en moins. Il était plus étrange que les bêtes rejettent Twilop. La cyclope regarda son amie qui serrait les dents pour éviter de crier pendant qu'Elbare achevait le pansement. Elle n'avait pas le temps de réfléchir à ce que signifiait ce rejet.

Les combats faisaient toujours rage et son aide était requise ailleurs.

Sénid avait assené une dizaine de coups d'épée au lanço et pourtant la bête semblait plus furieuse que souffrante. Elle cherchait à se tourner face à son assaillant pour l'attaquer. Le Viking avait remarqué que, pour lancer une projection, les monstres devaient s'immobiliser quelques instants. Cependant, pour profiter de leur point faible, il fallait se tenir devant les redoutables mâchoires et attendre que la bête ouvre la gueule pour y enfoncer une lame. La moindre hésitation dans le geste redonnait l'avantage au lanço.

La bête parvint à prendre quelques pas de distance et se retourna. Elle ouvrit la gueule et commença à rouler sa langue pour lancer une projection d'eau. Sénid vint se placer face à l'animal. La lame s'enfonça profondément dans la gueule béante. Mortellement atteint, le lanço s'écroula instantanément. Sénid passa à l'ennemi suivant.

Il n'avait pas vraiment le temps de s'arrêter pour observer la situation, mais il lui semblait que l'équipage prenait le dessus sur la meute. Les lanços n'arrivaient plus à lancer des projections aussi puissantes. Ils manquaient sans doute de réserves pour poursuivre le combat de cette façon. Cela donnait une chance à l'équipage de les repousser vite à la mer. Il suffirait ensuite d'assurer une garde permanente pour les empêcher de sauter de nouveau à bord.

Les bêtes se regroupèrent au centre du *Piwanga*.

— Que font-elles ? s'étonna Borgar.

Sénid se sentait aussi décontenancé que l'ancien soldat. Il savait qu'un animal ne s'acculait pas de lui-même au pied du mur. Que les lanços se regroupent paraissait d'autant plus sensé qu'Aleel avait affirmé qu'ils chassaient en meute. Leur instinct aurait cependant dû les éloigner du centre du drakkar, une position qui leur coupait toute fuite vers la mer.

Avant tout, il fallait éviter d'aggraver la situation.

— Ne les encerclez pas ! ordonna Sénid. Une bête acculée est bien plus dangereuse.

Avertissement superflu, sans doute, car les combattants réalisaient sûrement le caractère insolite du comportement des lanços. Les Vikings formèrent un demi-cercle et avancèrent lentement vers les bêtes qui semblaient faire une pause. Le nombre de lanços morts sur le pont devait les faire hésiter. Un espace fut laissé libre à bâbord dans les rangs des combattants. Il s'agissait d'inciter les bêtes à foncer dans la brèche pour se jeter à la mer. Quand les lanços se décidèrent enfin, ils firent pourtant une chose complètement inattendue : ils poussèrent des sifflements aigus.

Chacun plaqua ses mains sur ses oreilles pour atténuer la douleur. Les bêtes se mirent en mouvement. Sénid ne comprit pas tout de suite ce qu'ils faisaient, car plutôt que de se diriger vers la mer ils se jetèrent sur les barriques. Ce n'est que lorsqu'il vit un premier tonneau mis en pièce et l'eau s'en écouler qu'il comprit. Il maudit l'ingéniosité de ces créatures diaboliques. Elles refaisaient leurs provisions d'eau.

— À l'attaque ! cria le capitaine Rogor. Vite, il faut les arrêter !

Sans hésitation, un rang de Vikings fonça sur la meute. À coups d'épée, ils s'efforcèrent de détourner les lanços des barriques. Chacun avait deviné que la situation deviendrait vite intenable si les redoutables créatures récupéraient toute leur force de frappe. L'affrontement se prolongerait et le crépuscule tombait déjà. Sénid n'avait aucune intention de vérifier si ces bêtes avaient la capacité de voir dans l'obscurité. Il n'osait pas non plus songer à la suite du voyage, si les lanços détruisaient leurs dernières provisions d'eau.

L'animal qui avait attaqué la barrique lança une projection et renversa une guerrière. Elle ne dut la vie qu'à l'intervention de Nolate. Deux Vikings s'interposèrent à leur tour entre la bête et sa proie. Une compatriote aida la victime à se relever. Bien qu'étourdie, elle semblait heureusement indemne. Malgré l'intervention rapide de l'équipage, d'autres lanços parvinrent à fracasser des barriques. L'assaut viking limita les dégâts, car deux bêtes seulement réussirent à s'abreuver et à refaire leurs réserves. De petits groupes de combattants se formèrent, plus par l'habitude du combat en groupe que par une décision concertée. Ils isolèrent les lanços les plus menaçants, divisant ainsi la force de la meute.

La manœuvre parut faire son effet. Privés de la protection de leurs congénères, les lanços ne lançaient plus de projections, car les coups d'épée qui pleuvaient sur eux de tous côtés les empêchaient de se positionner pour choisir une cible. Les compatriotes de Sénid semblaient aussi avoir découvert le point faible des attaques des lanços, car ils s'efforçaient de ne jamais leur laisser le temps de s'immobiliser. Les bêtes n'en devenaient pas inoffensives pour autant : leurs coups de nageoires restaient redoutables.

Quelques bêtes choisirent de replonger à la mer. Sénid ignorait s'ils avaient enfin réussi à les mettre en fuite ou si les lanços retournaient à l'eau en raison du soleil couchant. Peut-être étaient-ils des animaux essentiellement diurnes ? Les lanços restants cherchèrent aussi le chemin de l'océan et les Vikings les laissèrent passer, trop heureux que l'attaque prenne fin.

— Twilop ! Attention !

Sénid vit en même temps qu'Aleel la situation dans laquelle se trouvait l'hermaphroïde : un des lanços fonçait sur elle. Twilop se retourna à temps pour faire face à la bête et lui asséna un coup de son bâton de combat, ce qui n'ébranla pas l'animal. Au contraire, poursuivant son élan, le lanço heurta l'hermaphroïde qui tomba à la renverse, tout contre la rambarde. Twilop lâcha son bâton à la recherche d'une prise.

En vain, elle passa par-dessus bord.

Sénid courut au bastingage. Dédaignant toute prudence, il se pencha par-dessus la rambarde dans le faible espoir d'apercevoir l'hermaphroïde malgré l'obscurité grandissante. Il glissa sur une flaque du sang bleu d'un lanço et manqua plonger à son tour à la mer. Elbare le rattrapa juste à temps. Sénid voulut remercier le versev, mais ce dernier ne lui en laissa pas le temps. Il posa un geste tout à fait inattendu et stupéfiant.

— Attendez-nous ! cria-t-il.

Et il plongea à la mer.

CHAPITRE HUIT

En voyant disparaître Twilop, Nolate avait aussitôt cherché un objet à lui lancer pour qu'elle s'y
agrippe : une planche, une barrique, n'importe
quoi. L'hermaphroïde n'avait sans doute que quelques
secondes de répit avant de se noyer. Pendant l'attaque,
il avait remarqué que les lanços avaient rejeté leur amie.
Était-ce en raison de sa constitution particulière, issue
de la magie du Pentacle ? Cette immunité ne lui servirait
à rien si elle ne savait pas nager, ce qui était à redouter.
Ayant apparemment fait les mêmes déductions, Elbare
avait plongé à sa suite.

Nolate courut à la rambarde, ses sabots dérapant sur
le pont du drakkar rendu glissant par les jets des lanços.
Il ne voyait déjà plus Elbare ni Twilop. Le centaure aperçut quelque chose derrière le *Piwanga*, mais, quoi que ce
fût, il le perdit de vue entre deux vagues.

— Arrêtez le navire ! cria-t-il aux Vikings, encore sous
le choc de l'attaque.

— Vite ! renchérit Aleel. Il faut les retrouver !

La cyclope se penchait dangereusement sur la mer
pour tâcher d'apercevoir les naufragés en dépit de la
pénombre. Sénid la rattrapa par la taille pour lui éviter

131

de plonger à la suite de l'hermaphroïde et du versev. Aleel se débattit un moment, criant quelque chose que Nolate ne parvint pas tout de suite à comprendre. Il galopa pour prêter main-forte à son élève Viking.

— Ils ne l'ont pas tuée ! criait la cyclope. Les lanços ont mordu Twilop et l'ont rejetée ensuite. Elle ne sera pas dévorée !

— D'accord, répondit Sénid. Ils ne la tueront pas. Mais tu ne l'aideras pas en te faisant toi-même tuer. Une de ces bêtes pourrait t'attraper si tu te tiens trop près de la rambarde. Rappelle-toi comment ils ont sauté à bord.

Aleel cessa de se débattre.

— Elle est toujours vivante, répéta la cyclope. C'est pour la sauver qu'Elbare a plongé.

Elle raconta comment les lanços avaient rejeté Twilop après que l'un d'eux l'eut mordue. Elbare avait aussi assisté à la scène, ce qui expliquait son plongeon pour la secourir. Nolate confirma qu'il avait remarqué ce comportement des créatures aquatiques. Il fallait donc entreprendre les recherches pour retrouver les disparus.

— Comment allons-nous nous y prendre ? demanda-t-il. La nuit est tombée et il n'y a pas de lune pour nous éclairer. Nous ne pourrons pas les voir, même s'ils sont tout près du *Piwanga*.

— Ils répondront à nos cris, coupa Aleel. Ce n'est pas le moment de tenir une conférence.

Joignant le geste à la parole, la cyclope retourna près du bastingage et se mit à crier les noms des naufragés. Elle s'interrompait entre chaque cri pour écouter une éventuelle réponse à travers les bruits nocturnes. Sa tâche était d'autant plus difficile qu'aux clapotis des vagues sur la coque s'ajoutaient les bruits des Vikings en train de remettre de l'ordre à bord. Fréquemment, elle se retournait pour braquer un regard furibond sur eux. Aleel refusa de renoncer et continua à crier les noms des disparus. Nolate perdit rapidement l'espoir de les revoir.

— Ils auraient déjà dû répondre, lança-t-il en s'adressant à Sénid.

— Rien n'est moins sûr, rétorqua le Viking. Les courants peuvent les avoir entraînés assez loin en quelques secondes. Il est possible aussi que le vent rabatte leurs cris. Ils entendent peut-être les appels d'Aleel, mais nous, nous n'entendons pas leurs réponses.

— Ce qu'il y a de certain, intervint la cyclope, c'est que je ne pourrai pas entendre leur voix si vous continuez à parler aussi fort.

Elle s'était tournée vers eux, sans doute pour leur lancer un regard colérique. Ce fut du moins ce que supposa Nolate, car l'obscurité était telle à présent qu'il devenait pratiquement impossible de distinguer plus que les silhouettes des gens et des choses sur le fond étoilé du ciel. Le centaure accepta sans commenter la remontrance et, pendant qu'Aleel reprenait ses appels, il posa une main sur l'épaule de Sénid.

— Je crois que des torches nous seraient utiles, murmura-t-il.

— Est-ce sage ? demanda Sénid, également à voix basse. Nous risquons d'attirer les lanços. Ils sont partis à la tombée de la nuit, mais nous ignorons pourquoi. Ils ne sont peut-être pas exclusivement diurnes et pourraient revenir.

— Raison de plus pour voir clair en cas de bataille, observa le centaure. Quelles chances aurions-nous dans l'obscurité ?

— Sans compter que la lumière peut servir de guide à Elbare et Twilop, acheva le Viking. Je me charge des torches.

Sénid se rendit aux réserves. Quelques instants plus tard, Nolate entendit le claquement des silex qui s'entrechoquaient. Une lueur apparut au centre du drakkar. Sénid fit allumer une dizaine de torches qui furent placées à différents endroits le long du bastingage. Des Vikings se postèrent près des torches, épée à la main, prêts à reprendre le combat si les monstres revenaient à la charge.

Le retour de la lumière eut un effet revivifiant sur l'équipage. Les Vikings purent se remettre au travail pour nettoyer les débris. Ils s'occupèrent d'abord des morts. Le centaure n'en vit que deux, ce qui le surprit, compte tenu du nombre de lanços qu'ils avaient eu à combattre. Il se rappela que les créatures dévoraient leurs victimes et se demanda, légèrement nauséeux, combien avaient vraiment péri. Les Vikings récupérèrent ensuite les carcasses des lanços tués et les rejetèrent à la mer. Personne n'envisageait plus de s'en nourrir.

La lueur des torches se reflétait sur les vagues. Chose curieuse, une série de lumières plus distinctes apparut à une centaine de mètres à tribord, formant une masse compacte. Nolate observa l'étrange phénomène, qui semblait se déplacer sur la mer. Il se demanda un instant quel animal redoutable fonçait sur eux avant de rire de sa frayeur. Il avait identifié la silhouette noire qui venait à eux. Quelques cris accompagnaient son approche.

— J'entends des voix ! cria Aleel. Ils sont vivants.

Nolate s'en voulait de briser la joie de la cyclope.

— Désolé, objecta-t-il. Ce sont nos amis du *Ravachol* qui se signalent.

Pris par l'intensité des combats pour échapper aux lanços, comme tout l'équipage du *Piwanga* d'ailleurs, Nolate en avait oublié l'autre drakkar. Le *Ravachol* approcha lentement, poussé par de délicats coups de rame. Lorsque les deux drakkars se retrouvèrent côte à côte, des grappins furent lancés pour accoler les navires l'un à l'autre. Quelques membres de l'autre équipage grimpèrent sur le *Piwanga*. Leur air abattu révélait qu'ils avaient souffert bien plus qu'eux de l'affrontement avec les lanços. Comme ils n'avaient pu bénéficier des connaissances et de l'intuition d'Aleel, ils avaient été pris complètement pas surprise et avaient sans doute payé le prix fort pour surmonter l'attaque.

Aleel ignora le raffut causé par l'arrivée du *Ravachol* et continua à crier les noms des disparus dans l'attente d'une réponse. Nolate se demanda s'il devait la laisser faire, mais il mit vite un terme à son questionnement. De toute manière, il ne réussirait sûrement pas à dissuader la cyclope de poursuivre ses efforts. Elle finirait par accepter, elle aussi, la fatalité. La disparition de Twilop les empêchait de détruire Lama, mais ils devraient poursuivre la mission et fomenter la rébellion. Sans quoi, ils deviendraient tous des hermaphroïdes.

Quand Twilop s'éveilla, elle chercha à comprendre ce qui lui arrivait. Quelques instants lui suffirent pour se remémorer le voyage loin de Capitalia, vers le Nord d'abord, puis en drakkar vers l'Ouest. La dernière chose dont elle se souvenait était l'assaut de ces bêtes féroces, les lanços, qui avaient envahi le pont du *Piwanga*. Il lui semblait que les animaux avaient décidé de fuir le navire à la tombée du jour. Ils avaient donc surmonté l'attaque. Cela n'expliquait cependant pas pourquoi elle se sentait flotter.

Horrifiée, Twilop réalisa qu'elle était passée par-dessus bord. Paniquée de se retrouver pour la première fois de sa vie dans un volume d'eau si vaste qu'elle n'y avait pas pied, elle battit follement des jambes, à la recherche d'une prise qui n'existait pas. Ne sachant pas nager, elle resserra sa poigne sur ce qui la maintenait à flot. Ce qui lui sembla insuffisant pour la sauver de la noyade.

— Du calme, fit une voix. Je te tiens.

Twilop reconnut Elbare à son timbre et sentit qu'il la serrait fortement dans ses bras.

— Je ne... commença-t-elle, s'interrompant en avalant un peu d'eau. Je ne sais pas nager !

— Reste bien agrippée à moi, renchérit le versev. Tant que je te retiendrai, tu ne pourras pas couler.

Peu rassurée, Twilop cessa néanmoins de se débattre. Elle réalisa qu'effectivement, elle ne se noyait pas. L'eau lui arrivait au menton et, à l'occasion, une vaguelette remontait jusqu'à sa bouche. Il lui suffisait de veiller à ne pas inspirer à ce moment-là. Elle remarqua même qu'en bougeant lentement les jambes elle se mainte-nait plus facilement à flot. Twilop pourrait ainsi aider Elbare à les garder tous deux en vie. Du moins pour un temps.

— Tu vas t'épuiser, à nager pour deux, badina-t-elle.

— En fait, je ne sais pas nager ! Ceux de mon espèce flottent, un peu comme le bois.

Elle ne sut que répondre.

— Que s'est-il passé ? demanda-t-elle enfin.

Elbare expliqua comment un lanço, en cherchant à quitter le *Piwanga*, l'avait heurtée avant de plonger à la mer. Ayant vu son amie passer par-dessus le bastingage, le versev l'avait aussitôt suivie pour la secourir. Il avait remarqué que les lanços avaient rejeté l'hermaphroïde ; elle ne serait donc pas dévorée. Quant à lui, sa nature végétale le rendait sans intérêt pour ces carnivores. Lui seul pouvait donc lui porter secours.

— Merci, dit Twilop. J'ignore comment je pourrai payer une dette pareille.

Un peu gêné, le versev se racla la gorge avant de reprendre :

— Je t'ai trouvée inconsciente, reprit-il. Je crois que tu t'es assommée contre la coque en tombant. Il m'a fallu plonger assez profondément pour te rattraper, car tu commençais à couler. Quand j'ai réussi à nous remonter à la surface, je ne voyais plus le *Piwanga*.

— Nous sommes perdus ? demanda Twilop.

Elle regardait tout autour d'eux sans que son regard parvienne à percer l'obscurité. La lueur des étoiles lui permettait à peine de distinguer l'horizon. Au sud, une constellation brillait d'un éclat soutenu, comme si ces étoiles étaient autant de flammes. Partout ailleurs ne se devinait que la ligne lointaine délimitant le ciel de la surface de l'océan. Nulle part la masse obscure qu'aurait constituée un drakkar n'était en vue. Les deux navires devaient s'être beaucoup éloignés, à présent.

— Ils nous retrouveront le jour venu, tu crois ?

— Il faut l'espérer, commenta Elbare. Sinon, nous mourrons en quelques jours, perdus en plein océan.

— Mais tu flottes comme du bois ! objecta Twilop. Nous ne pouvons pas couler.

— Les miens flottent comme du bois, mais nous ne sommes pas du bois ! Au bout d'un jour ou deux, nos tissus finissent par s'imbiber d'eau et nous coulons.

Il resta silencieux un moment.

— C'est ainsi que les géants torturaient les miens lors des guerres d'avant le Pentacle, reprit-il enfin. Nos anciens racontent que les géants immergeaient les prisonniers et ajoutaient du sel à l'eau ; ils attendaient qu'ils ne puissent plus flotter pour forcer leurs proches à révéler des informations.

Elbare se tut de nouveau et, cette fois, il ne sembla pas désireux de reprendre la parole. Twilop se rappelait ses propres lectures dans les archives de Pakir. Elle avait souvent lu les comptes rendus des guerres passées, sans y voir plus que des histoires captivantes. Depuis le début du voyage, elle avait réalisé que ces récits de combats et d'exploits signifiaient aussi des morts et de la souffrance. La tristesse d'Elbare se justifiait d'autant mieux que la dernière guerre avait mené son peuple au bord de l'extinction.

— Ils nous retrouveront, répéta Twilop. Ils ne nous abandonneront jamais.

— Peut-être, fit-il enfin. Encore faut-il survivre à cette nuit.

— Que crains-tu ? Les lanços ne nous apprécient ni l'un ni l'autre.

— Tu pourrais t'endormir, et moi aussi. Moi, je flotterais, mais si tu lâches prise ou si je t'échappe, tu couleras et te noieras.

Twilop n'avait pas envisagé cette possibilité et la perspective n'avait évidemment rien de réjouissant. Elle ignorait le temps écoulé depuis sa chute à la mer. Comme elle était tombée au crépuscule, il ne devait pas être encore minuit. Rien n'avait changé depuis son réveil, sauf la constellation plus brillante qui paraissait plus lointaine. Ces étoiles semblaient étranges, pareilles à des flammes qui auraient brûlé sur l'eau.

— Je peux m'attacher à toi avec ma ceinture, suggéra Twilop.

— Bonne idée ! Ça éliminera au moins ce danger.

— Y en a-t-il d'autres ?

À nouveau Elbare garda un moment le silence.

— Il peut y avoir d'autres prédateurs, dans ces eaux, confia-t-il enfin. Et eux, nous ignorons leurs préférences alimentaires…

Twilop regarda de tous les côtés, un réflexe inutile dans cette obscurité. Elle aurait préféré ignorer ce danger potentiel et, à la réflexion, cela expliquait peut-être les hésitations du versev à lui répondre. Elbare n'avait pas voulu l'effrayer. Twilop passa sa ceinture autour de la taille de son ami et y inséra les bras. Ainsi attachée, elle ne coulerait pas. Pour le reste, il n'y avait rien à faire, sauf attendre la venue du jour.

Et espérer qu'ils ne dérivent pas trop.

L'aube rosissait enfin le ciel à l'est. Dans moins d'une heure, le soleil se lèverait et Aleel pourrait scruter l'océan jusqu'à l'horizon à la recherche des disparus. Pour le moment, cette pâle lueur ne lui permettait pas de distinguer quoi que ce soit à la surface de la mer. La cyclope examinait pourtant l'obscurité, debout sur la vergue, au mépris de sa fatigue. Elle ignorait si Elbare et Twilop avaient pu se maintenir à flot aussi longtemps. Pourtant, jamais elle ne renoncerait ! L'idée même la révoltait.

— Nous chercherons jusqu'à midi, avait concédé Nolate.

Aleel se rappelait encore sa conversation houleuse avec le centaure. Sénid et leur ami quadrupède l'avaient laissée crier les noms des disparus jusqu'au milieu de la nuit, pendant qu'ils inspectaient le *Ravachol*. Selon leurs dires, l'autre équipage avait subi plus de pertes, ce qui s'expliquait par plusieurs raisons. Ils n'avaient pas profité de l'avertissement d'Aleel, qui avait reconnu les créatures de la mythologue cyclope et n'avaient pu non plus bénéficier de l'aide du centaure. La force physique de Nolate avait contribué à sauver plusieurs Vikings.

Sénid était venu la chercher pour lui demander de se joindre à eux afin de décider de la suite de la mission. Elle avait d'abord refusé, avant de se rendre à l'évidence : si elle n'avait pas obtenu de réponse depuis tout ce temps qu'elle criait, cela signifiait que les disparus avaient dérivé trop loin des drakkars. Mieux valait attendre le jour et les chercher en concentrant son regard.

Aleel commençait à distinguer des lueurs dans les vagues, signe que le soleil allait bientôt paraître. Sur le pont, des Vikings se postaient près du bastingage, prêts à repousser une nouvelle attaque de lanços. Ils étaient partis avec le soleil, peut-être reviendraient-ils à son lever ? À ces latitudes tropicales, le jour venait plus rapidement qu'au Nord. Mais le soleil était encore beaucoup trop lent pour elle.

— Il n'est pas question de les abandonner ! avait répondu Aleel, furieuse de la suggestion du centaure.

— Nous ne le souhaitons pas plus que toi, avait lancé Sénid d'une voix qui se voulait apaisante. Nous devons pourtant envisager cette possibilité.

Les arguments du centaure et du Viking étaient rationnels et Aleel le reconnaissait. Il fallait toujours arrêter Lama-Thiva et, si sa mort par reconstitution du Pentacle devenait impossible avec la disparition de Twilop qui conservait le morceau trouvé à Hypérion sur elle, la révolution restait nécessaire pour éviter la transformation de tous les êtres du monde connu en hermaphroïdes.

L'ennui, c'était que le combat contre les lanços leur avait coûté une part non négligeable de leurs provisions d'eau et qu'ils ne pourraient atteindre l'île Majeure qu'en rationnant sévèrement l'équipage pour étirer au maximum les quelques barriques intactes. Malgré cela, ils souffriraient probablement de la soif. Dès lors, le temps consacré à rechercher les disparus entamait leurs propres chances de survie. Aleel devait encore retenir ses larmes de rage : il leur faudrait peut-être abandonner Elbare et Twilop pour une question de manque d'eau. En pleine mer, l'éventualité prenait une tournure douloureusement ironique.

La lumière s'intensifiait à chaque seconde qui s'écoulait et révélait davantage de détails. Aleel finit par voir deux points flottant sur l'eau et elle concentra son regard dans cette direction. Il lui fallut quelques secondes pour y parvenir, car elle commençait à se ressentir de cette nuit sans sommeil. Ce qu'elle découvrit la déçut : il s'agissait des restes d'une barrique brisée. Ce genre de débris compliquerait ses recherches. Il en faudrait plus pour amener Aleel à renoncer et le moment venu, elle comptait bien obtenir une prolongation du délai que lui avait accordé Nolate.

Autre chose attira son attention, vers la proue du *Piwanga* cette fois. C'était un mouvement, et non une simple présence. Son regard lui révéla un pélican posé sur l'eau. L'animal plongea la tête sous les vagues et la ressortit, un poisson dans le bec. À bord, d'autres avaient aperçu le volatile, car les Vikings regardaient tous dans cette direction. Aleel devinait qu'ils appréciaient la présence de cet oiseau : elle signifiait qu'ils avaient enfin quitté le territoire des lanços.

Pour sa part, elle ne pouvait s'en réjouir complètement. Bien sûr il était satisfaisant de se savoir loin de ces créatures redoutables. Sur le pont, la plupart des Vikings rangèrent leurs armes, ne laissant qu'une équipe réduite pour surveiller la mer. L'absence de ces bêtes signifiait moins de danger pour l'instant. Pour Aleel, cela représentait une inquiétude supplémentaire. Avaient-ils dérivé trop loin du point de chute d'Elbare et de Twilop ?

Une nouvelle tache sur la mer retint son attention. Aleel se concentra et étudia ce point sombre sur le bleu foncé de l'océan. Elle ne parvenait pas à identifier ce qu'elle voyait. Cela lui semblait un peu gros pour des débris de barriques. Seulement, l'absence de mouvement l'incita à croire qu'il ne s'agissait toujours pas des disparus. Peut-être voyait-elle un arbre déraciné qui avait dérivé depuis l'île des Volcans ? Le soleil se décida enfin à se lever et jeta ses premiers rayons sur l'objet de son attention.

Elle faillit tomber de la vergue en se retournant.

— Ils sont là ! À bâbord ! À bâbord !

Aleel allait répéter son cri lorsqu'elle vit Sénid se précipiter vers un groupe de Vikings. Des rameurs coururent aux bancs de nage. Sous la poussée des rames, le *Piwanga* pivota avec une lenteur frustrante pour avancer enfin vers les naufragés. La cyclope descendit du mât et courut à la proue du drakkar. Elle voulait être près de l'équipe qui remonterait leurs amis à bord, afin de leur prodiguer les premiers soins, s'ils avaient survécu toutefois.

Elle identifia Elbare, flottant sur le dos, puis Twilop, agrippée à la taille du versev. Leur absence de réaction effrayait cependant la cyclope. Deux Vikings se penchèrent par-dessus le bastingage pour attraper les corps flottant à la dérive. Ils les déposèrent doucement sur le pont. Elbare cligna des yeux, comme s'il se réveillait après une simple nuit de sommeil. Twilop ne bougeait pas. Aleel se pencha sur elle et la trouva froide au toucher. Elle pria le Grand Œil pour qu'il ne s'agisse que d'un effet du contact prolongé de l'eau de mer sur sa peau.

Un sentiment d'intense soulagement envahit la cyclope lorsque Twilop se mit à gémir.

— Elle est vivante ! cria-t-elle.

Twilop lui jeta un regard hébété, comme si elle ne la reconnaissait pas. Elle avait grandement souffert du froid. Aleel entreprit de frictionner les bras de son amie, afin d'y raviver la circulation. L'hermaphroïde bougeait les doigts et réagissait favorablement. Aleel passa aux jambes, qu'elle trouva tout aussi glacées. Là encore, les mouvements de Twilop révélèrent qu'elle s'en sortirait sans séquelles. Pourtant, son regard restait vague, comme si elle avait reçu un coup à la tête.

Elle sourit enfin.

— Il est déjà l'heure de se lever ? se plaignit-elle d'une voix faible.

L'œil d'Aleel se remplit de larmes de gratitude et elle éclata de rire. Malgré leur situation rendue précaire par le manque d'eau, elle ne ressentait que la joie du moment. Les prochains jours s'avéreraient peut-être difficiles, mais au moins, ils les vivraient ensemble. Après toutes les frayeurs ressenties, la remarque banale de l'hermaphroïde résonnait comme un baume à l'âme.

— Tu peux dormir toute la journée, lança Aleel. Tu l'as mérité.

CHAPITRE NEUF

L es pigeons messagers attendaient calmement sur leur perchoir. Aucune pulsion ne les incitait à quitter la caverne pour chasser ou se chercher une compagne. Lama les avait créés ainsi, dépourvus de tous les instincts animaux qui auraient nui à leur fonction. Elle ne leur avait attribué que l'instinct de survie et la capacité de retrouver leur chemin jusqu'à cette caverne. Ainsi, bien sûr, que le désir inconditionnel de la servir.

Les messages se faisaient de plus en plus rares, surtout depuis que Lama avait ordonné qu'on concentre les recherches en pays viking. Il s'écoulait à présent plusieurs jours entre l'arrivée de deux pigeons et aucun ne relayait de message d'un quelconque intérêt. Celui reçu ce jour-là, en revanche, livrait une information essentielle sur les activités des fugitifs, tout en laissant Lama perplexe. Il venait d'un galion transportant des troupes vers le Nord.

Selon le rapport de son capitaine, son expédition chargée d'amener des renforts à Thorhammer avait croisé un convoi de drakkars en route vers le pays des cyclopes. Des pirates les attaquaient. D'après sa

145

missive, il avait aussitôt ordonné une intervention pour se porter au secours de ces « fidèles sujets de Sa Très Estimée Majesté ».

Lama savait à quoi s'en tenir quant aux motifs réels de l'intervention du capitaine. Elle se moquait éperdument de sa tentative de récupérer une part des marchandises volées par les pirates. Les récits des combats qui avaient suivi ne l'intéressaient pas non plus. Ses commandants avaient tendance à toujours alourdir leurs récits de détails inutiles. Lama aurait écarté ce message et serait retournée à ses laboratoires pour surveiller l'évolution de ses dernières hermaphroïdes, n'eût été l'élément central de la missive : la présence du maître d'armes Nolate.

Le capitaine était formel à ce sujet et Lama ne trouvait pas de motifs de croire qu'il ait commis une erreur d'identification. Les centaures avaient une peur atavique de l'eau et il leur fallait une raison capitale pour traverser ne fût-ce qu'un lac de dimension moyenne. Quant à naviguer sur l'océan... Non, il ne pouvait s'agir d'un autre centaure.

D'autant plus qu'il y avait une cyclope et un versev en sa compagnie.

Malheureusement, le capitaine n'avait pas réussi à capturer les fugitifs. Il tentait de justifier son échec en multipliant les détails concernant l'âpreté des combats et en énumérant ses pertes. Lama maudit son incompétence et se promit de lui envoyer un message lui intimant de se constituer prisonnier en attendant son procès. Le capitaine concluait en réclamant des renforts pour opérer un blocus de l'île Majeure. Cela non plus ne rachetait pas sa faute aux yeux de Lama.

Un élément supplémentaire, en revanche, pourrait adoucir sa sentence : il annonçait qu'il avait fait prisonnier le capitaine d'un des drakkars.

Ainsi, après une longue marche qui les avait conduits dans le Nord, les fugitifs naviguaient à présent vers l'Ouest et le pays des cyclopes. Sans doute n'avaient-ils pas trouvé l'objet de leur convoitise en pays viking et croyaient-ils avoir plus de chance au royaume de Sirrom VII. Que pouvaient-ils donc chercher qui exigeât de leur part un voyage aussi long ? Lama ne parvenait pas à deviner le sens du comportement des fugitifs, ce qui l'agaçait au plus haut point. Il n'y avait que Pakir-Skal pour la mettre en rogne de la sorte.

Car il s'agissait d'un plan de Pakir, Lama n'avait aucun doute à ce sujet. Le vieux centaure s'était si souvent joué d'elle dans le passé que le seul fait de penser à lui éveillait sa mauvaise humeur. Qu'elle ne puisse rien contre lui la rendait carrément furieuse. Nombreux étaient les serviteurs sur qui elle avait passé sa colère. Elle en avait renvoyé certains et fait exécuter d'autres, tout ça par la faute de Pakir.

— Que mijotes-tu donc, vieux fou ?

Il avait un plan, c'était certain. Le magicien s'opposait à son rêve d'un monde parfait, peuplé de créatures toutes identiques, d'une seule espèce et d'un seul sexe. Il ne voyait pas le bien fondé de ses intentions d'éradiquer toute forme de volonté chez les êtres pensants, pour les rendre complètement rationnels. Et le mysticisme dans lequel le vieux magicien s'était enfermé au fil des siècles rendait inutile toute tentative d'interrogatoire. Pakir-Skal ne laisserait jamais échapper une information susceptible de la renseigner.

Le prisonnier viking, lui, parlerait.

Lama se rendit à un bureau annexé à la caverne des pigeons messagers et récupéra le nécessaire pour rédiger un message à l'intention du capitaine. Elle insista d'abord sur son échec en rapport avec la capture des fugitifs et lui fit part de sa grande déception. Il s'agissait de lui faire comprendre qu'il aurait dû normalement subir la disgrâce d'une dégradation publique. Lama lui ordonna ensuite de lui envoyer le prisonnier pour interrogatoire. Cela, et cela seulement, lui éviterait l'échafaud.

Lama laissa le temps à l'encre de sécher avant de rouler le parchemin et de l'introduire dans un tube étanche. Elle retourna dans la caverne aux pigeons et en choisit un particulièrement vigoureux. L'animal déploya ses ailes et baissa la tête devant sa maîtresse pour marquer sa dévotion. Lama le caressa délicatement sous le menton, ce qui lui arracha un gloussement de plaisir.

— J'ai une mission pour toi, mon ami. Il te faudra voler vite pour transmettre ce message.

Elle attacha le tube à la patte du pigeon.

— *Eritse l'ed lervi ud onlsa ua sollans.*

Fort de cette incantation, le volatile battit des ailes et s'éleva vers l'ouverture circulaire pratiquée dans le toit de la caverne. Lama avait appelé la protection des forces occultes sur le pigeon, afin de lui assurer un voyage sans encombre. Il y avait peu de bêtes dans la nature capables de vaincre un pigeon messager, mais l'importance du message justifiait cette précaution supplémentaire. De plus, une part importante du périple de l'animal aurait lieu au-dessus de l'océan, sans nul perchoir où se reposer. S'il n'était pas armé de l'incantation, il mourrait d'épuisement avant de trouver le galion et d'y livrer son message.

Lama regarda le pigeon se glisser adroitement dans l'ouverture de la caverne. Elle n'avait pas besoin de sortir pour le voir filer à tire d'ailes vers l'ouest. Dans deux jours au plus, il aurait livré son message et le capitaine du galion ferait demi-tour pour lui amener le Viking qu'il détenait. Lama aurait vite fait de lui extirper tous ses secrets. Elle sourit en anticipant cet interrogatoire. Elle saurait enfin ce que préparait Pakir-Skal.

★ ★ ★

Selon Aleel, à son poste comme toujours sur la vergue, il y avait une île en vue. Sénid examinait la carte du Monde connu à la recherche de leur position exacte. Ils avaient dépassé l'île des Volcans et le territoire des redoutables lanços, et la pointe nord de l'île Majeure ne devait plus se trouver très loin. Au début, ils avaient prévu y faire escale pour refaire leurs réserves d'eau avant de poursuivre vers Œculus-sur-Mer. Cette petite île leur offrait une autre possibilité. Ils pouvaient rejoindre l'île Majeure, mais pourquoi attendre s'il y avait une meilleure opportunité ?

— Il y a des arbres ! cria Aleel depuis la vergue. Je vois une belle forêt tropicale luxuriante.

Sénid ne pouvait évidemment observer de pareils détails d'en bas, depuis le pont. De toute manière, il ne disposait pas de la faculté des cyclopes de concentrer son regard. L'île ne devait faire que quelques kilomètres de superficie et le sommet conique de sa seule montagne révélait qu'il s'agissait d'un volcan. L'abondance de la végétation prouvait que le volcan était en sommeil depuis des décennies, voire des siècles. Y aborder ne présentait donc aucun danger.

— Dans ce cas, allons-y, décida le capitaine Rogor.

Les équipages des deux drakkars se mirent au travail pour détourner les navires de leur route. Des rameurs prirent place aux bancs de nage, sans toutefois se saisir des rames. La brise qui soufflait suffirait à les amener jusqu'à l'île à une bonne vitesse, même si elle gonflait assez peu les voiles. Rien ne contraignait les Vikings à dilapider leur énergie pour gagner quelques minutes. Ils ne manœuvreraient qu'une fois tout près de l'île, pour l'accostage.

Aleel descendit de la vergue et vint rejoindre Sénid sur le pont. Elle le regarda en souriant, ayant de toute évidence retrouvé le moral. Ses autres compagnons de mission semblaient également impatients de fouler la terre ferme. Sénid devait se l'avouer, lui aussi avait hâte de marcher sur le sable de cette plage. Et pas seulement parce qu'il fallait renouveler les provisions d'eau.

Malheureusement, ils ne pourraient s'attarder sur cette île, aussi paradisiaque qu'elle s'avérât. Sitôt à terre, il leur faudrait explorer cette forêt qu'Aleel disait luxuriante pour trouver des sources d'eau. Des équipes devraient ensuite transporter les barriques à travers un sous-bois dense. Sénid ne connaissait rien aux forêts tropicales, mais, selon ce qu'en racontait Elbare, ils devraient jouer les bûcherons et se tailler un chemin à coup de machettes, leurs épées, en l'occurrence.

Le *Piwanga* longeait à présent l'île à quelques encablures de la rive. Deux Vikings, à l'avant, scrutaient les flots, cherchant à apercevoir le fond. Une guerrière utilisait une corde à laquelle était attaché un poids pour déterminer la profondeur de l'onde. En région inconnue, les navigateurs prudents ne pouvaient se permettre de foncer sans savoir quels obstacles se trouvaient sur leur route.

— Regardez ! s'exclama Twilop. Il y a une rivière, là-bas.

Sénid ne cacha pas son scepticisme.

— Je ne crois pas la chose possible. Une île aussi petite ne peut nourrir un cours d'eau important.

— En fait, ajouta Aleel, tu vois là un ruisseau, ce qui est tout de même une découverte intéressante. Cela confirme que nous trouverons de l'eau.

— Mieux que cela, intervint Nolate. S'il y a un cours d'eau qui se jette dans la mer, nous n'aurons pas à nous frayer un chemin dans la jungle pour refaire nos provisions.

Le capitaine semblait aussi avoir réalisé l'importance de la découverte de l'hermaphroïde.

— Vikings, cria-t-il, au travail !

Les rameurs ne se firent pas prier. Ils firent tourner le drakkar pour le guider vers l'embouchure du ruisseau. Sénid nota que le petit cours d'eau se jetait d'une falaise de la hauteur d'un homme pour serpenter ensuite vers l'océan et séparer la plage en deux. Le Viking ne perdit pas davantage de temps et réunit l'équipe responsable des barriques. Quelques-unes avaient été détruites ou perdues lors de l'attaque des lançaos, mais les tonneaux restants devaient suffire, compte tenu de la distance à parcourir avant d'atteindre Œculus-sur-Mer.

Les deux drakkars s'échouèrent sur la plage. N'ayant pas à redouter les pirates dans ces eaux où personne ne venait, les capitaines avaient convenu d'accoster tous les deux. Sénid soupçonnait en fait Rogor et Eksab de ne pas s'être entendus sur qui devrait patienter au large. Tous avaient souffert des combats et de la soif, et l'impatience des équipes de trouver de l'eau fraîche se justifiait. Sans compter le plaisir de marcher quelques heures sur la terre ferme.

— Sortez les passerelles, ordonna Borgar, chargé de l'équipe des barriques.

— Sénid !

L'interpellé se retourna et vit son mentor, au centre du *Piwanga*, en train de lui faire des signes de la main. Nolate regardait les autres barriques, remplies de matériel et de vivres. Sénid supposa que le centaure voulait lui rappeler de rapporter autant de nourriture que possible. Il avait formé une équipe afin de récolter des fruits frais sur l'île. L'idée avait reçu l'approbation générale. Tous en avaient assez de la viande séchée.

— Nous allons vider les tonneaux d'armes, expliqua-t-il quand Sénid l'eut rejoint. Cela nous permettra d'emporter plus d'eau.

— Est-ce nécessaire ? demanda le Viking, étonné. Nous ne sommes qu'à quelques jours de notre destination.

— Je préfère un maximum de prudence. Rien ne se passe comme prévu, dans ce voyage.

Il parut sur le point d'ajouter quelque chose, mais se ravisa. Sénid se joignit à deux guerrières et ils vidèrent les barriques d'armes. Ils réunirent les épées et les attachèrent dans un coin de la poupe avant de pousser les tonneaux supplémentaires jusqu'à la passerelle. Le reste de l'équipe était déjà à pied d'œuvre sur la plage. Sénid laissa les barriques additionnelles à Borgar, qui les reçut sans faire de commentaires. Il paraissait surpris, lui aussi. Ils roulèrent ensemble les barriques jusqu'au ruisseau.

— C'était à prévoir, commenta Borgar.

Plusieurs guerriers s'étaient avancés dans l'eau et buvaient à même le ruisseau. Sénid s'inquiéta un moment, mais, lorsqu'il aperçut Elbare près du cours d'eau, il en fut rassuré. Les versevs possédaient la faculté de goûter l'eau par leurs racines pour déterminer si elle était potable. Le Viking vit Aleel et Twilop avancer jusqu'à la chute. Elles profitèrent d'une douche naturelle assurément vivifiante et il envisagea de les imiter. Un bain lui serait sûrement aussi salutaire qu'à ses compagnes de voyage, mais cela pouvait attendre que les barriques soient remplies.

Ils se mirent rapidement à la besogne. Pour accélérer le travail, les Vikings optèrent pour une méthode à la fois simple et efficace. Ils placèrent les barriques sous la chute, ce qui permettait de les remplir sans effort. Il suffisait ensuite de les reboucher et de les rouler vers la grève. L'opération se fit à grande vitesse et les barriques furent ramenées aux drakkars en moins de vingt minutes.

— Je crois que je suis mûr pour la baignade, blagua Borgar.

Sénid avait apprécié la température de l'eau pendant le remplissage. Il avait cependant une tâche à accomplir avant d'envisager la baignade et il réunit son équipe de cueilleurs. Les six hommes et les deux femmes s'équipèrent d'un filet de pêche qui servirait au transport des fruits qu'ils trouveraient et s'avancèrent jusqu'à l'orée de la forêt. Sénid prit son épée et commença à tailler un chemin dans les fougères du sous-bois.

Ils s'enfoncèrent dans la jungle.

S'il n'y avait pas eu de témoins, Twilop se serait sans doute dévêtue pour profiter pleinement de cette baignade improvisée. Elle se contenta de se doucher habillée dans la cascade du ruisseau. La pause ne pourrait durer que quelques heures, une demi-journée tout au plus, avant que les drakkars ne repartent vers le pays des cyclopes. Les provisions d'eau renouvelées, il n'y avait aucune raison de s'attarder sur l'île. Elle fut néanmoins heureuse de pouvoir oublier pendant un temps les dangers de la mission.

— L'eau est bonne ?

Twilop se tourna vers Nolate, qui l'observait en souriant.

— Il est temps de remonter à bord, commenta le centaure. Nous repartirons dès le retour de l'équipe de Sénid.

À regret, Twilop sortit de l'eau. Elle suivit les Vikings qui retournaient aux drakkars. L'embarquement se fit dans l'ordre, à défaut de se dérouler dans le calme. Les conversations allaient bon train sur la chance qui semblait enfin leur sourire. Chacun avait goûté cette eau limpide et s'en sentait de meilleure humeur. Il ne restait qu'à savourer quelques fruits frais que rapporterait l'équipe de Sénid. Les cueilleurs ne devaient pas tarder.

Twilop se demanda si elle aurait dû accompagner leur compagnon viking. Elle connaissait trop peu le monde, ayant vécu recluse toute sa vie avant ce voyage. Avec émerveillement, elle avait découvert la neige et le froid, puis l'océan infini. En dépit des moments pénibles qui avaient ponctué le voyage, elle ne regrettait pas de s'être lancée dans cette aventure. Elle n'avait jamais visité une forêt tropicale, une expérience que l'expédition de Sénid lui aurait permis de vivre. Twilop se consolait en songeant que d'autres occasions se présenteraient sûrement.

— Ils en mettent, du temps, pour trouver des fruits.

Le centaure ne paraissait plus aussi joyeux que tout à l'heure, près du ruisseau. Twilop songea à sa peur atavique des étendues d'eau, mais elle rejeta vite cette idée. Nolate n'avait plus ressenti le mal de mer depuis la bataille contre les pirates. À sa façon de regarder vers la jungle, elle sut qu'il se préoccupait plutôt pour l'équipe absente. Sénid aurait dû être rentré, à présent.

Twilop pensa d'abord que les cueilleurs avaient dû rencontrer plus de difficultés à trouver des fruits, à moins que ce ne fût la densité de la forêt qui les avait retardés. Elle s'attendait à les voir surgir de la jungle d'un instant à l'autre avec le filet plein. Quand ils goûteraient à la récolte qui serait sûrement abondante, alors que les drakkars seraient de nouveau en mer, ils riraient ensemble de leurs appréhensions du moment. L'hermaphroïde fixait à l'orée de la forêt l'endroit où l'expédition s'y était enfoncée.

Son inquiétude grimpait à chaque seconde qui s'écoulait.

— Ce n'est pas normal, commenta Nolate. Je leur avais dit de rentrer au bout d'une heure, même s'ils ne trouvaient rien.

— Aleel, demanda Twilop, tu ne vois rien ?

La cyclope hocha la tête.

— La forêt est trop dense, s'excusa-t-elle. Il faudra aller sur place.

— C'est ce que nous allons faire, décida le centaure. Il y a peut-être un blessé.

Twilop se porta aussitôt volontaire, tout comme Elbare et Aleel. L'hermaphroïde n'avait pas l'intention de rester en arrière alors que leur compagnon de mission avait peut-être eu un accident. Quatre guerriers complétèrent l'équipe de recherche. Le groupe descendit sur la plage et marcha résolument jusqu'à la forêt. Chacun tenait son arme à la main, prêt à affronter l'inconnu. En plus de l'éventualité d'un accident, l'équipe avait pu rencontrer des bêtes féroces. Personne ne tenait à revivre un épisode aussi pénible que l'attaque des lanços.

Dès leur entrée dans la jungle, Twilop eut l'impression de se retrouver dans un autre monde. Les larges feuilles des arbres, toutes regroupées au sommet des troncs, bloquaient le soleil et ne laissaient filtrer qu'une lumière crépusculaire. Le sous-bois n'était pas dégagé pour autant : un épais rideau de fougères rendait la progression difficile. Heureusement, il n'y avait qu'à suivre le sentier défriché par les cueilleurs. Ils iraient beaucoup plus vite que Sénid et son équipe.

La piste menait à une clairière. Des traces d'herbes et de fougères piétinées trahissaient le passage des cueilleurs. Le filet qu'ils avaient emporté se trouvait précisément au pied d'un petit groupe d'arbres fruitiers. Nolate le récupéra et le souleva. Il était plein, ce qui signifiait qu'ils s'étaient servis à même ces arbres aux branches généreuses. Des cueilleurs, en revanche, il n'y avait aucune trace.

— Où peuvent-ils donc être passés ? s'inquiéta Elbare.

Ils crièrent le nom des disparus, sans obtenir de réponses.

— Fouillons cette clairière, décida Nolate. Nous trouverons peut-être des indices sur ce que sont devenus nos amis. S'il n'y a rien, il faudra s'aventurer dans la forêt.

Ils se dispersèrent dans toute la clairière. Twilop prit à sa droite, un choix *a priori* assez peu judicieux, car elle se retrouvait face à un massif de fougères plus denses que les arbres. Elle déplaçait les longues herbes à l'aide de son bâton de combat et cherchait des traces de pas dans la terre. Elle sursauta en apercevant des empreintes de pieds nus. Aucun des cueilleurs ne se déplaçait sans chaussures.

Au moment même où elle faisait ce constat, Aleel cria :

— J'ai trouvé quelque chose !

Twilop délaissa sa découverte – ils pourraient l'examiner plus tard – et rejoignit le groupe. Aleel avait trouvé les cendres encore fumantes de ce qui avait été un feu de cuisson. L'hermaphroïde vit quelques effets personnels des Vikings, dont deux épées. Twilop les identifia rapidement ; chaque Viking utilisait une arme qui lui appartenait en propre. Il s'agissait de celles des deux guerrières de l'équipe. Nolate fouillait les cendres à la recherche d'autres indices.

— Qu'Equus nous protège ! s'écria-t-il soudain en se redressant.

Le centaure sortit son épée et se mit à jeter des regards dans toutes les directions.

— Que se passe-t-il ? questionna une guerrière.

Elle ne voyait que quelques os, vestiges du repas.

— Ces os... expliqua Nolate. Il s'agit d'ossements humains.

Les autres dégainèrent à leur tour leur épée. Pour sa part, Twilop eut besoin de quelques secondes pour saisir la portée de la découverte du centaure. Elle songea aux empreintes qu'elle avait vues plus tôt et fut prise de frayeur. Ils n'étaient pas seuls sur cette île. Et ils s'y trouvaient en compagnie de la pire engeance : des anthropophages.

✪✪✪

Comme tous les versevs, Elbare se nourrissait de préférence des nutriments qui se trouvaient dans le sol et de l'énergie de la lumière du jour. Il pouvait aussi manger à la manière des espèces animales et consommait alors aussi bien de la viande que des végétaux. Cependant, l'idée que des créatures pensantes puissent se nourrir de la chair de leurs semblables le révulsait. Car il s'agissait bien de créatures pensantes, puisqu'elles connaissaient l'usage du feu.

— Il faut commencer les recherches ! lança Nolate. Nous devons les retrouver.

— Ne me dites pas que vous les croyez toujours en vie ? rétorqua un Viking. Ils ont sûrement tous été dévorés eux aussi. Nous devrions fuir cette île maudite avant de subir le même sort.

— S'ils avaient été tués et mangés, nous aurions trouvé des traces de cette horreur, objecta le centaure. Or, il n'y a rien d'autre que les effets des deux guerrières de l'équipe de cueillette. Cela ne signifie pas qu'ils sont tous morts, ni d'ailleurs qu'il s'agit des ossements des femmes.

— Vous avez raison, fit le Viking en recouvrant son calme. Seulement, nous ignorons même par où commencer.

— J'ai vu des traces de pieds, intervint Twilop.

— Quoi ! s'exclama un autre Viking. Pourquoi n'as-tu rien dit ?

— J'allais vous en parler lorsque Aleel a découvert le feu de camp.

L'hermaphroïde les guida jusqu'à sa découverte. Nolate se pencha sur les traces, qu'il examina avec soin. Il repéra assez vite d'autres empreintes de pieds, mais aussi des marques de chaussures. La disposition des empreintes laissait le centaure perplexe. Il n'expliqua pas tout de suite ce qui le tracassait. Bien que ne connaissant pas grand-chose au pistage, Elbare croyait deviner ce qui troublait Nolate : les deux types de traces marquaient le sol côte à côte.

— À croire qu'ils sont partis main dans la main, souffla Twilop.

— Ça n'a aucun sens !

L'exclamation d'Aleel reflétait l'étonnement général. Comment les cueilleurs survivants auraient-ils pu accepter de suivre librement les meurtriers de deux des leurs ? Elbare les imaginait plutôt ligotés, obligés de suivre leurs ravisseurs. Dans ce cas, ils auraient résisté et se seraient traîné les pieds pour retarder la marche forcée. Pour commencer, ils ne se seraient sûrement pas rendus sans se battre et des traces de ce combat seraient visibles, des herbes piétinées, notamment. Il y avait aussi autre chose qui tracassait le versev. Ils n'avaient trouvé de traces que des femmes.

— Il y a un sentier dans ce boisé, lança Nolate.

Épée à la main, le centaure s'engagea dans un étroit passage entre deux rangées de fougères. Elbare ne l'avait par remarqué, malgré son expérience des milieux boisés. Il attribuait son inattention au choc de la découverte. Le sol bien tassé prouvait que le sentier était couramment utilisé. Nolate guidait néanmoins l'expédition de secours avec beaucoup de prudence et n'hésitait pas à s'arrêter pour écouter les bruits de la forêt. Pas question de se laisser surprendre, ce qui avait probablement été le cas des cueilleurs.

En dépit de ces arrêts fréquents, le sentier leur permettait d'avancer à un bon rythme. Elbare nota qu'ils grimpaient régulièrement, ce qu'il trouva logique, puisqu'ils s'éloignaient de la mer. La pente restait heureusement trop peu prononcée pour leur causer des difficultés. Nolate scrutait fréquemment le sol, mais il ne signala aucun indice nouveau. Jusqu'à leur arrivée dans une nouvelle clairière.

— Des huttes, murmura-t-il.

Ils se cachèrent dans les fougères bordant l'éclaircie. Elbare vit à son tour les huttes que le centaure avait repérées. Elles occupaient une bonne partie d'une clairière un peu plus grande que celle où ils avaient trouvé les arbres fruitiers. Toutes les huttes étaient rondes, avec un toit en paille formant une pointe aux pentes accentuées. Le village était cependant désert.

— Il n'y a personne, commenta Twilop. Où sont passés les habitants ?

— Je l'ignore, répondit Nolate. Mais c'est une chance pour nous. Allons fouiller ces huttes. Nos amis s'y trouvent peut-être enfermés.

— Croyez-vous que ce soit prudent ? demanda un Viking. Compte tenu de la taille de ce village, ces barbares sont trop nombreux pour nous. Nous aurons des problèmes s'ils rentrent et nous surprennent.

— Vous avez raison, concéda le centaure. Il nous faut des renforts. Je répugne toutefois à laisser l'endroit sans surveillance.

— Je resterai pour surveiller, proposa Elbare. Mon don de camouflage fait de moi l'espion idéal pour une pareille mission.

Nolate hocha la tête et fit signe aux autres de le suivre. Elbare les regarda disparaître dans la forêt avant de s'aventurer dans la clairière. Il inspecta ainsi une partie du village, sans oser le traverser par crainte du retour de ses habitants. Comme rien ne se passait, il s'enhardit à examiner la hutte la plus près. Elle n'avait pas de porte et il était facile d'en détailler le contenu. Il ne vit que quelques poteries, une table avec une chaise et un lit de foin dans un coin.

Des bruits dans le feuillage l'incitèrent à courir jusqu'à l'orée de la forêt. Elbare se cacha dans un taillis assez fourni et enfonça ses orteils racines dans le sol. En un instant, il devint un arbre tropical de petite taille, une plante qui passerait inaperçue parmi les autres végétaux. Il s'efforça d'ignorer la sensation agréable que lui procurait cet humus d'excellente qualité et se concentra sur les nouveaux arrivants. Une troupe composée d'une trentaine de bipèdes à l'allure particulièrement répugnante s'avança au centre du village.

Ils avaient de longs cheveux gris et arboraient une posture légèrement voûtée, comme les grands singes. Leurs bras démesurés qui traînaient presque sur le sol complétaient la ressemblance. Leurs mains n'avaient que trois doigts se terminant par d'étranges protubérances qui rappelaient des ventouses. Ces choses avaient à peu près la même taille que les Vikings qu'Elbare côtoyait depuis plusieurs semaines. Le versev n'eut aucune difficulté à effectuer cette comparaison, et pour cause. Les disparus les accompagnaient.

CHAPITRE DIX

Sénid n'aurait jamais pensé trouver des guerrières vikings sur cette île perdue. Yram, leur chef, affirmait qu'elles avaient fait naufrage trois ans plus tôt et qu'elles survivaient ici depuis, attendant des secours qui n'arrivaient jamais. Elle conduisit le Viking à leur village. Les huttes, fort bien aménagées, devaient leur permettre de mieux supporter leur isolement. Sénid n'en admirait que davantage leur courage. Vivre ainsi coupé des siens en aurait poussé plus d'un à la folie. Lui-même doutait qu'il aurait tenu le coup aussi longtemps.

— Vous avez accompli un travail remarquable pour survivre dans cette jungle hostile, complimenta-t-il.

— N'est-ce pas ? fit la guerrière. Ce village nous maintient en vie. Avant sa construction, certaines d'entre nous ont péri, mordues par des bêtes venimeuses. Au moins, dans ces huttes, nous sommes à l'abri.

Sénid regarda encore une fois la jeune guerrière à la silhouette athlétique. Yram était presque aussi grande que lui. Ses cheveux bruns qui lui retombaient sur les épaules encadraient un visage aux traits fins. Le regard de ses yeux marron révélait sa grande détermination et une maturité peu fréquente chez une personne aussi jeune. En dépit des années de solitude, Yram arborait une posture qui révélait toute la fierté des Vikings. L'isolement n'était pas parvenu à détruire sa force de caractère. Sa constance méritait une admiration sans bornes.

Curieusement, hormis ses deux yeux d'humaine et la couleur de ses cheveux, elle ressemblait à Aleel.

De tous les événements susceptibles de survenir au cours de ce voyage, la découverte de compatriotes naufragées sur une île perdue au milieu de l'océan était certainement celui auquel Sénid se serait le moins attendu. En surgissant dans la clairière, les femmes s'étaient d'abord immobilisées, ne parvenant sans doute pas à croire que leur calvaire s'achevait. Sénid se rappelait encore leur joie quand elles avaient appris que les cueilleurs n'étaient pas des naufragés, comme elles.

Sénid avait envoyé les deux guerrières de son équipe aux drakkars pour annoncer l'incroyable nouvelle.

— Nous n'espérions plus de secours depuis longtemps, avait avoué Yram.

Sénid avait écouté avec attention le récit poignant du drame qui avait conduit ces jeunes guerrières loin du pays viking. À la suite d'une chasse aux pirates, une tempête les avait repoussées au-delà de l'île des Volcans. Par crainte des Eaux étranges, leur capitaine avait ordonné de naviguer vers le sud-est pour rejoindre l'île Majeure afin de se ravitailler avant de regagner Thorhammer. Hélas ! Le drakkar avait heurté un récif et éclaté en morceaux. Il avait coulé en quelques minutes à peine.

— Mes compagnes et moi avons trouvé refuge sur un bout de coque qui nous a servi de radeau, avait raconté Yram. J'ignore le sort du reste de l'équipage. Faute de voile ou même de planches qui auraient fait office de rames, nous étions incapables de nous diriger. Nous avons dérivé longtemps et souffert de la faim et de la soif.

Les rescapées avaient finalement aperçu cette île inconnue au loin et s'étaient relayées pour nager derrière le radeau et le pousser vers le rivage. La marée descendante n'avait pas facilité leur tâche, mais, craignant que les courants les emportent trop loin avant la nuit qui approchait, elles avaient redoublé d'efforts. Deux guerrières, épuisées, avaient fini par lâcher prise et se noyer. Leur sacrifice avait cependant sauvé leurs camarades qui s'étaient étendues sur la plage, heureuses de trouver enfin un sol solide sous leurs pieds.

— Nous n'étions pas tirées d'affaire pour autant, car il nous fallait trouver de quoi survivre sur cette terre inconnue. Celles d'entre nous qui avaient encore assez de force sont parties en exploration dans la jungle. Notre capitaine a alors été mordue par un serpent et est morte presque tout de suite. Comme j'étais la survivante la plus gradée, je suis devenue responsable de l'équipage et j'ai dû organiser notre groupe pour assurer notre survie.

En observant le village, Sénid n'en revenait tout simplement pas. Il complimenta à nouveau son interlocutrice.

— Vous avez admirablement réussi. Vous méritez le titre de capitaine, même si vous n'avez pas de navire.

— Je m'en passerais volontiers. Cependant, je suis une Viking et les Vikings n'abandonnent jamais, n'est-ce pas ?

— Jamais. Tout comme nous n'abandonnons pas ceux qui sont en détresse. Comme je vous l'ai dit, nous sommes venus avec deux drakkars. Nous pouvons sûrement vous embarquer toutes et vous conduire à Œculus-sur-Mer. De là, vous trouverez un passage pour Thorhammer.

— Vous ne rentrez pas directement en pays viking ?

— Malheureusement, nous sommes en mission et devons aller chez les cyclopes.

— Si votre voyage ne dure pas longtemps, nous pourrions rentrer ensuite avec vous.

— Ce ne sera pas possible, hélas ! Après, nous irons à Saleur, en pays centaure.

Yram paraissait soudain sur le point de pleurer.

— Vous ne pouvez pas nous laisser comme ça après nous avoir donné l'espoir d'un retour rapide chez nous. Avez-vous une idée de l'effet que ça fait ?

Sénid comprenait sa déception. Sa joie d'être enfin secourue se trouvait grandement mitigée. Voilà qu'elle devait attendre chez les cyclopes un temps indéterminé avant de rentrer chez elle. Le Viking se sentait minable d'avoir brisé ses espoirs. C'était bien mal récompenser son dévouement à l'égard de ses compagnes.

— Mes parents doivent me croire morte, reprit-elle après un long moment de silence. Vous savez, ils n'ont que moi dans la vie.

Soudain, les larmes furent plus fortes que la fierté. Tout naturellement, Sénid ouvrit ses bras pour réconforter Yram. La jeune femme apeurée qui se cachait derrière la guerrière refaisait surface. C'était trois ans de souffrances qui se manifestaient. Sénid songea à ces malheureuses Vikings perdues loin de leur pays et se répéta qu'elles méritaient toutes de rentrer. Cela lui paraissait même prioritaire par rapport à tout, y compris la mission qu'ils poursuivaient. Il prit le visage d'Yram entre ses mains et lui sourit.

Le baiser qu'ils échangèrent lui parut la chose la plus naturelle qui soit.

L'une des créatures se tenait face à Sénid. La chose avait posé ses mains aux doigts bizarres sur les tempes du Viking et restait immobile. À l'occasion, elle sortait une langue fourchue qui venait frôler le visage de son prisonnier. Elbare ne savait pas vraiment ce qui le dégoûtait le plus : les agissements de la créature, peu en importait la nature, ou la réaction de Sénid à ce traitement. Le Viking, loin de se montrer effrayé ou de chercher à échapper à cette emprise, souriait béatement comme s'il vivait un des moments les plus heureux de son existence. De toute évidence, ces créatures avaient un pouvoir hypnotique qu'elles exerçaient sur leurs proies.

Les autres Vikings de l'équipe de cueillette subissaient un sort semblable aux mains d'autres créatures du village. D'après les sourires qu'ils affichaient, ces hommes éprouvaient des sentiments analogues à ceux que vivait Sénid. Elbare se demanda si ces choses devaient s'assurer un contact physique avec leurs victimes pour les manipuler. Puisque les Vikings étaient arrivés en leur compagnie au village, marchant librement à leurs côtés, c'était peu probable. Leurs pouvoirs s'exerçaient donc également à distance.

Ce que les Vikings apercevaient quand ils regardaient ces choses, Elbare ne pouvait même pas l'imaginer. Pour sa part, il les voyait sous la forme de monstres repoussants. Il ignorait ce qui empêchait leur maîtrise de s'exercer sur lui. Sa nature de créature végétale, sans doute. Son métabolisme devait l'immuniser contre les facultés hypnotiques de ces horreurs.

La créature qui tenait Sénid le relâcha enfin. Privé de ce contact, le Viking resta immobile quelques secondes. La chose se détourna de sa victime avant de se diriger vers la hutte la plus près. Sénid fit quelques pas pour la suivre. Elbare le vit tituber comme cet homme ivre qu'il avait aperçu à Capitalia lors du séjour qu'il y avait effectué. Le Viking perdit l'équilibre, tomba à genoux et s'étendit sur le sol. Elbare fut profondément affligé de voir le courageux guerrier ramper sur le sol, s'agripper à l'herbe rare et se traîner vers la hutte avant d'abandonner, épuisé.

Les autres créatures délaissèrent aussi leurs proies et rentrèrent dans les huttes. Livrés à eux-mêmes, les Vikings s'écroulèrent un à un, dans un état aussi pitoyable que l'infortuné Sénid. Apparemment, les créatures extirpaient d'une façon quelconque l'énergie vitale de leurs victimes. Elles avaient sans doute tiré tout ce qu'elles pouvaient des Vikings, pour le moment.

Et ensuite ? Subiraient-ils ce calvaire encore et encore jusqu'à la mort ? Elbare jeta un regard angoissé à Sénid. Son ami paraissait inconscient et ne bougeait plus que de temps en temps, comme affecté de spasmes. Le versev envisagea de se déraciner pour lui prêter main-forte, mais il ignorait ce que les créatures pourraient lui infliger comme sévices si elles le surprenaient. Mieux valait attendre les renforts que Nolate ne manquerait pas de ramener.

Quoique...

Elbare n'en était pas moins anxieux. Il ignorait tout du pouvoir hypnotique de ces choses immondes. Pouvaient-elles maîtriser plusieurs personnes à la fois ? Pour l'instant, une trentaine de créatures contrôlaient six guerriers. Il en irait peut-être tout autrement si le rapport des effectifs était inversé. Rien, cependant, n'était moins sûr. À la fin, Elbare risquait de se retrouver seul sur cette île avec les créatures.

Quelques minutes passèrent sans que les monstres ne manifestent l'intention de ressortir. Voyant que la voie restait libre, Elbare se décida. Il se déracina et reprit sa forme bipède. Rapidement, dans le silence propre aux membres de son espèce, il approcha de son ami. Sénid respirait encore, bien que faiblement. Son épuisement était flagrant.

Il fallait le sortir de cette fâcheuse situation sans attendre. Elbare jeta un regard au boisé le plus près et se demanda s'il aurait la force de le traîner à l'abri des frondaisons. Il n'y avait qu'une façon de le découvrir. Le versev se pencha sur son ami et le saisit par les épaules. Il parvint avec peine à le retourner sur le dos. En se traînant presque lui-même pour déplacer le Viking, Elbare aurait été vite à bout de souffle s'il avait dû respirer. Il s'épuisa néanmoins et s'arrêta après deux mètres seulement. Il n'aurait pas cru les représentants des espèces animales aussi lourds.

Il refusa de se décourager et reprit ses efforts. Il réussit à tirer Sénid sur une plus grande distance, cette fois, avant de devoir s'arrêter, à bout de force. Il restait encore cinq bons mètres avant d'atteindre la protection de la forêt. Le versev avait remarqué qu'il était plus facile de traîner son fardeau dans l'herbe que sur la terre battue. Un dernier effort devrait lui permettre de mettre le Viking à l'abri.

Une intuition, à moins que ce ne fût la chance, l'incita à jeter un regard vers le village. Elbare vit la créature qui s'était nourrie de l'énergie de Sénid sortir de sa hutte. Il eut tout juste le temps de s'enraciner avant qu'elle ne regarde dans sa direction. Rapidement, la chose remonta la trace que le corps avait laissée dans l'herbe en glissant derrière le versev et qu'il n'avait pas eu le loisir d'effacer. Pour l'instant, il se trouvait à découvert, sous forme d'arbre heureusement, mais nullement rassuré.

Le monstre regarda le Viking étendu sur le dos. Il sembla perplexe en découvrant que sa proie était toujours inconsciente. Elbare jugea fort improbable que la chose connaisse l'existence des versevs et il imaginait sans peine sa déconvenue. L'horrible chose finirait par croire que Sénid avait repris conscience assez longtemps pour se traîner sur quelques mètres avant de s'évanouir de nouveau.

Ce fut alors qu'elle s'intéressa à Elbare.

La créature restait immobile devant lui, tête penchée de côté en signe de perplexité. La présence de cet arbre à cet endroit semblait la surprendre. Elle tourna autour du versev et revint se placer face à lui. Elbare dut se retenir pour ne pas vomir lorsque la chose lui frôla l'écorce du visage de sa langue fourchue. Elle le sentait à la manière des reptiles et il devina qu'elle percevait sur lui l'odeur de Sénid. Au bout d'un moment, n'ayant évidemment aucune raison de suspecter un arbre, elle se détourna pour reporter son attention sur le Viking.

Sans ménagement, elle prit Sénid par une cheville et le traîna vers sa hutte. Soulagé, Elbare resta néanmoins aux aguets. Aucune autre créature n'étant sortie, il profita de ce que celle-ci avait le dos tourné pour se déraciner et courir se réfugier à sa première cachette. Il replanta ses orteils racines dans l'humus délicieux, mais il n'en était plus à apprécier sa saveur.

Comment pourrait-il libérer Sénid et les autres ?

Les quarante guerriers se mirent en route. Au moment de quitter la plage pour le sentier de la jungle, Nolate se tourna vers les drakkars. Comme convenu, les Vikings préparaient le *Piwanga* et le *Ravachol* pour un départ rapide. Les capitaines avaient prévu de laisser un groupe armé sur la plage pour repousser un éventuel assaut contre les navires. L'équipe de recherche avait trouvé le village désert, ce qui signifiait que les ennemis arpentaient l'île. Nolate avait refusé de faire la moindre évaluation de leur nombre. Il estimait toutefois probable que l'île abrite d'autres villages du genre.

Bien entendu, les Vikings avaient été horrifiés d'apprendre que deux des leurs avaient servi de repas à une peuplade d'anthropophages. Certains avaient voulu monter une expédition punitive afin de traquer ces monstres et de les éliminer. Nolate leur avait rappelé qu'ils avaient une mission à accomplir dans laquelle la vengeance n'avait pas sa place. Il importait de retrouver les cueilleurs, s'ils étaient en vie, et de poursuivre le voyage.

Le passage dans la première clairière fut un moment de recueillement. Les Vikings qui n'étaient pas de la première mission de recherches virent à leur tour les cendres et les ossements de celles qui avaient été leurs compagnes de mission. Nolate devinait ce qu'ils pouvaient ressentir. Il leur laissa quelques instants pour se recueillir.

— En route, dit-il au bout d'un moment. Allons sauver nos amis.

L'expédition se remit en marche dans une atmosphère encore plus sombre. Le centaure lut sur les visages de ses compagnons vikings une détermination plus forte qu'au départ de la plage. Ils progressèrent lentement sur le sentier, plus pour éviter de faire du bruit qu'en raison des difficultés du parcours. À quelques mètres de la seconde clairière, Nolate leva la main et tous s'arrêtèrent. Épée à la main, ils étaient prêts à foncer.

Des bruits en provenance du village indiquèrent que les habitants étaient rentrés. Nolate s'étonna de leur trouver un air familier. Pendant un instant, il eut presque l'impression qu'il revenait à Saleur, la capitale centaurine. Le centaure se secoua pour chasser sa torpeur, ne comprenant pas très bien ce qui lui arrivait. Ce n'était vraiment pas le moment de ressentir le mal du pays. Il se tourna vers les guerriers pour donner ses ordres. Les Vikings paraissaient eux aussi indécis, du moins certains d'entre eux. Aleel, elle, semblait avoir gardé toute sa détermination.

— Tout le monde est prêt ? murmura Nolate.

— Nous sommes prêts, répondit la cyclope sur le même ton. Donnez l'ordre et nous fonçons.

— Je ne crois pas que ce soit la méthode appropriée, commenta Nolate. La surprise est normalement un élément important dans une situation de ce genre, mais seulement lorsque l'emplacement de la prison des captifs est connu. Des négociations paraissent préférables.

— Si nous renonçons à l'effet de surprise, nous leur laissons le temps de tuer les prisonniers, objecta la cyclope.

Aleel semblait particulièrement étonnée du changement de plan.

— Nous ne savons même pas si ce sont eux les coupables, rappela un guerrier.

— C'est vrai, ça. Il faut leur donner une chance de s'expliquer. Qui sait ? Ils pourront même nous aider à retrouver les véritables responsables.

— Je ne vois pas comment des êtres pacifiques auraient pu survivre à proximité d'un peuple de mangeurs de chair humaine ! s'emporta une guerrière. Qu'est-ce qui vous arrive tous ? On dirait presque que vous êtes soudain devenus incompétents.

Nolate préféra ignorer la critique. Il mit l'excès d'agressivité de la femme sur le compte de la colère provoquée par le sort affreux fait à leurs consœurs. Pourtant, la plupart des guerriers vers lesquels Nolate se tournait semblaient partager son point de vue. Il leur fit un signe discret et ils avancèrent à découvert. Le spectacle qui s'offrit à eux était loin de tout ce que Nolate aurait pu imaginer.

Plusieurs centauresses déambulaient entre les huttes. Elles étaient une vingtaine en tout, assez jeunes, sans doute au milieu de la vingtaine. Les centauresses s'étaient également immobilisées dans leurs activités en apercevant les guerriers. Elles parurent surprises, certaines eurent même l'air effrayé. L'une d'elles lança un cri et galopa vers la hutte la plus grande. Un instant plus tard, une centauresse plus âgée sortit. Nolate fut ébahi par sa beauté et sa démarche, qui révélait l'assurance propre à ceux qui exercent dignement le pouvoir. La centauresse avança jusqu'à Nolate et s'agenouilla devant lui.

— Je suis Todrab, guide de cette communauté. Prenez ma vie, mais épargnez mes compagnes.

L'offre prit le centaure tout à fait par surprise. Visiblement, la dénommée Todrab croyait que les Vikings et lui leur voulaient du mal. Nolate ne comprenait pas ce qui les incitait à croire cela. Évidemment, les anthropophages devaient aussi faire des ravages dans leur communauté. Avisant l'épée qu'il tenait à la main, le centaure pensa que les villageoises craignaient sans doute une menace beaucoup plus réelle. Nolate abaissa son arme et tendit la main à la centauresse agenouillée.

Aleel et deux guerrières réagirent d'une tout autre façon. Les femmes avaient suivi la cyclope qui, glaive au poing, semblait décidée à prendre l'offre de la centauresse au pied de la lettre. Nolate ne pouvait oublier qu'ils cherchaient à retrouver Sénid et les autres cueilleurs, sûrement aux mains des anthropophages. D'évidence, ces centauresses n'avaient rien à voir dans cet enlèvement. Plus par réflexe qu'en un geste conscient, Nolate fit un pas et bloqua la lame de la cyclope. Il poursuivit son geste en la repoussant vivement.

— Qu'est-ce que vous faites ? s'écria Aleel. Il faut tuer ces monstres !

La réflexion choqua profondément le centaure. À aucun moment depuis le départ de Capitalia Nolate n'aurait cru qu'Aleel pouvait avoir des préjugés racistes. D'autres guerrières semblaient vouloir se jeter sur les centauresses, mais leurs compagnons intervinrent à temps pour empêcher un massacre. En un instant, les hommes encerclèrent les femmes, visiblement prises de folie. Nolate attendit quelques secondes, dans l'espoir qu'elles recouvreraient la raison, mais elles ne manifestaient aucune intention de changer d'attitude.

— Quelle est cette folie ? s'écria Nolate. Rangez vos épées !

— Jamais ! Il faut se battre.

Nolate n'eut plus d'hésitation.

— Prenez leurs armes et trouvez un endroit pour emprisonner ces démentes, ordonna-t-il.

Les Vikings s'empressèrent de désarmer les guerrières. Ils trouvèrent un endroit isolé dans la clairière et les y gardèrent prisonnières. Nolate vit le regard désespéré d'Aleel, qui allait tour à tour des Vikings aux centauresses. La cyclope paraissait effrayée, comme si elle voyait réellement des monstres à la place des jeunes compatriotes de Nolate. Ce dernier se tourna vers Todrab, qui avait assisté à toute la scène. Il lui tendit de nouveau la main.

— Je vous en prie, fit-il, relevez-vous. Nous ne vous voulons aucun mal. Nous cherchions seulement ceux qui ont pu tuer deux de nos amies et en enlever six.

Hésitante, Todrab accepta finalement la main tendue et se releva. La jeune centauresse regarda son compatriote d'un air indécis et considéra ensuite les guerriers vikings. Nolate s'empressa de calmer ses craintes. Todrab écouta ses explications en silence, attentive à chaque parole de son vis-à-vis. L'intensité de son regard troubla Nolate. Il trouvait la centauresse belle. Vraiment belle.

Des sirènes. Ces créatures ne pouvaient être que des sirènes.

172

Aleel connaissait bien la mythologie de son peuple. Selon les légendes, des créatures hideuses vivaient sur une île inconnue, loin à l'ouest. Les récits affirmaient que ces êtres attiraient les navigateurs de passage à l'aide d'illusions. Les sirènes capturaient les marins et prélevaient leur énergie vitale jusqu'à épuisement complet de leurs victimes. Lorsqu'il n'y avait plus rien à tirer des captifs, elles les tuaient et les dévoraient.

Dans les archives de Pakir-Skal, à Capitalia, Aleel avait lu que les humains avaient également des sirènes dans leur folklore. Il s'agissait de créatures très différentes, mi-femmes mi-poissons, qui séduisaient les hommes et les attiraient dans l'eau pour les noyer. Malgré les différences entre les deux mythes, un point commun demeurait qui incitait la cyclope à considérer qu'ils étaient réellement prisonniers des créatures mythiques : les deux légendes précisaient que seuls les mâles subissaient l'influence des sirènes.

Les hommes avaient traité les guerrières assez rudement en les traînant à l'écart. Les Vikings avaient planté des pieux dans le sol et les y avaient attachées. Assise à même la terre battue, la cyclope réfléchissait à leur avenir. Le sort qui les attendait lui paraissait clair. Si les sirènes avaient mangé les deux femmes de l'équipe de cueilleurs dès leur capture, leur tour viendrait assez rapidement. Elle tenta encore une fois de défaire ses liens. Ils étaient beaucoup trop solides.

— Allons-nous mourir ? demanda Twilop, attachée juste à côté de la cyclope.

L'hermaphroïde affichait un calme surprenant, comme si rien de ce qui se passait ne la concernait. Aleel avait craint que les hallucinations des sirènes n'affectent son amie, en raison des particularités masculines de sa physiologie qui incluait des caractéristiques des deux sexes. Twilop disait cependant voir les créatures sous leur aspect réel. Il semblait donc que la partie féminine de son esprit avait préséance sur les éléments masculins, comme c'était le cas sur le plan physique. Le pouvoir hypnotique des sirènes touchait néanmoins le côté masculin de sa personnalité et entraînait la confusion dans son esprit. D'où son apparente indifférence à leur sort.

Aleel réfléchissait à la question de Twilop. Avaient-elles des chance de sortir vivantes de cette situation ? Elle envisagea de lui mentir pour la rassurer. En songeant aux difficultés qu'ils avaient surmontées à cinq depuis leur départ de Capitalia, elle décida que son amie méritait de connaître la vérité. Les guerrières qui partageaient leur sort également. Leur courage ne faisait plus le moindre doute.

— Je ne vois pas ce qui pourrait nous permettre de nous échapper, répondit-elle, lugubre. Ce sont des sirènes.

— Des quoi ? s'exclama une guerrière.

Aleel entreprit de révéler la nature de ces créatures.

— Les hallucinations qu'elles engendrent sont différentes pour chaque proie, expliqua-t-elle. Nos amis ont vu des femmes d'une grande beauté, correspondant pour chacun à la compagne idéale qu'ils rêvent de rencontrer.

— Elles ont une telle force de persuasion qu'elles peuvent hypnotiser autant d'hommes à la fois ? s'étonna la guerrière.

— Apparemment, fit Aleel. J'ignore tout de l'étendue de leur pouvoir.

— J'imagine que le centaure les voit sous l'aspect de jeunes centauresses, commenta Twilop.

La réaction de Nolate lors de l'arrivée dans le village tendait à confirmer cette hypothèse. Il s'était immobilisé devant l'une des créatures, qui l'avait fixé en silence avant de poser ses mains aux doigts dotés de ventouses sur son visage. Le centaure avait souri, comme s'il venait de faire la plus agréable des rencontres. Aleel avait compris qu'il y avait un problème lorsque Nolate avait abaissé son arme. Sa tentative d'abattre la sirène avait échoué.

— Je crois que je commence à créer du jeu dans mes liens, murmura soudain la Viking attachée à côté d'Aleel.

Elle se tortillait pour tenter de faire tomber ses liens.

— Attends un moment, conseilla la cyclope. Il faut s'assurer que nos hommes ne vont pas nous voir. Dans leur état actuel, ils pourraient bien nous dénoncer.

Elle observa les Vikings. Quelques-uns gisaient à même le sol en différents endroits de la clairière. Les créatures les avaient divisés en trois groupes incluant les six cueilleurs, dont Sénid. Aleel était soulagée de savoir le Viking toujours en vie, mais son cœur saignait en songeant à l'épave qu'il était devenu. Les sirènes avaient ensuite pompé de l'énergie à un deuxième groupe, dont Nolate. Elles venaient de passer aux derniers guerriers, ce qui les tenait occupées. La guerrière avait peut-être une chance de se libérer.

Aussi reprit-elle ses efforts pour se libérer des entraves qui la retenaient prisonnière. Elle se tortilla de plus belle, grimaçant sous l'effort. Le regard d'Aleel passait des créatures à sa compagne de mission. Il s'agissait d'éviter qu'une des sirènes surprenne les efforts de la prisonnière. Lorsque la Viking parvint finalement à libérer une de ses mains, la cyclope crut enfin à leur chance.

Une des créatures délaissa soudain sa proie pour observer les prisonnières. Elle se leva et marcha jusqu'aux femmes ligotées. La guerrière reprit sa position de captive et tenta de leurrer la chose en se tenant tête baissée et en mimant un sentiment de désespoir. La sirène s'arrêta devant les femmes. Elle les renifla l'une après l'autre, tête inclinée, ce qui semblait chez elle le signe d'une intense réflexion. Avisant la guerrière qui avait en partie défait ses liens, elle leva un bras et la frappa violemment à la tête. La malheureuse s'effondra, assommée.

La sirène arracha les liens restants de la guerrière et la souleva comme si elle n'avait été qu'un fétu de paille. Elle voulut l'emporter vers le feu, mais une de ses congénères l'arrêta. Un échange animé ponctué d'une série de borborygmes s'ensuivit. Elles étaient manifestement en désaccord. La première créature ramena la Viking près des autres prisonnières, la rattacha à un pieu et retourna vers les hommes.

Aleel se remit à respirer. Elle avait cru qu'elle assisterait à un spectacle atroce, que la femme allait être dépecée et mise à cuire sous leurs yeux. L'idée même lui faisait venir la nausée. Rien ne l'avait préparée à voir une horreur pareille. En regardant les créatures se délecter de la force vitale qu'elles extirpaient aux prisonniers mâles, elle supposa qu'elles préféraient enlever toute leur énergie à ces derniers avant de se tourner vers les femmes. Une perspective qui ne leur sauvait la vie que pour un temps. Tôt ou tard, la force vitale des mâles serait épuisée. Et quand viendrait ce moment, ce serait à leur tour de périr. Une à une, elles seraient tuées, dépecées et dévorées par ces immondes créatures.

Avec l'énergie du désespoir, Aleel se mit à s'agiter dans ses liens. Elle tira jusqu'à en sentir le sang couler sur ses poignets. Les cordes tinrent bon. Exténuée, elle fut contrainte de renoncer. Des larmes roulèrent sur ses joues.

Le soleil disparut rapidement sous l'horizon. Elbare attendit néanmoins plusieurs minutes pour laisser le temps à la pénombre de mieux dissimuler ses actions. Hormis les feux de camp qu'avaient allumés les créatures – les sirènes, selon les explications d'Aleel –, il n'y avait pratiquement aucune lumière. La lune ne se lèverait qu'en milieu de nuit. Si tout se passait comme prévu, le versev serait alors loin de cet endroit de cauchemar. Les autres également.

Il avait tout planifié, du moins, il l'espérait. Elbare n'avait rien d'un héros ni d'un stratège. Sa seule vraie mission en avait été une d'espionnage dans un camp de soldats du Pentacle, pendant le voyage qui les avait menés à Dragonberg. Il frissonnait encore en songeant au sort affreux auquel il avait échappé lorsque deux soldats l'avaient pris pour un arbre et avaient voulu l'abattre pour alimenter leur feu. Sans l'intervention de Sénid, il serait mort ce jour-là.

Le moment était venu pour lui de se porter au secours d'un camarade en danger. Il n'avait aucun moyen de sauver Sénid, qui gisait quelque part au centre de la clairière avec Nolate et les hommes, mais il pouvait faire quelque chose pour Aleel et Twilop. Ses amies se trouvaient en périphérie du camp, près de l'orée de la forêt.

Tenant fermement en main la pierre tranchante qu'il avait ramassée, Elbare se faufila derrière la première rangée d'arbres, sans quitter des yeux les deux sirènes qui officiaient comme sentinelles. Les autres créatures s'étaient retirées dans les huttes et les ronflements qui en provenaient indiquaient qu'elles dormaient profondément, comme des fêtards après avoir fait bombance. Le versev avait donc moins d'ennemis à surveiller et courait moins de risque d'être aperçu. Le cas échéant, il se transformerait en arbre.

Elbare passa devant les premières guerrières sans s'arrêter. Il comptait libérer le plus de prisonnières possible, à commencer par Aleel. Non pas qu'il considérât la cyclope comme plus importante que les autres, mais elle le connaissait, contrairement aux Vikings. Aleel était moins susceptible de réagir à sa vue par un mouvement de panique et d'attirer l'attention des sirènes. Le versev ne voulait pas qu'une autre prisonnière subisse le sort de celle qui avait tenté de se détacher. La guerrière qui avait été assommée semblait souffrante ; elle était probablement victime d'une commotion.

— Aleel, murmura-t-il. Aleel ?

La cyclope sursauta, mais se ressaisit rapidement.

— Elbare ? chuchota-t-elle. Elles ne te font aucun effet ?

— Je suis un végétal, rappela-t-il. Mon espèce n'est ni mâle ni femelle Leurs pouvoirs hypnotiques n'ont aucun effet sur moi.

— Parfait. Il faudrait que tu trouves un couteau pour couper mes liens. Je pourrai ensuite libérer les autres.

— J'ai ce qu'il faut.

Il lui montra la pierre acérée et commença à la frotter contre les brins de la corde. Il les sentit céder un à un. En quelques minutes, Aleel parvint à libérer ses mains. Elle frictionna rapidement ses poignets endoloris. Elbare vit les lésions sur les avant-bras de la cyclope et les taches sombres sur la corde.

— Attention !

Une des sentinelles s'était retournée et regardait dans leur direction. Rapidement, Elbare enfonça ses orteils racines et devint un arbre. La sirène s'était levée et regardait droit vers lui. Il redouta qu'elle décide de vérifier la situation des prisonnières, mais Aleel avait réagi promptement en reprenant sa position et en restant immobile. La sentinelle observa les prisonnières plusieurs minutes avant de reporter enfin son attention sur le feu. Elbare soupira. L'alerte avait été chaude.

— Tu peux te lever ? demanda le versev.

— Je préfère attendre. Il faudrait que tu tranches les liens de chacune d'entre nous afin que nous puissions agir toutes en même temps.

En murmurant, la cyclope fit part de ses intentions à la prisonnière la plus près et lui demanda de passer le mot aux autres. Sans attendre, Elbare entreprit de couper les liens de la première guerrière. Il acheva la besogne et passa à la suivante. Cela devenait de plus en plus facile au fur et à mesure qu'il en prenait le tour. En moins de dix minutes, il avait coupé les cordes retenant les huit guerrières attachées à la droite de la cyclope.

Restaient Twilop et les quatre autres du côté gauche.

De nouveau Elbare dut se métamorphoser en arbre pour ne pas attirer l'attention d'une sirène. Il espérait que ces délais ne détruiraient pas leurs chances de s'enfuir. Le versev put heureusement terminer sa tâche sans autre interruption. Il attendit qu'Aleel donne le signal par lequel ils fuiraient tous vers les bois. Mais la cyclope murmura des ordres bien différents.

— Il faut les prendre par surprise et les assommer, expliqua-t-elle. Ensuite, trouvons des armes et éliminons les créatures dans leurs huttes.

— Tu n'y songes pas ! s'étonna Elbare. Nous n'aurons pas d'autre chance de fuir.

— Je n'ai pas l'intention d'abandonner un seul de nos camarades aux mains de ces créatures répugnantes ! Comment oses-tu seulement l'envisager ?

Le reproche fit au versev l'effet d'une gifle. Pourtant, ils ne pouvaient rien faire contre ces créatures. Comment en effet traîner les hommes à demi conscients et distancer les sirènes ? Il faudrait d'abord les neutraliser jusqu'à la dernière, car si une seule échappait à leur attention, les hallucinations qu'elle provoquerait inciteraient les hommes à se retourner contre leurs sauveteurs. Elbare n'aimait pas non plus l'idée d'abandonner leurs amis, mais aucune autre possibilité ne s'offrait à eux. Aleel aussi semblait le réaliser et la colère qui brillait dans son œil se changeait en lueur de frustration.

— Je crois que notre ami végétal a raison, intervint une guerrière. Descendons aux drakkars et formons une équipe de combat exclusivement féminine. Ce n'est qu'ainsi que nous pourrons vaincre ces horreurs.

L'idée raviva le courage des prisonnières évadées. Trois d'entre elles se levèrent et, aussi discrètement que possible, se faufilèrent dans le camp. Elles devaient rejoindre les gardes et les neutraliser avant que l'une d'elles ne découvre leur disparition.

Elbare crut que tout était perdu lorsqu'une des créatures se redressa soudain. Ce ne fut que pour retomber, inerte, transpercée par une épée. La seconde sentinelle subit le même sort au même moment. Sans demander leurs restes, les prisonnières se précipitèrent dans les bois.

L'évasion était réussie.

CHAPITRE ONZE

En route !
— Aleel ne prit pas la peine de vérifier si les guerrières lui obéissaient. Elles saisissaient trop bien l'importance de la mission. Épée à la main, elles fonçaient vers le sentier. La cyclope était persuadée qu'elles emploieraient tout leur talent et tous leurs efforts à libérer les hommes. Restait à souhaiter que l'expédition arrive à temps aux huttes. Si les sirènes avaient trouvé les sentinelles abattues, elles fouillaient sans doute la forêt à la recherche des guerrières. Mais Aleel craignait tout autre chose, les éventuelles représailles sur les prisonniers mâles.

Dès lors, la vitesse d'action et la force de frappe primaient sur l'effet de surprise.

Les évadées avaient rejoint les drakkars au moment du lever de la lune, qui éclairait le ciel de son dernier quartier. Aleel avait expliqué ce qu'étaient les sirènes et les guerrières des deux navires avaient réagi en prenant leur épée pour former une expédition de secours exclusivement féminine. Les hommes resteraient en arrière et prépareraient les drakkars pour le départ. Si aucune sirène n'approchait les navires, ils ne subiraient pas leur influence.

Elbare guida les combattantes, comme lors de leur évasion. Les représentants de son espèce se révélaient aussi à l'aise en forêt la nuit que le jour. L'expédition traversa la clairière aux arbres fruitiers et poursuivit dans le second sentier. À quelques mètres de la clairière aux huttes, les femmes s'immobilisèrent sans que la cyclope eût à en donner l'ordre. Conformément au plan établi, Elbare s'avança au bord de la clairière pour évaluer la situation. Un groupe de guerrières partit vers la gauche, alors qu'un autre se déployait sur la droite. Ainsi, lorsque Aleel donnerait l'ordre d'attaquer, les combattantes surgiraient de trois points à la fois.

Elbare revint faire son rapport.

— Elles ont découvert les corps de leurs consœurs, expliqua-t-il à voix basse. Elles semblent pratiquer un rite funéraire.

De fait, Aleel croyait entendre des cris et des pleurs à travers les bruits de la forêt.

— Et les hommes ?

— Difficile à dire, commenta le versev. Ils reposent à même le sol. Il me semble cependant qu'ils n'ont pas bougé, ce qui signifierait qu'elles ne les ont pas molestés.

Les Vikings semblaient donc saufs pour le moment. Aleel, cependant, n'en éprouvait qu'un bien mince soulagement. Si les sirènes pratiquaient vraiment un rite funéraire, cette cérémonie pouvait prendre fin d'un instant à l'autre. Il fallait donc lancer l'attaque le plus vite possible. Aleel estima que les guerrières avaient rejoint leur position autour du village. Elle attendit une minute de plus par mesure de précaution.

— Maintenant !

Les sirènes sursautèrent. Des guerrières munies d'épées jaillirent de tous côtés et se ruèrent sur elles. Il s'agissait de tuer autant de ces monstres que possible sans leur laisser l'opportunité de réagir ni de s'enfuir. Certaines pourraient revenir pour influencer les prisonniers mâles. Car chasser les sirènes ne suffisait pas : il fallait réveiller les prisonniers et les convaincre de repartir vers les drakkars.

Sur ce point, Aleel s'autorisait un certain optimisme. Pendant leur fuite vers les navires, elle avait remarqué le changement de comportement de Twilop. L'hermaphroïde qui s'était montrée apathique depuis sa capture – un effet probable de l'influence des sirènes sur sa moitié mâle – avait soudain recouvré son attitude normale. La cyclope en déduisait raisonnablement qu'il en irait de même des hommes et du centaure. Toutefois, il faudrait sûrement les porter, surtout les six membres de l'équipe des cueilleurs. Ils avaient subi l'influence des sirènes bien plus longtemps et souffert de plusieurs ponctions de leurs forces vitales.

Aleel frappa une première sirène qui s'écroula à ses pieds. Une seconde créature se jeta sur elle en cherchant à la griffer. Les longs bras de la chose empêchaient la cyclope de la frapper au corps. Elle changea de tactique et s'efforça d'atteindre les bras de son ennemie. Une première blessure ralentit suffisamment la sirène pour permettre à Aleel de la frapper enfin au tronc. Il fallut un troisième coup pour achever le monstre. La peau de ces choses avait tout d'une cuirasse.

— Monstres ! Assassins !

Aleel reconnut la voix familière de Nolate. Elle se tourna vers la droite pour découvrir le spectacle désolant du centaure qui se tenait à peine debout, comme s'il se remettait d'une solide cuite. Son regard trahissait un mélange de colère et de désespoir. Il donnait l'impression d'avoir perdu un être cher. C'était en quelque sorte le cas, puisque, de son point de vue, Aleel venait de tuer une centauresse.

Nolate fonça sur la cyclope.

— Pourquoi as-tu fait ça ? criait-il, les larmes aux yeux.

Aleel se retrouva dans la délicate situation de devoir arrêter un centaure rendu fou par la douleur, un être qu'elle savait beaucoup plus costaud qu'elle. Elle se campa fermement sur ses jambes, non sans s'assurer qu'aucune sirène ne l'attaquerait par derrière. Les guerrières semblaient heureusement maîtriser la situation. Nolate arriva sur elle et Aleel chercha désespérément un moyen de l'arrêter. Saurait-elle se résoudre à le blesser de son glaive ?

Nolate l'ignora cependant pour s'arrêter devant le cadavre d'une des sirènes.

— Quelle est donc cette horreur ? demanda-t-il, visiblement perturbé.

Il fallut quelques secondes à Aleel pour comprendre le sens de la question du centaure. Du coup, elle éprouva un vif soulagement. Si Nolate voyait désormais la sirène sous son véritable aspect, cela signifiait que la mort des créatures mettait fin instantanément à l'envoûtement. Il y avait donc plus efficace que d'éloigner les victimes pour les libérer de la terrible influence.

— Les explications peuvent attendre, éluda Aleel. Pour le moment, il faut retourner aux drakkars et fuir cet endroit maudit.

Les combats avaient cessé presque aussi vite qu'ils avaient commencé. Plusieurs corps de sirènes jonchaient le sol, éparpillés entre les huttes. Les prisonniers mâles, maintenant réveillés, découvraient à leur tour la nature réelle des monstres qui les avaient gardés en captivité. Aleel doutait qu'ils saisissent réellement ce qui ce passait, mais au moins l'influence des sirènes ne s'exerçait plus sur eux. Ils pourraient donc les suivre par leurs propres moyens.

Une guerrière vint faire son rapport.

— Nous les avons presque toutes eues, annonça-t-elle. Mais il est difficile d'en être sûres dans cette obscurité. Une créature ou deux ont pu nous échapper.

Aleel fit la moue. Les fuyardes pourraient leur causer des problèmes si elles revenaient à proximité avant qu'ils aient eu le temps de partir. La cyclope ordonna qu'on aide les hommes les plus atteints, au moment même où elle réalisait que les guerrières s'étaient déjà attelées à cette tâche. Bien vite, tout le monde fut prêt à repartir. Personne ne voulait s'attarder.

— Partons d'ici, fit-elle.

Twilop n'avait pas besoin de donner d'ordres aux Vikings ; ils savaient parfaitement comment gérer la situation. Sitôt les guerrières parties, les hommes avaient commencé à préparer les navires pour un départ rapide. Les drakkars avaient été poussés à la mer et flottaient librement, maintenus à moins de deux mètres de la plage par de légers coups de rame. Les passerelles n'attendaient que les guerrières et les hommes libérés. À leur poste aux bancs de nage, les rameurs se tenaient prêts à entraîner les drakkars loin de l'île. Restait à souhaiter que tout se passe bien.

Twilop avait pleinement confiance en Aleel et son équipe. Malgré ses souvenirs plutôt confus de son séjour parmi les sirènes, elle ne se rappelait pas avoir vu ces créatures manier quelque arme que ce soit. Il leur faudrait pourtant se montrer sans pitié et tuer toutes les sirènes pour éliminer leur influence, sans quoi les hommes pourraient fort bien s'opposer par la force à leur propre libération.

Elle-même avait subi une certaine influence des sirènes. Elle n'en avait pas eu conscience sur le coup, mais, en y repensant, elle réalisait que son comportement avait changé dès son arrivée dans la clairière. Elle avait vu les hommes de l'expédition se retourner contre les femmes sans que cela lui paraisse important. Même quand les Vikings les avaient entraînées pour les attacher à des pieux, elle n'y avait pas vu de problème. Elbare avait défait ses liens et elle avait suivi Aleel parce qu'elle le lui avait demandé ; pas par conviction intime. Pour elle, l'influence avait cessé dès qu'elle avait perdu les sirènes de vue.

— Capitaine !

Un détail avait attiré son attention. Si elle avait raison, il y avait un moyen d'augmenter leurs chances de quitter l'île. Twilop trouva le commandant du *Piwanga* à la poupe, près des passerelles. Rogor surveillait l'orée de la forêt, de plus en plus distincte en raison de l'aube naissante. Elle hésita un instant, consciente que ce qu'elle comptait proposer semblerait ridicule.

— Tu souhaitais me parler ? s'informa le capitaine sans se retourner.

— Je repensais surtout à ce que j'ai ressenti à proximité de ces créatures, expliqua Twilop. En leur présence, tout me paraissait dénué d'importance. Je les regardais agir comme si j'assistais à un spectacle. L'effet n'a disparu que lorsque nous sommes sortis du village.

— Une fois loin de leur influence ?

— Je me demande si c'est bien la distance qui m'a libérée de leur emprise.

Rogor se retourna.

— Que veux-tu dire ?

— J'ai été influencée en les apercevant et cette influence a disparu quand je les ai perdues de vue.

— La vision serait l'élément déclencheur ?

— C'est une possibilité. Il se peut que ce ne soit qu'une coïncidence, mais si j'ai vu juste, nous aurons des problèmes avec les rameurs si certaines sirènes arrivent sur la plage. À moins qu'ils ne puissent rien voir...

Le capitaine resta silencieux de longues secondes avant de se tourner brusquement vers Borgar.

— Trouve des bandeaux pour couvrir les yeux des rameurs, ordonna-t-il.

— Capitaine ?

L'ancien soldat du Pentacle ne chercha pas à cacher sa perplexité. Un regard appuyé de son supérieur l'incita à obéir sans poser de questions. Il se rendit dans la section du *Piwanga* où se trouvaient les réserves. Rogor se tourna vers les rameurs et leur fit part des conclusions de Twilop. Les hommes apprécièrent peu l'idée de se faire bander les yeux, car ils ne verraient pas le danger approcher. Mais, pour ramer, ils n'avaient pas besoin de voir quoi que ce soit et ce qu'ils avaient appris des sirènes suffisait à les convaincre du bien fondé de cette mesure.

— Dès que les guerrières seront de retour, ajouta Rogor, la capitaine Eksab deviendra la commandante des deux navires. Vous devrez obéir à ses ordres et ignorer les miens, peu importe leur nature. Si une sirène arrive sur la plage, je serai sous son influence.

— Combien de temps durera cette situation ? demanda un rameur.

— Aussi longtemps qu'Eksab ne sera pas convaincue que j'ai recouvré mes esprits. En conséquence, ce sera elle, et elle seulement, qui pourra me redonner mon commandement.

Borgar distribua les bandeaux qu'il avait taillés dans une couverture. Rogor se rendit au bastingage et expliqua son plan à sa collègue du *Ravachol*. Eksab acquiesça d'un hochement de tête avant de donner ses ordres. Les rameurs du second drakkar se couvrirent également les yeux. Twilop n'oubliait pas la gravité de la situation, mais à la vue de tous ces rameurs masqués elle dut se retenir d'éclater de rire.

— Enfin ! s'écria Borgar. Les voilà.

Les combattantes avançaient d'un pas pressé sur la plage. Les hommes les accompagnaient, certains marchant avec difficulté, d'autres devant carrément être supportés. Le groupe se scinda en deux et l'hermaphroïde chercha à distinguer ses amis dans celui qui venait vers le *Piwanga*. Elle reconnut rapidement Nolate ; il était difficile de ne pas identifier le seul quadrupède de l'expédition. Elle vit ensuite Elbare et Aleel qui soutenaient un Viking particulièrement épuisé. Lorsqu'il releva la tête en arrivant au pied de la passerelle, elle se rendit compte que c'était Sénid.

Ils grimpèrent dans les drakkars.

— Nous avons réussi à ramener tout le monde, lança fièrement Elbare.

— Nous avons tué presque toutes les créatures du village, ajouta Aleel, plus calme que le versev. Nous pensons toutefois qu'une ou deux ont fui dans la forêt et qu'elles pourraient nous avoir suivis. Je...

Elle s'interrompit net.

— Que se passe-t-il ici ? s'étonna-t-elle.

Twilop suivit le regard de la cyclope qui fixait, ébahie, les rameurs aux yeux bandés. Elle allait expliquer son idée lorsque le cri de la capitaine du *Ravachol* donna l'ordre du départ. Les hommes aux bancs de nage sur les deux navires plongèrent aussitôt leurs rames dans l'eau. L'hermaphroïde fut surprise qu'ils gardent la cadence en dépit de leur incapacité à se voir mutuellement. Les drakkars s'éloignèrent vite de la plage. Dans quelques minutes, le cauchemar serait loin.

— Attendez ! cria soudainement Rogor. Nous avons oublié quelqu'un.

Twilop se retourna. De sa place, elle ne voyait qu'une partie de la plage et celle-ci lui semblait déserte. Elle s'attendait à ce qu'Eksab interrompe la manœuvre de départ pour récupérer leur camarade oublié en arrière. La capitaine provisoire des deux drakkars ignora complètement l'injonction de Rogor. L'hermaphroïde s'avança vers la poupe et vit effectivement une présence sur la plage. Elle eut soudain l'impression que cela n'avait aucune importance.

Il y avait là une sirène debout qui les regardait s'éloigner.

★★★

Confus, Nolate ne savait plus ce qu'il devait croire. Il avait vu les corps des créatures hideuses entre les huttes lors de l'intervention des guerrières. Sur le chemin du retour, Aleel avait expliqué aux voyageurs de sexe masculin ce qu'étaient les sirènes et l'effet qu'elles avaient sur les mâles. Face à l'évidence, le centaure avait suivi les guerrières et aidé Sénid, pratiquement incapable de marcher.

En y repensant pendant la marche vers les drakkars, tout le ridicule de la situation lui était apparu. Nolate n'avait jamais rencontré de centaure qui aimait la navigation et si un tel individu existait dans son espèce, il n'aurait pas pu convaincre autant de jeunes centauresses de le suivre sur une île en plein océan. Il fallait vraiment que ces créatures exercent une influence sur la capacité de raisonnement de leurs victimes pour qu'il n'ait pas relevé cette incohérence.

Pourtant, il voyait bien Todrab, guide du groupe des centauresses, immobile sur la plage. Se pouvait-il, après tout, que les explications d'Aleel aient été erronées ? Peut-être que des centauresses avaient réellement fait le voyage pour gagner cette île. Todrab n'avait pas détaillé leur histoire, mais un gourou particulièrement charismatique aurait pu les persuader de se lancer dans ce voyage sans espoir de retour. À moins qu'elles n'aient entrepris une traversée désespérée pour fuir son influence. De fait, la raison importait peu. Il fallait secourir ces centauresses.

— Allez-vous obéir ? cria le capitaine en gesticulant devant les rameurs. Oubliez mes ordres précédents. Une de vos compatriotes est restée sur l'île. Vous ne comptez pas l'abandonner ?

Une Viking ? De quoi parlait donc le capitaine ? Nolate examina la plage et ne vit aucune autre présence en dehors de Todrab qui restait là, sans bouger, à mi-distance entre les arbres et l'eau. Sa posture dénotait le plus profond des désespoirs. Le centaure avait la conviction que la centauresse pleurait, même s'il ne pouvait le voir à cette distance.

Sur le pont du *Piwanga*, la situation dégénérait rapidement. Les femmes s'interposaient devant leurs compagnons qui protestaient et qui exigeaient qu'on retourne sur l'île pour sauver une congénère. Le centaure crut un instant qu'à force de se débattre les hommes prendraient le dessus. Le séjour chez les sirènes les avait cependant privés d'une grande partie de leur force. Quant aux rameurs, ils refusèrent de s'en mêler. Leurs bandeaux les empêchaient de voir, pas d'entendre, et ils se soumettaient aux ordres que leur criait la capitaine Eksab.

— Continuez de ramer ! Ils sont sous l'influence d'une sirène.

Ainsi, Eksab voyait également une sirène lorsqu'elle regardait vers la plage. Pourtant, Nolate apercevait bel et bien la centauresse Todrab et son désir de se porter à son secours devenait de plus en plus impérieux. Elle lui paraissait si réelle qu'il conclut que c'était les guerrières qui souffraient d'hallucinations induites par les créatures simiesques. Pour sauver Todrab, il devait agir. Sa grande force lui permettrait de faire la différence et de prendre le contrôle du *Piwanga*.

Sénid, qui tenait difficilement sur ses jambes, fixait la créature, un désespoir patent marquant sa posture.

— Yram, souffla-t-il.

Nolate se tourna vers son élève.

— Que dis-tu ?

— C'est Yram, expliqua-t-il. Une Viking dont le navire a fait naufrage non loin de cette île. Qu'attend la capitaine Eksab pour ordonner un demi-tour ? Nous avons sûrement le temps de récupérer Yram et son équipage avant que ces créatures ne se manifestent.

Le ton de Sénid devenait geignard et des larmes coulaient sur ses joues. Cette réaction fit réfléchir Nolate, qui s'efforça d'analyser rationnellement la situation. Si Sénid voyait une guerrière viking plutôt qu'une centauresse, cela appuyait les dires d'Aleel. Pourtant, il ne pouvait se résoudre à voir la créature comme n'étant rien de plus qu'une hallucination. Il lui fallait une certitude.

— Décris-moi cette Viking, ordonna-t-il.

Surpris par le ton du centaure, Sénid dressa le portait d'une femme qu'il semblait trouver d'une grande beauté. Étrangement, Nolate crut reconnaître Aleel dans cette description. Le centaure se demanda si l'influence des créatures expliquait ce phénomène ou s'il y avait autre chose à déduire de cette similitude. Enflammé, Sénid haussa le ton. Cela fit réagir un autre Viking qui avait tout entendu.

— Qu'est-ce que tu racontes ? s'objecta le guerrier. Elle n'est même pas brune, mais blonde !

Un troisième guerrier parla d'une rousse aux cheveux bouclés. La contradiction entraîna une vive confusion parmi les Vikings, qui se disputèrent en décrivant chacun la femme qu'ils pensaient apercevoir. Les guerrières en profitèrent pour reprendre la maîtrise des hommes pris de folie. Nolate voyait toujours une centauresse et le désir de lui venir en aide continuait à le tarauder. Il s'efforça de surmonter ce sentiment.

— Ça suffit, intervint-il. Ce sont nos compagnes de mission qui sont dans le vrai. Puisque nous voyons tous des femmes différentes, il s'agit bien d'hallucinations.

Les hommes cessèrent de se disputer et regardèrent tous vers la plage. L'île se trouvait à une bonne distance, à présent, et la sirène paraissait minuscule. Nolate se demanda jusqu'à quelle distance l'effet hypnotique faisait son effet. D'un moment à l'autre, vraisemblablement, l'emprise de la créature s'estomperait et disparaîtrait complètement. Il s'agissait de résister jusqu'à ce que survienne ce moment.

— Non !

Le cri fut accompagné d'un bruit d'éclaboussure. Alors que la plupart des hommes s'étaient résignés, l'un d'eux venait d'échapper aux guerrières qui s'efforçaient de le retenir et avait plongé par-dessus bord. L'homme nagea maladroitement vers la grève. Nolate s'étonna que la capitaine Eksab n'ordonne aucune tentative de sauvetage. Il songea que, plus longtemps ils resteraient à proximité de l'île, plus ce genre de problème se multiplierait. Avec l'éloignement, les guerrières finiraient par perdre totalement leur emprise sur leurs compagnons.

Le Viking nageait de moins en moins vite ; il réussissait à peine à se maintenir à flot. L'épuisement le gagnait rapidement. Il payait là le prix des ponctions d'énergie que lui avaient faites les sirènes. L'homme disparut une première fois sous une vague un peu plus forte et sombra définitivement un instant plus tard. Nolate se détourna, refusant de regarder encore une fois l'île maudite.

Les sirènes avaient fait une dernière victime.

Personne n'avait prétendu que la mission pour retrouver les morceaux du Pentacle serait de tout repos. Aleel s'était doutée des dangers qu'ils devraient affronter et anticipait également ceux qui viendraient ensuite, si elle était autorisée à repartir d'Œculus. Elle n'avait pas prévu qu'elle s'attacherait autant à ses compagnons de mission. De les voir souffrir lui brisait le cœur.

Ils avaient quitté l'île des Sirènes la veille à l'aube. Pendant la première heure de navigation, une certaine confusion avait régné sur les deux drakkars. Puis les hommes avaient soudain recouvré leurs esprits. Ceux qui n'avaient vu la sirène que du pont redevinrent aussitôt eux-mêmes. Les mâles de la seconde expédition sur l'île, dont faisait partie Nolate, souffraient d'un phénomène de manque, mais ils se portaient mieux, à présent. Aleel laissa le centaure se reposer et passa au patient suivant. C'était Sénid, qui s'était trouvé parmi le premier groupe de victimes.

Étendus près du centre du *Piwanga*, lui et ses cinq compagnons récupéraient sous des couvertures. Le médecin et quelques guerriers s'efforçaient d'aider les malheureux qui souffraient le martyre. Les tremblements, les crises de larmes et les gémissements se succédaient et rien ne semblait calmer leur douleur. Pour eux, le sevrage était une nouvelle épreuve à traverser.

Aleel s'agenouilla devant Sénid et lui souleva doucement la tête pour lui faire boire la potion prescrite par le médecin. Le Viking avala péniblement la décoction et sourit faiblement avant de reposer de lui-même sa tête sur le manteau qui lui servait d'oreiller. La cyclope ignorait jusqu'à quel point elle pouvait s'en réjouir. L'infusion que préparait le vieil homme n'avait pas l'air très efficace et il faudrait du temps pour que la guérison soit totale. Au moins, Sénid ne semblait pas sur le point de tout vomir sur elle, comme la veille.

Elle fut complètement prise au dépourvu lorsque Sénid l'attrapa par le bras.

— S'il te plaît... Il faut les sauver !

Il avait formulé cette supplique à quelques reprises la veille et le matin même. Toujours sous l'effet cumulé des nombreuses ponctions d'énergie dont il avait été victime, le Viking ne parvenait pas à accepter que les guerrières qu'il croyait avoir rencontrées ne fussent que des hallucinations induites par les sirènes. Apparemment, il semblait croire que les immondes créatures partageaient l'île avec les naufragées, qui devaient se défendre contre leurs attaques. Il était toujours hanté par l'idée de les secourir.

La force de sa poigne, en revanche, représentait une agréable surprise. Aleel y vit un signe que le Viking se remettait enfin. S'il reprenait des forces, il recouvrerait sans doute également ses esprits et il deviendrait possible de le raisonner. Quand Sénid admettrait qu'aucune guerrière naufragée n'avait été abandonnée sur l'île maudite, elle pourrait le considérer comme entièrement rétabli. Il restait à espérer qu'il ne cause aucun problème entre-temps.

— Repose-toi, lui dit Aleel. Tu subis les contrecoups des ponctions de ces créatures.

Elle retira doucement la main qui empoignait son avant-bras.

— Il faut les secourir, réitéra Sénid, plus calmement. Je t'en prie, Aleel, donne-leur l'ordre de faire demi-tour. Tu connais mieux ces choses que nous, tu sauras comment les combattre. Nous ne manquons pas de place pour les naufragées sur nos navires. Nous pouvons les sauver toutes !

— Repose-toi, se contenta de répéter la cyclope.

— Comment peux-tu te montrer aussi insensible ? éclata Sénid. Yram, elle, ne t'abandonnerait certainement pas. Laisser ces naufragées à la merci de ces choses équivaut à commettre des meurtres. Tu es plus monstrueuse que ces sirènes ! Aurais-tu l'âme d'une criminelle ?

Sénid s'était partiellement redressé sur sa couche pour lui cracher ses reproches au visage. Son regard exprimait une telle colère qu'Aleel en éprouva un malaise. Elle n'aurait pas su comment le maîtriser s'il avait trouvé une arme à portée de sa main. Le Viking souffrait et sa lecture de la situation était distordue. Ses accusations n'en étaient pas moins douloureuses.

Le malade retomba lourdement sur le dos. En manifestant sa colère, il avait épuisé le peu de force récupéré depuis le départ de l'île des Sirènes. Son teint devint plus pâle et il demeura complètement immobile. Aleel redouta le pire quand elle vit les yeux du Viking se révulser. À son vif soulagement, le brun des iris réapparut bientôt. Son ami jeta sur elle un regard vague, comme s'il ne parvenait pas à la voir clairement. Son regard devint peu à peu plus net ; il revenait à lui.

— Aleel? dit Sénid, qui paraissait perplexe.

Le Viking semblait confus, comme s'il ne reconnaissait pas l'endroit où il se trouvait. Elle lui sourit, une larme de soulagement perlant au coin de son œil. Elle replaça la couverture pour éviter que la brise ne l'incommode. La journée était ensoleillée, mais il ne fallait pas que les malades prennent froid. Le vent pourtant tiède de cette zone tropicale asséchait la sueur sur leurs corps, et les faisait geler comme par une nuit fraîche. La cyclope se leva pour passer à un autre patient.

Elle sentit une main s'agripper au bas de son pantalon.

— Tu n'as rien à craindre d'elle, fit Sénid.

Aleel se pencha de nouveau sur le Viking.

— Que veux-tu dire ?

— Je ne veux que secourir Yram et les guerrières dont elle a la charge, expliqua le Viking. Tu ne dois pas voir en elle une rivale.

Une rivale ? Que voulait donc insinuer Sénid ? Le Viking la fixait avec une telle intensité que la cyclope se sentit intimidée. Elle n'avait jamais vu un homme la dévisager de cette façon. Sénid se souleva légèrement sur sa couche en s'appuyant péniblement sur un coude. Il tendit la main et prit celle d'Aleel. Ce contact la fit frissonner.

— Aucune autre femme ne compte pour moi, souffla-t-il. Je ne te laisserai pas pour elle.

Soudain effrayée, Aleel se libéra de la main du Viking et courut jusqu'au bastingage. Elle regarda un long moment les flots sans vraiment les voir, en serrant la rambarde comme si elle craignait de tomber. Elle avait le souffle court et son cœur battait à tout rompre. Comment réagir aux paroles de Sénid ? Aleel ne voulait pas y penser, terrifiée par la réponse.

Elle se répétait que le Viking souffrait encore des sévices que lui avaient infligés les sirènes. Il croyait réellement à la présence de guerrières naufragées et cherchait à la convaincre de retourner sur l'île. Il l'avait d'abord accablée d'accusations blessantes ; devant l'absence de résultat, il avait tenté de la séduire. Sûrement ! Pourquoi donc se sentait-elle aussi perturbée ? Les propos du convalescent n'étaient que calculs dictés par la confusion du sevrage.

Mais c'était une tout autre chose qui l'effrayait. Sénid était peut-être sincère.

CHAPITRE DOUZE

Nolate s'efforçait de réprimer son optimisme. Les drakkars avaient quitté les parages de l'île des Sirènes quatre jours plus tôt et depuis le voyage se passait bien. Les victimes des sirènes avaient entièrement recouvré la santé, y compris les six cueilleurs. Personne ne souffrait plus de délire hallucinatoire. Ce fâcheux épisode se trouvait derrière eux, désormais.

Hormis la pluie fine de la veille, le temps s'était constamment maintenu au beau fixe. Mieux encore, les vents favorables leur avaient permis une navigation rapide vers le sud-est. À l'aube, une fois les nuages dissipés, ils avaient aperçu une terre au loin, vers le nord. Aleel avait reconnu l'île Mineure, le deuxième territoire habité du royaume des cyclopes. Les Vikings avaient apprécié la vision des villages côtiers, même s'ils ne devaient pas y faire escale. Ils se trouvaient à nouveau en territoire connu.

Encore un jour de navigation et les drakkars arriveraient à Œculus-sur-Mer, le principal port du pays des cyclopes à l'embouchure de l'Agnarut, le fleuve qu'ils remonteraient jusqu'à la capitale, Œculus. Ensuite, il faudrait obtenir audience auprès du roi Sirrom VII, le convaincre de la pertinence de leur mission et obtenir qu'il leur remette le second morceau du Pentacle. D'où l'optimisme modéré du centaure.

À présent, en regardant attentivement vers le sud, il était possible d'entrapercevoir un rivage, bas sur l'horizon. Nolate ne distinguait évidemment aucun détail à cette distance et il doutait que même Aleel en soit pour le moment capable. Cela n'empêchait pas la cyclope de se tenir appuyée au bastingage, le regard rivé sur l'horizon. Le centaure devinait son impatience : plus que quelques heures et Aleel serait chez elle. Il la rejoignit.

— On a le mal du pays ?

— Euh... Oui, bien sûr !

L'hésitation d'Aleel n'avait pas échappé à Nolate. Elle lui paraissait soucieuse, comme si elle craignait de retrouver sa terre d'origine. À la réflexion, Aleel n'avait jamais montré un grand enthousiasme à l'évocation de ce retour. Elle affirmait qu'ils seraient bien accueillis et que le roi ne ferait aucune difficulté pour leur remettre ce qu'ils venaient chercher là, tout en demeurant vague sur les motifs d'une telle certitude.

— Quelque chose ne va pas ? demanda le centaure. Je te sens préoccupée.

— Mais non, tout va bien.

Elle resta silencieuse quelques instants.

— Ce soir, nous serons à Œculus-sur-Mer. Avez-vous déjà visité cette ville ? Non, bien sûr. J'oubliais votre crainte de la navigation.

La cyclope sembla soudain se perdre dans ses pensées.

— C'est une petite ville charmante, fit-elle enfin. Mon père m'y emmenait parfois, quand ses obligations l'y conduisaient. Elle se déploie sur les collines qui cernent l'embouchure de l'Agnarut. Du port, on distingue presque chaque maison, de la plus luxueuse à la plus modeste. Un véritable festival de couleurs.

— Ressemblent-elles à celles du quartier cyclope de Capitalia ?

— Oui et non. Le quartier cyclope reflète l'architecture de l'ensemble du royaume. Il s'y trouve aussi des maisons de style Mineur. De l'île Mineure, je veux dire.

Nolate s'efforçait d'imaginer la ville que décrivait Aleel. Il connaissait bien le quartier cyclope et s'y rendait à l'occasion lorsqu'il enseignait dans la capitale. Les habitations aux formes arrondies, faites de coraux aux multiples couleurs, ressemblaient parfois à des coquillages posés çà et là en pleine ville. Le centaure anticipait l'harmonie d'un ensemble composé uniquement de maisons de ce type, disposées en éventail sur les collines. Et ils ne seraient même pas dans la capitale.

— Je suppose qu'Œculus est plus resplendissante encore.

— Belle mais différente, s'enthousiasma Aleel. Elle s'étale sur une plaine au confluent de l'Agnarut et de la rivière en provenance du lac du Nord. La disposition des maisons est donc moins apparente. Il n'y a que du château qu'il est possible de voir la ville dans toute sa splendeur.

Elle se tut en se mordillant une lèvre.

— Enfin, c'est ce qu'on raconte.

— Je crois que la visite d'Œculus et même d'Œculus-sur-Mer attendra, commenta Sénid, qui venait de les rejoindre près du bastingage.

— Pourquoi dis-tu cela ? demanda Nolate.

Le Viking tendit le bras vers l'horizon.

— Il y a un navire de forte dimension près de la côte, expliqua Sénid. Je crois me souvenir que les cyclopes n'emploient pas de vaisseaux aussi grands.

Aleel avait également tourné son regard vers la côte. Elle resta immobile si longtemps que Nolate supposa qu'elle ne parvenait pas à reconnaître le type de navire. Soudain, elle courut au mât et grimpa sur la vergue. De la position qu'elle occupait si souvent depuis le début de la mission, elle pourrait identifier le navire géant. Nolate croyait savoir ce qui les attendait et jamais il n'avait autant espéré se tromper de sa vie.

— C'est un galion du Pentacle, confirma la cyclope.

Un galion. Un de ceux auxquels ils avaient échappé, assurément. Nolate ne pouvait croire qu'il s'agissait d'un autre navire de la marine du Pentacle, présent dans la région par hasard. L'expédition ne pouvait pas courir le risque de croiser sa route.

Ainsi, comme l'avait redouté le centaure, Somsoc n'avait pas renoncé à les retrouver. Le détour par les Eaux étranges devait amener le capitaine du *Félicité* à croire que sa proie s'était perdue corps et biens. La ruse avait échoué. Pris d'un fort mauvais pressentiment, le centaure trotta jusqu'au pied du mât.

— Est-il seul ?

Aleel hocha la tête et reporta son attention vers le navire ennemi. Un galion seul ou même les deux qu'ils avaient déjà affrontés ne prouverait que l'entêtement de Somsoc à les retrouver. Si d'autres navires du Pentacle lui prêtaient main-forte, c'était peut-être parce qu'il avait capturé Waram et que, sous la torture, le colosse blond avait révélé leurs intentions, en tout ou en partie. Dans ce cas, les renforts arriveraient massivement.

— Il y a d'autres navires et ils arborent le drapeau du Pentacle, précisa la cyclope. Une dizaine, environ.

Dix navires. Assez pour entretenir le doute concernant le sort de Waram. Somsoc pouvait avoir obtenu ces renforts juste en relayant un message à Raglafart, via un pigeon messager. Si Waram avait été capturé et si la déesse l'avait interrogé, toute la flotte aurait sillonné l'océan pour les arrêter. Ce n'était pas le cas, apparemment. Pas encore.

Mais le passage vers Œculus leur était bloqué.

La découverte causa une commotion à bord du *Piwanga*. Twilop ne savait pas si elle devait en rire ou en pleurer. Après tous les obstacles surmontés, voilà que la route leur était de nouveau coupée, cette fois alors qu'ils apercevaient enfin leur destination. Le capitaine du galion qu'ils avaient croisé avait sûrement obtenu des renforts. Et les navires qui s'étaient ajoutés disposaient sans doute d'un équipement dont le galion était dépourvu.

— Peux-tu me décrire les autres vaisseaux ? demanda-t-elle.

Pendant qu'un Viking relayait la mauvaise nouvelle au *Ravachol*, la cyclope décrivait ce qu'elle parvenait à voir.

— Ils sont assez petits et d'un profil bien différent des galions. Chacun dispose de trois voiles pour les propulser. Ils ont une coque étroite et effilée. À mon avis, ces navires sont capables d'une grande vitesse.

— Ce sont des frégates, expliqua Twilop. Elles sont destinées aux interceptions en mer. Tu as raison, elles sont rapides.

— Autant qu'un drakkar ? demanda le capitaine Rogor.

— Je ne saurais le dire, répondit-elle après un instant de réflexion. Je n'ai jamais entendu parler d'une compétition entre les deux types de navires. Mais j'ai déjà lu que l'un d'eux a fait la traversée de Raglafart à Thorhammer en neuf jours.

— Nous sommes capables sensiblement des mêmes performances, commenta Rogor. Nous pourrons les semer si nous ne commettons aucune fausse manœuvre qui nous retarderait. Nous ont-ils aperçus ?

Il avait crié cette dernière phrase à l'intention d'Aleel, toujours à son poste sur la vergue.

— Rien ne le laisse croire, répondit la cyclope. Ils n'ont entrepris aucune manœuvre pour venir vers nous. Mais ils ont peut-être l'aide de mes compatriotes.

— Comment serait-ce possible ? s'étonna Twilop. Des cyclopes n'aideraient pas la marine du Pentacle à nous retrouver, tout de même.

— Tu oublies qu'ils ignorent tout de notre mission, intervint Sénid. À leurs yeux, nous sommes tes ravisseurs, des criminels en fuite. Qui sait ce que les officiers du Pentacle ont pu leur raconter à notre sujet ?

Elle avait en effet oublié comment Lama-Thiva avait présenté le groupe à ses forces militaires. Puisque personne ne connaissait la nature de leur mission, les autorités cyclopéennes n'avaient aucune raison de ne pas aider les troupes de la déesse. L'avantage que leur procurait Aleel n'existait peut-être plus, désormais. Ceux dont ils venaient réclamer l'aide pourraient même se tourner contre eux et les attaquer.

Obéissant aux ordres de leur capitaine, les rameurs se mirent au travail. Une équipe ramait dans un sens et l'autre dénageait, pendant que le Viking en charge du gouvernail faisait tourner le navire. D'autres Vikings s'occupaient de la voile, qui se mit à pendre, n'ayant plus de vent pour la gonfler. Le *Ravachol* exécutait la même manœuvre.

Le cri d'Aleel brisa leur espoir d'une fuite discrète.

— Deux frégates se détachent du groupe, annonça-t-elle. Elles foncent droit sur nous.

Les rameurs n'eurent besoin d'aucun encouragement de Rogor pour redoubler d'ardeur. On donna à la voile un angle différent, qui positionnait le pan de tissu presque parallèlement au *Piwanga*. Twilop commençait à connaître les subtilités des manœuvres et elle comprenait la nécessité de cette position. En faisant demi-tour, les drakkars feraient face au vent et gagneraient difficilement en vitesse. Évidemment, le problème affecterait aussi les frégates, mais elles avaient déjà leur élan.

Il n'était plus nécessaire d'attendre les renseignements d'Aleel désormais. Les navires des poursuivants s'étaient considérablement rapprochés pendant la manœuvre de demi-tour. Twilop avait l'impression qu'ils gagnaient encore du terrain, bien que de moins en moins rapidement. Environ une minute, estimait-elle, et les drakkars iraient à la même vitesse que les frégates.

Les poursuivants ne comptaient pas se laisser distancer.

— On non ! se désola Twilop. Ils ont des catapultes.

Les marins du Pentacle mettaient en place lesdites armes à la proue des frégates. Ces engins de destruction pouvaient lancer des pierres d'une quarantaine de centimètres de diamètre. Twilop tenta d'imaginer les dégâts qu'un seul boulet de cette taille provoquerait s'il tombait dans un drakkar. L'impact de plusieurs projectiles les enverrait tous par le fond aussitôt.

Un premier boulet vola dans les airs, visant le *Piwanga*, et tomba à quelques mètres de la poupe. Les marins du Pentacle se hâtèrent de réarmer la catapulte et de lancer un autre rocher. Cette fois, il tomba plus près du navire et une pluie d'éclaboussures s'abattit sur le pont. Twilop redouta le troisième tir. Les marins changeraient les réglages de la catapulte afin d'ajuster la précision de leur tir.

Un nouveau boulet fut propulsé. Il s'écrasa sensiblement à la même distance que le précédent, éclaboussant Twilop et les quelques Vikings qui se tenaient à la poupe. La pierre suivante et une autre encore atterrirent également à courte distance. L'hermaphroïde réalisa qu'aucun tir ne tombait plus près que le précédent. Les drakkars restaient hors de portée des frégates.

— On a réussi ? osa Twilop, sans trop y croire.

— Nous avons pris assez de vitesse, confirma Sénid. Rien n'est gagné, pourtant.

Sur la frégate, des troupes s'installèrent à la proue, pendant que la catapulte était mise en retrait. Twilop remarqua qu'il s'agissait d'archers. Croyaient-ils pouvoir atteindre le drakkar alors que la catapulte, bien plus puissante, n'y était pas parvenue ? D'un autre côté, les flèches, beaucoup plus légères et aérodynamiques, allaient plus loin.

— Boucliers ! cria le capitaine.

Plusieurs Vikings s'avancèrent sur le pont, bouclier au bras. Un groupe se plaça près des rameurs pour les protéger, ce qui permettrait à l'équipe des bancs de nage de se concentrer sur sa tâche. Un seul blessé risquait de les ralentir, ce qui redonnerait l'avantage à la marine du Pentacle. Twilop reporta son attention vers la frégate, prête à se cacher au moment de l'envolée de flèches. Un marin muni d'une torche passait entre les archers pour mettre le feu aux projectiles.

Les tireurs envoyèrent une volée de flèches incendiaires. Les traits se perdirent presque tous dans l'océan. Deux seulement touchèrent le *Piwanga*, allumant rapidement deux petits incendies. Twilop se précipita sur le plus près et tenta d'étouffer les flammes de quelques coups de talons. Une substance poisseuse mit au contraire le feu à ses bottes. L'hermaphroïde réalisa que les flèches étaient enduites de poix. Elle s'assit précipitamment sur le pont et chercha frénétiquement à retirer ses bottes, avant d'avoir les pieds brûlés. Les flammes léchaient déjà le bas de son pantalon.

Un Viking vint heureusement à sa rescousse. Il jeta une couverture humide sur les flammes et les couvrit entièrement. Twilop se retourna pour remercier son sauveur... et vit le lancer d'une nouvelle volée de flèches. Étendue sur le pont, elle regarda, impuissante, les flèches voler vers le drakkar. Toutes retombèrent à la mer, à quelques encablures de leur cible. L'hermaphroïde soupira, soulagée. Les drakkars se trouvaient enfin hors de portée des armes des frégates.

Alors que le soleil touchait presque l'horizon, Sénid rejoignit ses compagnons de mission, réunis pour le repas du soir. Borgar, l'ex-soldat du Pentacle, et le capitaine Rogor leur tenaient compagnie. Lorsqu'il vit que la capitaine Eksab s'était jointe au groupe, le Viking sut qu'ils allaient discuter de la marche à suivre pour atteindre enfin leur destination.

Cela faisait déjà six heures que les drakkars fuyaient les frégates. Pendant cette longue poursuite, le *Piwanga* et le *Ravachol* avaient réussi à prendre une quinzaine de kilomètres d'avance sur les navires du Pentacle. Les deux types de vaisseaux atteignaient sensiblement la même vitesse de pointe et l'adresse des navigateurs faisait toute la différence. Avec l'obscurité de la nuit imminente, les Vikings parviendraient peut-être à semer leurs poursuivants. Ils n'avaient aucun autre espoir de poursuivre la mission.

Ils avançaient face au soleil. Ce cap constituait à la fois un avantage et un inconvénient. Pour l'instant, l'astre du jour les aveuglait dans sa descente à l'ouest, rendant plus difficile l'observation d'éventuels obstacles sur la mer. Cependant, ils étaient passés par là dans leur fuite de l'île des Sirènes et ils se retrouvaient en territoire connu, contrairement aux frégates.

— Voilà ta ration, dit Elbare en lui tendant une gamelle.

Sénid s'assit entre Elbare et Twilop. Il regarda vers Nolate, qui achevait sa propre ration. Le Viking se rappelait que c'était à la suggestion du centaure qu'ils filaient plein ouest. Son mentor avait promis de révéler ses intentions lorsqu'ils seraient en relative sécurité. La présence de la capitaine du *Ravachol* signifiait que le moment des explications était arrivé.

— Il faut à présent réfléchir à la manière de poursuivre la mission, commença-t-il. Comment allons-nous atteindre l'île Majeure ?

Il ne parla pas de renoncer ni de changer de destination et personne ne fit allusion à cette éventualité. L'option de retourner au Nord, de retraverser l'Égral et de gagner l'Est pour récupérer d'abord le morceau caché chez les géants appartenait définitivement au passé. L'automne et le froid les retarderaient d'un an au bas mot, ce qui laisserait le temps à la déesse de progresser dans son plan. Ils devaient faire face et concevoir une ruse qui leur permette de récupérer le morceau de Pentacle des cyclopes.

— Nous pourrions profiter de la nuit pour accoster, suggéra Twilop. D'après la carte, nous serions à même d'atteindre Œculus en quelques jours de marche.

— Nous aurions les soldats du Pentacle à nos trousses, objecta Borgar. Ils retrouveraient les drakkars à leur point d'accostage et se lanceraient à notre poursuite.

— Sans compter que des troupes doivent déjà patrouiller sur l'île, ajouta Elbare.

— Ce n'est pas possible, affirma Aleel. Selon les traités qui nous lient au Centre, l'intervention des troupes du Pentacle en pays cyclope ne peut se faire qu'en cas d'insurrection. Or, Lama-Thiva nous a présentés comme de simples fugitifs. Ce sera aux troupes de mon... du roi de nous pourchasser pour nous arrêter.

— Tu sembles bien connaître les détails de ce traité, commenta Borgar. L'aurais-tu étudié en détail ?

Aleel toussa, comme si elle venait de s'étrangler, alors qu'elle avait fini sa ration, contrairement à Sénid. Il regarda la cyclope boire un peu d'eau pour calmer sa gorge irritée. Un moment, le Viking eut l'étrange impression qu'elle avait feint d'avaler de travers pour éviter de répondre à cette question. Il se trouva aussitôt ridicule d'avoir eu une telle pensée. Aleel ne parlait jamais d'elle, mais de là à la soupçonner de cacher quelque chose... Une simple coïncidence ne pouvait constituer matière à soupçons.

— Peu importe, intervint Nolate. Elbare a deviné ce qui rend impossible un débarquement ici. L'île Majeure, toutefois, est vaste. Je propose une destination inattendue.

Il déplia la carte du Monde connu et l'étala entre eux. Comme tous les autres, Sénid se pencha sur le document. Le centaure, agenouillé devant le parchemin, tendit le bras et pointa une zone de l'île Majeure bien au sud de leur destination. Il y avait là un second fleuve, issu des montagnes de l'ouest, qui se jetait dans la mer.

— Vous voulez emprunter le Moneil ? s'étonna Aleel. Il est difficilement navigable !

— Les drakkars sont capables de remonter assez loin sur un cours d'eau, commenta la capitaine Eksab. Il faudrait cependant marcher quelques jours vers le nord pour rejoindre Œculus.

— Avant de songer à remonter le fleuve, il faudrait d'abord naviguer loin vers le sud, intervint le capitaine du *Piwanga*. Cela implique un demi-tour et un nouveau passage entre les îles Majeures et Mineures. Avec la marine du Pentacle qui a découvert notre présence, il nous serait difficile de passer inaperçu.

— Il est même probable que des navires patrouillent entre nous et le continent, ajouta Nolate. Il est donc hors de question de suivre cette route.

Étonné, Sénid fixa le centaure qui lui retourna son regard. Nolate arborait un air résolu. C'était pourtant lui qui avait suggéré le petit fleuve comme point de débarquement. S'il signalait lui-même les obstacles qui entravaient ce choix, c'était qu'il y avait longuement songé et qu'il avait déjà trouvé une parade. De son doigt, le centaure traça une ligne imaginaire qui contournait l'île Majeure par l'ouest. Ce choix les amènerait à l'embouchure du Moneil par le sud.

— Voilà le chemin qu'il nous faut prendre, révéla-t-il.

— Vous... vous voulez passer par la côte des Tempêtes ?

— Exactement. Nous savons que la marine du Pentacle bloque le port d'Œculus-sur-Mer et qu'elle patrouille en mer. En revanche, il n'y a personne devant nous et, si nous parvenons à semer ces frégates, personne ne saura quel chemin nous aurons emprunté.

— Personne n'entendra plus jamais parler de nous non plus ! s'emporta Aleel. Passer par la côte des Tempêtes en pleine saison de l'œil du vent relève de la folie !

— L'œil du vent ? questionna Twilop.

— Une tempête de pluie et de vent qui souffle pendant un jour entier, expliqua la cyclope. Des vents qui arrachent les toits et abattent les murs. Croyez-moi, en mer, personne ne peut survivre à un tel déchaînement des forces de la nature.

Aleel semblait vraiment effrayée, ce qui surprit Sénid. Depuis leur départ de Capitalia, il avait pu apprécier le cran de la jeune cyclope. Elle n'avait pas reculé face aux pillards et aux dragons, ni devant les forbans et les lanços. Quelques jours plus tôt, elle avait mené à bien la mission de sauvetage sur l'île des Sirènes. Pour qu'une tempête l'effraie autant, il fallait qu'elle dépasse tout ce que le Viking parvenait à imaginer.

Elle n'avait pourtant aucune autre option à suggérer pour rejoindre l'île Majeure au nez et à la barbe de la marine du Pentacle. Face au danger qui les menaçait et à l'importance de la mission, elle accepta l'inévitable. Elle regarda le drakkar, comme si elle évaluait ses capacités de les sauver en cas de tempête. Sénid observa également le *Piwanga*. Son regard tomba sur les barriques, solidement arrimées au centre du navire. Il sourit. Il se rappelait son incompréhension lorsque Nolate avait exigé de remplir autant de barriques que possible. Le perspicace centaure avait prévu le coup.

Le soleil levant illuminait Aleel, installée à son poste sur la vergue. La cyclope scrutait l'horizon à la recherche d'une voile ennemie. Sa tâche était rendue délicate avec la lumière du jour qui la frappait en plein visage. Du moins, Elbare le supposait-il. Pour sa part, sa condition d'être végétal faisait en sorte que les rayons de lumière lui procuraient toujours une sensation de plénitude lorsqu'ils l'atteignaient, à l'aube. Il avait un peu l'impression de renaître chaque fois.

— Je ne vois aucune voile sur tout l'océan, cria la cyclope. Nous les avons semés.

La bonne nouvelle se répandit rapidement sur le *Piwanga* et fut relayée à l'équipage du *Ravachol*. Quelques exclamations de joie retentirent, venant autant des rameurs que des autres membres de l'équipage. Elbare éprouvait encore certaines difficultés à deviner les sentiments des espèces animales. Il comprenait cependant que beaucoup de tension venait de se dissiper. Lui-même eut envie de danser de joie.

— Attention à notre cap, rappela Sénid.

Elbare agrippa le manche du gouvernail et le maintint aligné avec le navire. Il devait s'assurer que le *Piwanga* avance en ligne droite sur les flots, alors qu'un léger courant de travers cherchait à le pousser vers la côte. En l'absence de vent, c'était les rameurs qui donnaient au drakkar l'élan qui le propulsait en avant. Il était content que Sénid lui ait confié ce poste, une heure plus tôt.

Ne trouvant pas le sommeil, Elbare avait décidé de lui tenir compagnie à l'approche des premières lueurs de l'aube. Ils avaient regardé les étoiles s'éteindre une à une et il lui avait avoué son sentiment d'inutilité dans ce voyage. Bien sûr, il avait sauvé Twilop en se jetant à l'eau et son rôle s'était avéré déterminant sur l'île des Sirènes. Pour le reste, son don de camouflage ne lui servait à rien sur un navire... Aleel repérait les obstacles de loin, Nolate trouvait des routes alternatives, Twilop avait appris à se battre. Il souhaitait se sentir utile tout au long du voyage, pas seulement à l'occasion.

— Je me débrouille bien ? hasarda Elbare.

— Tu fais ça très bien, approuva Sénid. Tu nous maintiens en ligne droite, sans nous faire constamment louvoyer. Peu y arrivent aussi vite.

— Merci.

— Bien sûr, la mer est calme et le vent presque nul, rappela le Viking. Dans un orage, la manœuvre demande beaucoup de force pour garder le bon cap. Parfois, il faut simplement se placer face aux vagues, comme nous avons fait lors de l'effondrement du volcan. Pour une première fois, cependant, tu te débrouilles très bien, en effet.

Le souvenir de ce moment pénible du voyage amena Elbare à tourner son regard vers les montagnes, à gauche des drakkars. La carte montrait que cette chaîne se trouvait dans le prolongement du volcan qu'ils avaient croisé et même des sommets qui séparaient la calotte glaciaire du Nord des terres vikings. L'ensemble disparaissait sous les glaces, à Hypérion. Le versev se rappelait les sources d'eau chaude et les geysers de la cité perdue. Aleel affirmait qu'aucun phénomène du genre n'existait sur l'île Majeure. Elbare ne s'en sentait qu'à moitié rassuré.

Il n'y avait aucune montagne de ce genre en Versevie. Là-bas, il n'y avait que des vallons et des collines aux pentes douces, des paysages dont se languissait Elbare. Depuis son départ six mois plus tôt, il avait vu tant d'endroits différents, bien plus qu'un versev n'en voyait ordinairement de toute sa vie. Pourtant, ils mettraient encore trois semaines avant de fouler de nouveau la terre ferme. Ensuite, ce serait le sud et ses savanes, avant le retour au foyer. Un retour qui ne marquerait même pas la fin du voyage.

Une nouvelle intervention de Sénid ramena l'attention d'Elbare au moment présent.

— Là, regarde, fit-il. Enfin, le bout des terres.

Elbare vit, encore assez loin devant eux, la chaîne de montagnes qui disparaissait dans l'océan. Elle s'achevait abruptement, comme si on avait tranché cette terre à l'aide d'un couteau géant. Le versev aurait plutôt cru qu'ils verraient des sommets de moins en moins élevés, jusqu'à disparaître sous les flots.

Bientôt, le *Piwanga* dépassa la dernière montagne et l'océan inconnu fut de nouveau le seul paysage en vue. Le *Ravachol*, une vingtaine de mètres en avant, bifurquait déjà vers l'ouest pour franchir le passage. Elbare sentit la brise lui ébouriffer les cheveux. Dans le même temps, il remarqua les vaguelettes qui s'amplifiaient à la surface de l'océan. Le versev s'attendait à ce que Sénid lui reprenne le gouvernail, étant donné que la manœuvre deviendrait plus difficile. Le Viking se contenta de le regarder travailler.

Le capitaine lança un ordre et une équipe grimpa au mât pour détacher la voile. Le large carré de tissu fut mis en place et se gonfla immédiatement. Un moment plus tard, l'équipe aux bancs de nage rentra les rames. Le *Piwanga* accéléra, alors que le vent prenait de la vigueur. Le navire parut bondir en avant, fendant les eaux à toute allure. Elbare ressentait cette vitesse qui faisait vibrer le gouvernail entre ses mains. Il trouvait l'effet grisant.

Il devenait toutefois plus difficile de garder le cap. À regret, il remit les commandes à Sénid. Son compagnon de mission déploya aussitôt sa vaste expérience de la navigation pour trouver un angle bien plus favorable afin de profiter pleinement du vent. Le *Piwanga* parut doubler sa vitesse, fendant à présent les vagues avec force. Jamais le versev n'aurait su en faire autant. Son peuple avait pourtant le don de ressentir le vent bien mieux que les espèces animales.

Ils dépassèrent la pointe de l'île Majeure et se retrouvèrent encore une fois dans des eaux pratiquement inexplorées. Elbare se tourna vers les montagnes, les mêmes qu'ils longeaient depuis l'aube. Elles paraissaient néanmoins si différentes qu'il aurait pu croire que l'expédition s'avançait dans un monde inconnu. Ce qui, d'une certaine façon, était le cas. Même les cyclopes évitaient la région.

CHAPITRE TREIZE

Deux jours après le passage de la pointe nord de l'île Majeure, les drakkars filaient plein sud avec un vent qui, à défaut de souffler avec force, arrivait par l'arrière. Aleel avait multiplié ses séances d'observations du haut de la vergue. Elle n'avait aperçu aucune frégate du Pentacle ni, d'ailleurs, le moindre navire. Ils avaient l'océan pour eux seuls.

En dépit de cela, le moral restait plutôt bas sur les deux drakkars. Le voyage qui ne devait prendre que quinze jours de Dragonberg à Œculus-sur-Mer avait déjà duré plus du double et devrait se prolonger deux autres semaines au bas mot. Aleel estimait plus réaliste de prévoir trois semaines de navigation de plus jusqu'au Moneil. Une semaine supplémentaire serait nécessaire pour rejoindre Œculus. Il lui fallait donc compter un mois au moins avant de revoir sa maison.

Mais pourquoi penser aux difficultés qui les attendaient dans un avenir aussi lointain qu'incertain ? Aleel craignait beaucoup plus les prochains jours, du fait de la route choisie. L'été avait cédé sa place à l'automne, un changement de saison peu perceptible aussi loin au sud. Ils n'en fonçaient pas moins vers le danger. Personne n'avait voulu tenir compte de ses avertissements et ils risquaient tous d'en payer le prix.

C'était en cette période de l'année que sévissait le plus souvent l'œil du vent.

— Cette terre semble si riche, commenta Nolate. Je m'étonne que vous la laissiez entièrement inhabitée.

Le centaure examinait la côte lointaine, à l'est. Une plaine de quelques kilomètres de large s'étendait entre les montagnes aux sommets enneigés et l'océan. La forêt luxuriante qui couvrait ce vaste espace confirmait la richesse de son sol. Cette terre aurait pu nourrir à elle seule l'ensemble des sujets du royaume cyclopéen. Sans l'œil du vent, il en aurait certainement été ainsi. Cette force naturelle était une réalité qu'Aleel rappela aussitôt à ses camarades de mission.

— Ces tempêtes semblent vraiment puissantes, s'étonna Twilop. Comment y échappez-vous ?

— Les montagnes arrêtent les vents les plus violents, expliqua Aleel en montrant la chaîne à leur gauche. Lorsque l'œil du vent les traverse, il ne reste que la pluie qui tombe en abondance. Parfois, il s'abat en une journée ce que nous recevons habituellement en un mois entier.

— Comment connaissez-vous la puissance réelle de ces tempêtes ? demanda Nolate.

— Nos récits anciens décrivent les voyages des rares navigateurs qui en sont revenus. Il y a fort longtemps, avant le bris du Pentacle, l'un d'eux a survécu à un naufrage et est rentré en franchissant les montagnes. La moitié de son équipage avait péri dans cette difficile traversée.

Elle n'avait pas besoin d'ajouter quoi que ce soit. La vue des sommets enneigés devait rappeler à chacun leur périple dans le Nord.

— Ces récits ne nous disent malheureusement rien sur les dangers qui pourraient nous guetter, commenta

Nolate. Des créatures redoutables, comme les lançôs ou les sirènes, hantent peut-être ces eaux inexplorées.

— Je préférerais un œil du vent, affirma Sénid. Les Vikings sont de brillants navigateurs et savent surmonter les pires orages.

— Prie que le Grand Œil ne t'entende pas, répliqua Aleel. Ne te méprends pas, je vous ai vu à l'œuvre et j'admire vos capacités de navigateurs. Un œil du vent n'est cependant pas à prendre à la légère.

— Je crois qu'il est temps que chacun regagne son poste, suggéra Nolate. Nous avons encore une longue route devant nous.

Le centaure quitta le groupe et trotta jusqu'au capitaine, à son poste à la proue. Elbare se dirigea au contraire vers la poupe pour parler avec la guerrière chargée du gouvernail. Le versev semblait s'être pris de passion pour la navigation. Twilop rejoignit Borgar. L'ex-soldat sortit des bâtons de combat afin de poursuivre sa formation. Aleel se prépara à monter une nouvelle fois sur la vergue lorsqu'elle sentit une main se poser sur son épaule. Sénid la regardait d'un air gêné.

— Je voulais te remercier encore une fois pour les soins que tu nous as prodigués, après le départ de l'île des Sirènes. En ce qui me concerne, j'ignore comment j'aurais surmonté cette sensation de manque sans ton appui. Je me serais peut-être jeté à la mer, qui sait ?

— Je suis contente que tu ailles mieux, répondit simplement Aleel.

— Je voulais surtout te présenter mes excuses pour les choses cruelles que je t'ai dites. Je ne comprenais pas la situation. Jamais je n'ai pensé que tu étais une meurtrière.

— J'avais compris. Je ne t'en veux pas, rassure-toi.

— Merci, fit-il.

Sénid parut hésitant, comme s'il voulait ajouter quelque chose et cherchait ses mots. Elle ne comprenait pas vraiment pourquoi il se sentait si mal à l'aise. Peut-être regrettait-il de ne pas avoir présenté ses excuses plus tôt, alors qu'il en avait eu maintes fois l'occasion. Elle avait remarqué qu'il évitait soigneusement de se retrouver seul avec elle depuis ce jour-là, à croire qu'il trouvait plus difficile de lui parler que de combattre des ennemis.

Le Viking se décida enfin à reprendre la parole.

— Je suis également désolé des propos que j'ai tenus ensuite. J'essayais par tous les moyens de te convaincre de retourner vers l'île, tu l'avais sûrement compris. J'aurais dit n'importe quoi pour arriver à mes fins. Ne va surtout pas croire que toi et moi…

— Bien sûr que non.

— Nous sommes amis et le serons toujours. Il n'y a aucune chance que nous devenions…

— Cela va de soi.

Sénid était rouge comme une pivoine.

— Bon, fit-il en se détournant. Je vais rejoindre Elbare, il veut poursuivre son apprentissage des rudiments de la navigation.

— Je retourne sur la vergue, dit Aleel en se hâtant vers le mât.

Elle grimpa rapidement à son poste d'observation, en proie à des émotions contradictoires. Elle appréciait l'effort de Sénid, qui n'aurait pas eu à fournir d'explications concernant ses propos embarrassants. Il disait vrai, il n'y aurait jamais rien de plus que de l'amitié entre eux. Elle comprenait cette réalité et s'en satisfaisait parfaitement. Que Sénid partage son point de vue ne pouvait que la soulager. En aucun cas, elle ne pouvait se sentir déçue.

N'est-ce pas ?

Quatre jours de navigation sur une mer calme ne permettent pas à un navigateur inexpérimenté de franchir de grandes distances. Il en allait autrement des Vikings, qui savaient utiliser les vents efficacement. En restant à quelques encablures de la rive, les drakkars bénéficiaient de la brise de mer chaque matin et de la brise de terre chaque soir. Au matin, le soleil chauffait le sol et un vent apparaissait, soufflant vers la rive. Inversement, le soir, la mer gardait plus longtemps sa chaleur et le vent soufflait depuis le rivage.

Dans les deux cas, une voile judicieusement alignée permettait une progression constante.

Entre-temps, en milieu de journée ou pendant la nuit, il fallait au contraire naviguer plus au large pour utiliser d'autres types de vents. Parfois, comme en ce moment, aucun vent ne soufflait et les navires restaient désespérément immobiles. Ils avaient affronté ce problème deux nuits plus tôt et ils le vivaient à nouveau en plein après-midi. Cette fois, en plus, le soleil les écrasait comme sous une chape de plomb. Le moindre effort devenait pénible.

Sénid accepta avec reconnaissance la coupe d'eau que lui remit Twilop.

— Est-ce normal, une pareille chaleur en cette saison ? demanda-t-elle.

— Je l'ignore et nul ne le sait, pas même Aleel, répondit le Viking. Personne ne vient jamais ici, rappelle-toi.

Twilop soupira.

— J'espère que nous n'aurons pas à endurer cette chaleur encore longtemps.

— Oh! ce sera fini dans la soirée, commenta Sénid. L'orage va nous amener une agréable fraîcheur.

— L'orage ?

Sénid pointa un doigt vers l'ouest.

— Tu vois ces nuages qui montent vite à l'horizon ? Ils bourgeonnent comme des boules de coton. Ils annoncent toujours des orages. Regarde. Certains ont déjà pris une teinte bleu-gris. Cela signifie qu'ils sont gorgés de pluie.

Tout en expliquant le phénomène à l'hermaphroïde, Sénid remarqua la taille impressionnante qu'avait prise la masse sombre. Quand il l'observait dans son entier, elle paraissait presque immobile. Le Viking concentra son attention sur une section précise du nuage et nota son gonflement rapide. Au sommet de la montagne de vapeur, il repéra la forme d'enclume que prenait la tête de la nuée. Cela n'augurait rien de bon.

— Je crois qu'il s'agira d'un gros orage, ajouta-t-il. Capitaine !

Il chercha le commandant du *Piwanga* du regard et le vit à la proue, en compagnie de Nolate. Ils observaient eux aussi la masse sombre qui envahissait le ciel en discutant à voix basse. Le capitaine ne semblait pas avoir entendu l'appel de Sénid, car il poursuivait sa conversation sans se retourner. Il était question, apparemment, de la trajectoire de la nuée. Ce genre de phénomène frappait habituellement une petite région et pourrait les manquer de quelques kilomètres. Serait-ce le cas, cette fois-ci ?

Rogor se rendit au pied du mât.

— Aleel ! Jette un coup d'œil vers la côte pour trouver une baie où nous abriter.

— À vos ordres.

Sans attendre le résultat de la recherche de la cyclope, le capitaine alla au bastingage et expliqua d'une voix forte ses craintes à la capitaine Eksab. Sénid approuvait entièrement sa décision de trouver un abri pour éviter l'orage. Sur le *Ravachol*, des Vikings s'assirent aux bancs de nage et attendirent les ordres. Les rameurs du *Piwanga* se tinrent également prêts à la manœuvre.

Aleel descendit du mât et rejoignit le capitaine au bastingage.

— Il y a une crique à près d'un kilomètre d'ici, mentionna-t-elle. Elle ne semble pas très grande, mais le reste de la côte est totalement exposé aux intempéries.

— Fort bien, répondit le capitaine. Merci.

Il répéta l'information à l'intention de sa collègue du *Ravachol*. Les rameurs du second drakkar commencèrent aussitôt leur manœuvre. Ceux du *Piwanga* en firent autant. Sénid chercha du regard la crique que signalait Aleel. Il repéra une petite anfractuosité qui suffirait à peine à contenir les deux navires. Une langue de sable s'avançait dans la mer. Elle couperait sans doute la force des vagues, mais ils se feraient tout de même secouer fortement.

— Il n'y a vraiment aucun autre endroit où nous abriter ? demanda Sénid. Cette crique me paraît bien petite.

— Deux drakkars manœuvrés par des Vikings qui ne craignent pas la navigation par mauvais temps y seront sûrement à l'abri, répliqua Aleel, un sourire aux lèvres.

Sénid suivit la cyclope du regard alors qu'elle rejoignait Twilop. L'hermaphroïde avait entendu l'échange et s'efforçait de réprimer son envie de rire. Le Viking se retourna... pour se retrouver face à Elbare qui le fixait, une lueur amusée dans les yeux. Quelques regards étaient aussi tournés vers lui, la plupart trahissant de l'amusement. Sénid n'avait évidemment pas oublié comment il avait minimisé les craintes d'Aleel et vanté les talents de navigateurs des siens. Il hocha la tête en riant de lui-même. Il avait mérité cette rebuffade dépourvue de malice.

Les rameurs amenèrent les drakkars dans la crique. Ils exécutèrent la manœuvre avec célérité, sans panique ni geste inutile. Sénid se chargea de vérifier la cargaison. Les barriques d'eau et de vivres étaient solidement arrimées. Celles qu'ils avaient vidées depuis le départ de l'île aux sirènes avaient récupéré les fournitures dont elles avaient été départies lors de l'embarquement des provisions d'eau supplémentaires. Le reste était aussi fermement attaché.

Une fois dans la crique, il ne restait plus qu'à attendre l'orage. Avant même de jeter l'ancre, Sénid avait constaté que la tempête fonçait droit sur eux. À quelques kilomètres au large, un rideau de pluie s'abattait et les roulements du tonnerre devenaient de plus en plus fréquents. Alors qu'il regardait la pluie approcher des drakkars, le Viking vit un éclair s'abattre sur les eaux. Les deux équipages firent une dernière vérification, resserrant une corde çà et là. Chacun se trouva ensuite une place pour affronter la pluie et le vent.

Et l'orage éclata.

Twilop avait déjà vu des orages. Elle se rappelait les nuages sombres qui cachaient le soleil, la pluie et les bourrasques de vent. Le spectacle de la nature déployant sa force l'avait toujours captivée. Bien à l'abri entre les murs en pierre du palais du Pentacle, elle était en sécurité. Elle avait moins aimé l'orage qui les avait surpris dans la plaine des dragons, dans le Nord, avant leur arrivée à Dragonberg. Rien, toutefois, ne l'avait préparée à l'expérience d'un orage en mer.

Dès les premiers instants, le vent se mit à soulever des vagues aussi hautes que le bastingage. Twilop pouvait voir ces masses liquides foncer vers les drakkars et fut à même d'apprécier la clairvoyance des Vikings. Chaque vague submergeait la langue de sable, mais y perdait sa force, et seuls ses résidus secouaient les navires.

Il n'y avait en revanche rien à faire contre la pluie. Hormis quelques Vikings qui surveillaient la progression de l'orage, la plupart des occupants des drakkars s'abritaient à l'aide des boucliers, des bâches ou des couvertures faites de peaux de bêtes. Twilop resserra sa main sur sa propre couverture, dans l'espoir futile de rester au sec. Curieuse, elle jeta un regard vers l'orage. Une rafale lui projeta une masse d'embruns qui lui coupa le souffle. Elle toussa et cracha. La pluie tombait avec tant d'intensité qu'elle empêchait toute observation. L'attente restait la seule option.

— J'espère que nous n'en avons pas pour longtemps, cria-t-elle à l'intention d'Aleel.

La cyclope, avec qui elle partageait la couverture la regarda un moment.

— Les orages tropicaux durent rarement plus d'une demi-heure, fit-elle. Si aucun éclair ne frappe le mât, nous n'aurons aucun problème.

Le mât, bien sûr. Twilop avait appris que la foudre frappait de préférence les endroits surélevés, comme le sommet des montagnes ou la pointe des tours au palais du Pentacle. Elle avait déjà lu que ses effets pouvaient s'avérer mortels pour ceux qui se trouvaient trop près de l'impact. Sur les drakkars, le mât devenait le point le plus vulnérable. Personne ne s'était réfugié à sa base, mais le danger n'en restait pas moins présent pour autant.

Twilop se résigna à prendre son mal en patience. Il n'y avait, après tout, rien à faire en attendant que l'orage passe. Elle risqua un nouveau regard au-delà de la couverture, évitant cette fois de se tourner face au vent. Les trombes d'eau qui balayaient le pont du *Piwanga* s'abattaient sur les différents groupes, adossés un peu partout contre le bastingage. Hormis le capitaine et ses volontaires, chacun tentait d'éviter cette pluie battante.

Twilop chercha ses compagnons du regard, mais ne repéra qu'Elbare, non loin d'Aleel et d'elle. En revanche, elle n'apercevait ni Nolate ni Sénid. Elle ne fut pas réellement surprise de ne voir le Viking nulle part. Il était à l'abri quelque part sur le pont avec ses compatriotes. Le centaure, lui, restait introuvable. Twilop ne voyait aucun sabot dépassant d'une bâche ou d'une couverture. Il n'y avait aucune raison de s'inquiéter, Nolate devait tout simplement se trouver de l'autre côté des barriques.

Le son de la pluie qui battait le pont changea soudain. Elle cessa même de tomber un instant, puis reprit, beaucoup plus faiblement. Le vent s'épuisa d'un coup, amenant un calme aussi subit que bienvenu. Twilop délaissa la protection de la couverture, ignorant les dernières gouttes qui mouillaient son visage et ses cheveux. Elle fit quelques pas mal assurés sur le pont ruisselant. Les vagues résiduelles secouaient toujours le *Piwanga*.

Un rayon de soleil se fraya un chemin à travers une déchirure dans le nuage et fit scintiller le pont détrempé. Les autres membres de l'équipage regagnaient déjà leur poste. Le tonnerre grondait encore à l'occasion, au loin. L'orage s'éloignait sur le continent. Il ne représentait plus aucune menace.

De retour aux bancs de nage, les rameurs commençaient à faire avancer le drakkar. Le *Piwanga* était entré le dernier dans la crique et il devait sortir avant que le *Ravachol* puisse reprendre la mer à son tour. La manœuvre se fit encore une fois sans gestes inutiles et le navire se retrouva au large. Pendant que le *Ravachol* suivait, les Vikings remettaient la voile du *Piwanga* en place pour profiter de la brise. Le souffle du vent toucha Twilop, qui frissonna. L'orage avait nettement rafraîchi la température.

— Regrettes-tu la moiteur qui a précédé l'averse ? interrogea Sénid en passant près d'elle.

— Je ne sais trop. La température a beaucoup baissé, je trouve.

— Nous le devons à une brise vivifiante, badina le Viking. Pour te remonter le moral, songe que le vent arrive par l'arrière, ce qui nous permettra d'avancer à bonne allure, à présent.

Évidemment, ce point de vue rendait la fraîcheur plus facilement supportable. À la recherche d'un endroit moins exposé, elle se réfugia à la poupe, près d'Elbare et du Viking responsable du gouvernail. La rambarde protégeait au moins leurs jambes. Twilop observa le vaste océan, redevenu aussi calme qu'avant le passage de l'orage. En fait, il semblait inchangé. Sauf pour un détail.

— Aleel !

L'hermaphroïde voulait montrer sa découverte à son amie, tout en espérant vivement se tromper.

— Peux-tu identifier ce point à l'horizon ? demanda-t-elle.

Aleel plissa la paupière. Un instant plus tard, elle recula d'un pas en affichant une consternation patente. En courant, elle grimpa aux cordages et se retrouva à son poste habituel, sur la vergue. Nolate s'avança jusqu'au pied du mât. Le centaure attendit un peu avant de demander à la cyclope ce qui se passait.

La réponse d'Aleel confirma la crainte de Twilop.

— Un navire nous suit, annonça-t-elle. Il arbore un drapeau du Pentacle.

Plusieurs Vikings se ruèrent à la rambarde, essayant de repérer le navire ennemi. Quelques mains se levèrent et pointèrent ce que Twilop distinguait encore avec peine. Pourtant, il n'y avait pas d'erreur possible, un autre navire fendait ces flots inconnus. Aleel redescendit du mât beaucoup plus lentement qu'elle y avait grimpé. Son air défait trahissait son désarroi. Twilop vint la rejoindre, cherchant les mots qui la réconforteraient.

— Ne sois pas si inquiète. Ce navire nous suit, c'est vrai, mais il se trouve encore loin et les drakkars sont rapides. Même s'il s'agit d'une frégate, nous saurons rester hors de portée.

— Je ne m'inquiète pas pour cela, rétorqua Aleel. Non, c'est ça que je n'aime pas.

Elle montrait plutôt l'horizon ouest et l'océan infini vers lequel plongeait le soleil. Twilop distingua ce qu'elle prit d'abord pour une chaîne de montagnes à peine visible. Selon les cartes, pourtant, il n'y avait aucune terre dans cette direction. L'hermaphroïde réalisa qu'elle observait en fait une bande nuageuse qui assombrissait le ciel. S'il s'agissait d'un nouvel orage, il serait colossal. La nuée couvrait l'horizon à perte de vue.

Aleel sortit de son mutisme.

— Ce genre de nuage précède habituellement un œil du vent. Demain, nous serons en pleine tempête.

CHAPITRE QUATORZE

L'aube jeta une lumière blafarde sur un océan bien différent de celui de la veille. Le vent tiède qui soufflait du large poussait les drakkars en avant à une allure qui aurait dû remonter le moral de l'équipage. Sénid ne voyait pourtant que des visages marqués par la morosité. Lui-même ressentait une grande lassitude. La présence de la frégate du Pentacle, toujours loin au nord, n'expliquait pas à elle seule cette déprime. Les nuages gris qui remplissaient le ciel se faisaient oppressants. Ils donnaient l'impression de vouloir tout écraser sous leur masse imposante.

Une tempête approchait et elle frapperait avec force. Sénid comprenait mieux les craintes d'Aleel. Il ignorait tout de la puissance que pouvait déployer un œil du vent et, de fait, personne n'en avait la moindre idée. Pas même la cyclope. Le Viking se doutait cependant que si les restes de ces tempêtes déversaient autant de pluie sur l'île Majeure que le décrivait Aleel, ils en recevraient bien plus encore de ce côté-ci des montagnes. Sans compter les vents. Il fallait se préparer à affronter la tempête.

— Je ne vois qu'une côte rectiligne, lança la cyclope, qui peinait à garder son équilibre sur la vergue. Il n'y a aucun abri possible.

Sachant combien la cyclope redoutait l'œil du vent, Sénid ne perdit pas de temps à lui demander si elle avait bien regardé. S'ils s'arrêtaient, la frégate foncerait pour les rattraper. Certes, la tempête menaçait l'ennemi tout autant qu'eux, mais le capitaine du navire poursuivant ignorait probablement l'ampleur que pouvait prendre un œil du vent. À moins que ce ne soit son ambition qui l'emportât sur la prudence. La capture des fugitifs était alléchante, pour lui. Elle lui vaudrait une superbe promotion.

— Descends, à présent, décida-t-il. Chercher plus longtemps ne servirait à rien et ta position en hauteur devient dangereuse avec ce vent.

Aleel ne se fit pas prier pour retrouver la stabilité relative du pont.

Les drakkars devraient donc braver la tempête. Les équipages se mirent sans attendre à la tâche pour préparer leur navire respectif à surmonter le mauvais temps. Les vagues ne seraient sans doute pas aussi imposantes que celle qui avait suivi l'effondrement du volcan, mais cette fois ils en supporteraient plusieurs qui se succéderaient pendant des heures.

Une forte bourrasque surprit Sénid alors qu'il attachait une corde au bastingage. Le câble devait permettre à ses compatriotes de s'agripper lorsque les vagues les plus imposantes soulèveraient le *Piwanga*. En l'absence de cette précaution, plusieurs Vikings avaient été jetés à la mer lors de l'effondrement du volcan et, en pleine tempête, il n'y aurait aucun moyen de les repêcher. Une chute en pleine mer dans cette tourmente et c'était la mort assurée.

— Ça commence, lança Aleel.

Sénid s'épongea le visage de sa manche. En jetant un regard autour de lui, il réalisa qu'en plus des embruns de grosses gouttes tombaient, éparses, sur le pont du *Piwanga*. L'averse prit rapidement de l'intensité, donnant tout son sens au commentaire d'Aleel. Sénid reprit le travail, résigné à devoir supporter la pluie.

Pour le moment, la tempête n'avait rien d'impressionnant, même si le vent soulevait de fortes vagues qui ballottaient les deux drakkars. Sénid avait peu navigué, en raison de son choix de devenir garde du Pentacle. Il se souvenait pourtant de tempêtes bien plus violentes dans le Nord, qui s'accompagnaient d'averses de neige. Selon ce qu'en disait Aleel, l'œil du vent débutait à peine. Cherchant le moindre élément susceptible de lui remonter le moral, Sénid songea qu'ici, au moins, ils n'avaient pas froid.

La cyclope regardait fréquemment dans toutes les directions, au bord de la panique.

— Ça ira, lança Sénid. Nous allons nous en sortir.

Une nouvelle bourrasque le fit presque basculer à la mer. Le Viking rattrapa de justesse le cordage qu'il venait à peine de fixer. Sans cette précaution supplémentaire, l'œil du vent aurait déjà fait sa première victime. Sénid se remit sur pied en réalisant que le vent avait encore gagné en intensité. Comme il avait terminé, il agrippa fermement le cordage, entre la cyclope et le versev. Il ne tenait pas à prendre le moindre risque inutile.

Le vent soufflait à présent avec force de façon constante. La pluie s'intensifiait également et, poussée par les bourrasques, elle balayait le pont du *Piwanga* en un rideau de gouttes qui défilaient à l'horizontale. Ironiquement, Sénid trouvait l'effet similaire à celui d'une tempête de neige. Il était pratiquement impossible de voir l'autre extrémité du drakkar.

Un craquement sinistre en provenance du mât ébranla sa certitude quant à leurs chances de survivre à cette tempête.

— Carguez la voile !

Le cri du capitaine fut à peine perceptible dans la fureur du vent et de la pluie. L'équipe de la voile commença pourtant la manœuvre rendue plus que délicate par ce temps exécrable. Les Vikings durent se mettre à trois sur chacune des cordes retenant le large pan de tissu. S'ils l'avaient laissé flotter dans un vent pareil, il se serait bientôt déchiré. Sénid ne respira vraiment que lorsqu'ils parvinrent enfin à l'attacher à la vergue. Rogor avait attendu à la dernière minute avant de la ramener.

La tâche aurait été beaucoup plus facile si le capitaine n'avait pas tardé autant. Il avait pris le risque pour mettre le plus de distance possible entre les drakkars et la frégate. Un vent aussi fort leur avait sûrement fait parcourir une bonne distance en peu de temps. Mais quelques instants de plus et une bourrasque aurait pu briser le mât.

Les rameurs se mirent aussitôt à l'ouvrage. Eux seuls assureraient la propulsion du *Piwanga* pendant la tempête. Le Viking qui tenait le gouvernail n'attendit pas l'ordre de Rogor. Il manœuvra pour placer le drakkar face aux vagues. Sur cette mer démontée, il n'était plus question de suivre un cap, mais seulement de se maintenir à flot et de ne pas prêter flanc à la houle.

Le temps parut s'assombrir, alors qu'ils n'étaient qu'en milieu d'avant-midi. La tempête gagnait encore en puissance. Les vagues dépassaient depuis longtemps la hauteur du bastingage et paraissaient même aussi hautes que la figure de proue. À chaque montagne liquide, le *Piwanga* se dressait comme s'il cherchait à monter vers le ciel avant de renoncer et de plonger vers le creux séparant la vague de la suivante. Il semblait alors prêt à plonger vers les abysses, mais se redressait toujours pour escalader une autre lame. Waram aurait été fier de son navire.

Sénid jeta un regard à ses compagnons, agrippés comme lui au cordage, chacun supportant l'épreuve à sa façon. Twilop s'était recroquevillée sur elle-même et Aleel, œil fermé, remuait constamment les lèvres. Le Viking supposa qu'elle priait. Elbare endurait stoïquement la mésaventure et Nolate, prudent, s'était attaché au bastingage pour éviter de passer par-dessus bord. Ses sabots ne trouvaient aucune prise sur le pont rendu glissant par la pluie.

Sénid n'osait imaginer ce qu'aurait été l'expérience s'ils avaient dû affronter cette tempête de nuit.

✪ ✪ ✪

Aleel connaissait bien les légendes des temps anciens, celles qui présentaient l'œil du vent comme une manifestation de la colère divine. Bien que croyante, elle n'avait jamais vu dans ces tempêtes autre chose qu'un phénomène naturel, puissant et dévastateur, certes, mais rien de plus qu'une manifestation de la nature. Cela ne l'empêchait pas de prier.

Les vents soufflaient avec une telle force qu'il était désormais impossible de se déplacer sur le pont du *Piwanga*. Les Vikings s'étaient tous agrippés, certains au bastingage, d'autres parmi les barriques au centre du drakkar. Les rameurs peinaient à la tâche, car ils devaient manœuvrer en se retenant à leurs bancs pour résister à l'impact des trombes d'eau. À la poupe, le capitaine Rogor et le Viking chargé du gouvernail s'efforçaient de garder le navire face aux vagues. Qu'une seule lame les touchât de côté et le drakkar se retrouverait vite par le fond.

Aleel risquait parfois un coup d'œil pour voir ce qui se passait sur le pont. La plupart du temps, toutefois, elle préférait garder l'œil fermé. Les lames qui s'abattaient sur le *Piwanga* les trempaient jusqu'aux os et le vent qui hurlait à leurs oreilles suffisait à lui rappeler la puissance de la tempête. Les Vikings pensaient pouvoir surmonter cet œil du vent et Aleel souhaitait de toute la force de son âme qu'il en soit ainsi. Mais comment réchapper d'une pareille fureur ?

Comme en réponse à ses prières, le vent tomba soudain. Aleel savoura le silence relatif et réalisa que la pluie semblait aussi avoir décidé de l'épargner. Rouvrant l'œil, elle constata que la mer se calmait rapidement. Même que le ciel se dégageait. Un peu partout sur le drakkar, les Vikings se relevaient, ébahis de ce qu'ils percevaient sans doute comme un véritable miracle. Leur joie éclata en même temps que les premiers rayons de soleil.

— Alors, c'est fini ? demanda Twilop.

— Nous avons vaincu la tempête, répondit Sénid. Nous nous en sommes sortis. Je vous l'avais bien dit, que les Vikings étaient des navigateurs hors pair !

Aleel s'en voulait de devoir jouer les trouble-fête.

— Non, ce n'est pas fini, coupa-t-elle. Nous sommes dans le cœur de la tempête.

Les regards se tournèrent vers la cyclope.

— Tu plaisantes ! s'exclama une guerrière. Le vent est tombé et le ciel se dégage. Pour sûr, nous sommes tirés d'affaire. Regarde, même le soleil cherche à te contredire !

Aleel suivit de l'œil l'endroit que la guerrière désignait de la main. Une percée de soleil faisait scintiller un coin de l'océan. Elle vit le ciel parsemé de petits nuages blancs et sentit la brise légère qui soufflait sur le drakkar. Elle comprenait la méprise des Vikings. Certains commençaient même à remettre de l'ordre sur le *Piwanga*.

Les guerriers du Nord n'avaient aucune expérience d'un œil du vent. Pour sa part, elle savait à quoi s'en tenir.

— Je suis sérieuse, reprit-elle. Un œil du vent frappe toujours en deux étapes. Il débute lentement pour s'intensifier jusqu'à atteindre des proportions catastrophiques. Dans une heure au plus, tout recommencera. Cette fois, nous connaîtrons d'abord les vents les plus violents qui souffleront dans l'autre sens avant que la tempête ne s'apaise progressivement.

Les élans de joie cessèrent au fur et à mesure que les Vikings se répétaient la mauvaise nouvelle.

— Nous allons donc subir une nouvelle fois l'assaut des intempéries, conclut le capitaine. C'est bien ça ?

Aleel hocha la tête.

— J'en ai bien peur, hélas ! L'œil du vent ne sera pas apaisé avant le milieu de la nuit.

— Dans ce cas, ne perdons pas de temps.

Rogor commanda une nouvelle inspection du *Piwanga*. Les cordages furent vérifiés et, pour certains, renforcés. Le capitaine ordonna également une distribution d'eau potable et de vivres. Chacun but et mangea quelques bouchées. Il n'était pas bon d'affronter les éléments déchaînés le ventre creux. Une seconde équipe de rameurs prit place sur les bancs de nage. La précédente, épuisée, pourrait se reposer, si toutefois il était possible de se détendre en étant agrippé à un cordage pour éviter de finir noyé en pleine mer...

Rogor ne paraissait cependant pas satisfait.

— Qu'en est-il du *Ravachol* ?

Le soulagement d'avoir survécu avait fait oublier à tous l'autre drakkar. La frégate du Pentacle aussi d'ailleurs. Aleel grimpa à mi-hauteur dans le mât et scruta l'horizon. Elle ne vit d'abord rien, puis elle repéra un navire assez loin par tribord arrière. Même en concentrant son regard, il lui fallut plusieurs secondes pour reconnaître l'autre drakkar. L'œil du vent l'avait laissé dans un piteux état.

Elle rejoignit le capitaine.

— Le *Ravachol* se trouve à environ un kilomètre de nous, expliqua-t-elle. Son mât s'est cassé et s'est abattu sur le pont. Je ne suis pas experte en navigation, mais je pense que sa position empêchera les rameurs de travailler.

Rogor accueillit l'information dans le calme, ce qui ne fut pas le cas de tous.

— Aurais-tu au moins une bonne nouvelle ? demanda Sénid.

— Il n'y a aucune trace de la frégate.

— Très bien, décida le capitaine. Il nous faut leur porter secours.

Le *Piwanga* pivota et fonça vers le *Ravachol*. Aleel inspecta de nouveau l'autre drakkar. Des silhouettes bougeaient sur le pont, s'affairant à dégager les bancs de nage. Personne ne se hâtait, car l'équipage ignorait que la tempête allait reprendre. La cyclope jeta un regard circulaire et aperçut la masse nuageuse qui approchait. Elle doutait qu'ils puissent venir en aide à leurs collègues. Ils n'auraient sans doute même pas le temps de rejoindre le *Ravachol*, mais il fallait au moins les avertir du retour de la tempête.

L'équipe du *Ravachol* avait aperçu le *Piwanga*, car plusieurs Vikings faisaient des gestes de la main. En même temps, ils se mirent à travailler avec plus d'empressement, ayant sans doute vu à leur tour que l'œil du vent revenait à la charge. Aleel se tourna vers les nuages qui roulaient dans leur direction. Cette fois, elle n'eut plus aucun doute : jamais ils ne rejoindraient le *Ravachol*.

Un premier coup de vent frappa le drakkar, suivi presque aussitôt d'une seconde bourrasque, plus puissante encore. Aleel sentit les premières gouttes de pluie sur son visage. Le capitaine réalisa la gravité de la situation et renonça à rejoindre l'autre navire. Il fit placer le sien face aux vagues qui commençaient à prendre de la hauteur. Aleel regarda une ultime fois le *Ravachol* en songeant aux amis qu'ils se voyaient contraints d'abandonner. La dernière chose qu'elle vit de l'autre drakkar fut l'équipage parer au plus pressé en jetant le mât à la mer.

Un rideau de pluie s'abattit ensuite sur le *Piwanga* et ils ne virent plus rien au-delà de quelques mètres.

★ ★ ★

En dépit des explications d'Aleel, Elbare fut surpris de la vitesse à laquelle le temps se détériora. L'œil du vent reprit sa force complète aussi brusquement qu'il s'était calmé une heure plus tôt. Les vagues soulevaient de nouveau le *Piwanga* en projetant des masses d'eau sur le pont du drakkar. La pluie tombait avec intensité, balayée par les bourrasques. C'était presque comme si la tempête ne s'était jamais arrêtée.

Sur le pont, la plupart des Vikings avaient réussi à s'agripper aux cordages. Courbés, deux hommes reculaient, poussés par le vent. L'un d'eux parvint à saisir la corde d'une main et son compatriote de l'autre. Les guerriers se rattrapèrent au filin et raffermirent leur prise, pour échapper à la mort certaine qui les attendait s'ils tombaient à l'eau. Elbare trouva ironique de songer que lui seul pourrait survivre à une telle mésaventure, du moins pendant quelques jours, jusqu'à ce que le sel imbibe son corps.

Il n'y avait pratiquement plus aucune visibilité et les bourrasques empêchaient le versev de voir l'autre extrémité du *Piwanga*. Il lui était donc impossible de savoir comment Aleel, Nolate et Twilop s'en sortaient. Elbare ne s'inquiétait cependant pas trop pour le centaure et l'hermaphroïde. Personne plus qu'eux à bord n'avait de raisons de faire confiance à la cyclope et de tenir compte de son expertise.

Justement, le Viking qui tenait le gouvernail avait apparemment pris l'avertissement d'Aleel à la légère, car il n'avait pas eu le temps de s'attacher. C'était pourtant nécessaire, puisqu'il ne pouvait à la fois s'agripper aux cordes et tenir la barre. À présent, il cherchait à la fois à maintenir le *Piwanga* face aux vagues et à garder son équilibre. Une double tâche quasi impossible à remplir. La tempête ne lui laissait pas le temps de lâcher prise, même un instant. Ils risquaient à tout moment de se retrouver par le fond.

Quelle inconscience ! Elbare se rappelait comment le responsable du gouvernail avait peiné dans la première partie de la tempête, alors qu'il était pourtant attaché. Cette fois, ce n'était qu'une question de temps avant que l'homme ne passe par-dessus bord ou qu'il lâche le gouvernail pour s'accrocher et sauver sa vie. Les éléments déchaînés retourneraient alors le *Piwanga* d'un seul coup en projetant ceux qui n'étaient pas attachés à la mer et en noyant les autres.

— Ils ne vont pas y arriver, cria Sénid, agrippé juste à côté du versev.

Le Viking avait tiré les mêmes conclusions que lui quant aux conséquences pour eux de l'insouciance du responsable de la barre. Curieusement, cependant, il avait employé le pluriel, alors que le guerrier luttait seul contre les éléments. Elbare remarqua que Sénid ne regardait même pas son compatriote, mais qu'il jetait plutôt de fréquents regards vers la mer. Il n'en comprit pas tout de suite les raisons. Le Viking ne pouvait ignorer qu'il était impossible de distinguer quoi que ce soit à travers le brouillard de pluie et d'embruns. Il était inutile de vouloir repérer le *Ravachol*.

La dernière fois qu'il avait vu le second drakkar, son équipage poussait le mât à la mer. Ce geste désespéré avait dû permettre aux rameurs de regagner leur poste. Si la première partie de la tempête ne lui avait causé aucun autre dommage, le *Ravachol* avait peut-être une chance d'en réchapper. À la façon dont il manœuvrait, on pouvait déduire que l'équipage avait vu le retour de l'œil du vent. Les guerriers avaient ainsi pu s'y préparer, même si le *Piwanga* n'était pas parvenu à les rejoindre à temps pour les prévenir.

Une lame particulièrement forte s'abattit sur Elbare, l'obligeant à se concentrer sur leur propre survie. Une seconde les frappa, Sénid et lui, avec autant de force que la première. Étourdi, le versev ne comprenait pas pourquoi les vagues s'abattaient soudain sur eux, alors que l'élévation de la proue les avait protégés jusque-là. Quand Sénid se risqua à lâcher sa prise, Elbare comprit qu'il n'y avait plus personne au gouvernail et que le drakkar avait tourné dans le vent.

Comme dans un rêve, Elbare vit Sénid courir vers le gouvernail. Une troisième vague saisit le Viking en plein élan, le projetant contre le bastingage de l'autre côté du drakkar. Il agrippa le cordage au dernier moment, se releva et rejoignit le gouvernail. En poussant de toutes ses forces, il parvint à ramener le *Piwanga* face aux vagues. Elbare aurait soupiré de soulagement s'il avait eu des poumons.

Malheureusement, ce n'était que partie remise : Sénid aussi s'épuiserait. Mû par le désespoir, Elbare se leva et marcha jusqu'à lui, en s'agrippant au cordage. Ce qu'il comptait faire, peu de versevs y parvenaient. Lui-même ne l'avait jamais essayé et il ignorait s'il réussirait à se concentrer dans une pareille tourmente. Pourtant, s'il voulait que Sénid tienne le coup, il devait lui donner le moyen de se consacrer entièrement à la manœuvre. Et pour cela, il fallait lui fournir un appui.

— Qu'est-ce qui te prend ? cria le Viking. Cramponne-toi avant de passer par-dessus bord !

Ignorant l'invective, Elbare se concentra. Il songea aux planches qui composaient le pont du drakkar et se répéta qu'il s'agissait de matière autrefois vivante. Lentement, ses orteils racines cherchèrent les interstices entre les planches, les nœuds dans le bois, les points faibles qui pouvaient lui permettre de s'accrocher. Il eut d'abord l'impression que rien ne se passait, puis la transformation s'enclencha enfin. Ses jambes devinrent un tronc, mais il parvint à garder le haut de son corps sous sa forme de bipède. Il tendit les bras et enserra Sénid par la taille.

Le Viking en lâcha presque le gouvernail, tant il était ébahi.

— Garde le cap ! lança Elbare.

Il n'osa en dire plus, sentant que la métamorphose lui échappait. Il ferma les yeux et se reprit juste à temps pour éviter la transformation complète. Il se répéta encore et encore que le sol sous ses pieds était fait de bois. À toute force, il évitait de songer à autre chose. Il devait rester indifférent aux sensations que lui renvoyait le monde, pour éviter autant de redevenir bipède que de se transformer complètement en arbre. Dans les deux cas, ce serait la fin du voyage.

Nolate s'était habitué à la navigation. Pas au point d'apprécier l'expérience, mais au moins il n'avait plus souffert du mal de mer depuis le départ de la pointe Viking. Le centaure n'osait imaginer le supplice qu'aurait représenté ce voyage pour lui s'il avait continué à éprouver des nausées. Il aurait sûrement rendu l'âme dans une pareille tempête ! L'expérience, terrifiante de jour, avait été pire encore de nuit. Bien pire.

L'aube jetait sa pâle lumière sur le *Piwanga*. La mer restait assez agitée, sans toutefois présenter un danger pour le drakkar. Le vent soufflait faiblement et la pluie avait cessé. Les lourds nuages qui roulaient dans le ciel laissaient peu à peu la place au ciel bleu. Lorsqu'un rayon de soleil toucha le *Piwanga*, Nolate se permit de croire les propos rassurants d'Aleel.

— C'est donc bel et bien fini cette fois ? lança-t-il à l'intention de la cyclope.

— Oui, c'est terminé, confirma Aleel. Nous avons échappé à la mort.

— Quels sont les risques de voir un autre œil du vent nous frapper d'ici la fin du voyage ? s'enquit Sénid.

Le Viking s'était assis, adossé à la coque. L'air hagard sur son visage trahissait son épuisement, conséquence de la nuit passée à tenir le gouvernail. Nolate ne pouvait qu'imaginer l'enfer que son élève venait de vivre. Sénid accepta avec reconnaissance l'eau et la nourriture que lui apportait Twilop. Il mangea quelques bouchées et but goulûment. Il ferma les yeux un moment, au point que Nolate le crut endormi. Finalement, le Viking rouvrit les yeux et se tourna vers Aleel.

— Il est rare que deux tempêtes du genre frappent la même semaine, répondit enfin la cyclope. Nous sommes tirés d'affaire. Grâce à toi.

— Je n'y serais jamais arrivé seul.

Sénid se tourna vers Elbare, allongé près de lui. Nolate regardait d'un œil neuf le versev profondément endormi, sachant que tous à bord lui devaient la vie. Le centaure avait encore de la difficulté à croire ce qu'il avait vu un peu plus tôt en rejoignant la poupe. Il ignorait que les versevs pouvaient réussir une transformation partielle et surtout qu'ils pouvaient y procéder sur un plancher de bois. En se fixant au pont du *Piwanga*, Elbare avait servi de point d'ancrage à Sénid qui, fermement retenu, avait pu mettre toutes ses forces à tenir le gouvernail. Mais il était encore plus épuisé que le Viking.

— Comment va-t-il ? demanda Aleel en s'adressant à Twilop.

L'hermaphroïde avait posé une couverture sur lui.

— Je ne l'ai jamais vu dormir aussi profondément, répondit-elle.

L'œil du vent avait causé beaucoup de dégâts sur le *Piwanga*. Les Vikings avaient déjà commencé à remettre de l'ordre à bord ; ils travaillaient avec ardeur malgré leur fatigue. Chacun devait collaborer pour assurer la poursuite du voyage. Mais le versev pouvait être laissé à son sommeil, il avait largement mérité de se reposer.

Une fois la tempête calmée, le capitaine avait fait le tour du drakkar et il avait adressé quelques mots de réconfort à ses compatriotes les plus marqués par la tempête. Il en avait profité pour vérifier si quelqu'un manquait à l'appel. Malgré la violence des éléments déchaînés, il n'y avait aucune perte à déplorer. Nolate avait eu du mal à y croire. Même le Viking que Sénid avait dû remplacer à la barre était parvenu à agripper la rambarde et à se maintenir à bord. En dépit de ce véritable miracle, l'ambiance demeurait maussade sur le *Piwanga*. Nolate jeta un nouveau regard sur l'océan.

Même Aleel ne voyait aucun signe du *Ravachol*.

— Il a sûrement sombré, commenta la cyclope. Un œil du vent ne pardonne jamais.

— Nous avons pourtant réussi à le surmonter, s'objecta une guerrière. Pourquoi n'y seraient-ils pas arrivés ?

Aleel hésita avant de répondre.

— Il faudrait qu'il y ait eu un second miracle.

— Il est hors de question de renoncer ! s'écria la guerrière. Nous devons les chercher.

— Nous chercherons jusqu'au crépuscule, décida Rogor. Passé ce délai, il faudra poursuivre notre voyage. N'oublions pas que l'existence même des peuples du Monde connu dépend de la mission de nos passagers.

Aleel grimpa au mât sous le regard chargé de colère de la guerrière. Nolate comprenait fort bien ce que ressentait la femme du Nord. Le centaure souhaitait revoir l'équipage du *Ravachol* tout autant que les Vikings. Cependant, la mission de récupération des morceaux de Pentacle devait garder la priorité. Chacun était conscient de cet impératif lors de l'embarquement à Dragonberg.

— Je vois quelque chose à tribord, annonça la cyclope, à peine arrivée à son poste.

Sénid se rua de ce côté, en compagnie de plusieurs Vikings. Tous scrutaient les flots. Nolate aperçut une masse qui dérivait sur les vagues. Le capitaine avait déjà donné un ordre et le *Piwanga* fonçait vers l'objet. Le centaure crut d'abord qu'il s'agissait d'un arbre que la tempête aurait arraché à la rive. Lorsque le drakkar fut plus près, il réalisa que c'était autre chose : le mât d'un navire.

Un Viking lança un grappin pour capturer l'objet et l'amener contre la coque du *Piwanga*. Il s'agissait effectivement d'un mât, entouré de lambeaux de voile qui flottaient sur les vagues. La taille du mât et la forme que le centaure parvenait à deviner dans les parties intactes du pan de tissu lui confirmèrent ses pires craintes. Il s'agissait du mât du *Ravachol*.

— Ils ont donc sombré, en fin de compte, se désola le capitaine.

— Pas nécessairement, intervint Sénid. Quand la tempête a repris, l'équipage du *Ravachol* est parvenu à jeter le mât cassé à la mer.

— Vous en êtes sûr ?

— Absolument.

Le capitaine resta silencieux un long moment, plongé dans une intense réflexion. Il demanda à Aleel si elle voyait d'autres débris sur l'océan. La cyclope scruta la mer avec soin avant de répondre par la négative. Le constat laissa le capitaine perplexe. Nolate avait au contraire l'impression que l'absence de débris constituait une bonne nouvelle : il y avait de l'espoir que le *Ravachol* soit toujours à flot.

— Mettez le cap au sud, ordonna soudain Rogor. Nous allons poursuivre les recherches tout en reprenant notre route.

Nolate fut surpris de ce changement dans les plans du capitaine.

— Pourquoi le sud ? Cela va nous éloigner de leur dernière position.

— Peu importe, rétorqua Rogor. Je laisse continuer les recherches uniquement pour le moral de l'équipage. En fait, je savais dès l'aube qu'il n'y avait rien à faire.

— Je ne vous suis pas.

— S'ils ont sombré, expliqua le capitaine, nous ne retrouverons que des corps. Personne ne pouvait sur-vivre en mer dans une tourmente pareille. Si le *Ravachol* est à flot, la perte de son mât va l'empêcher de nous suivre.

— Dans les deux cas, compléta Nolate, nous devrons le laisser en arrière ou prendre un retard considérable dans notre mission.

— Vous avez compris. Eksab est compétente et saura se débrouiller. Elle enverra son équipe à terre pour fabriquer un nouveau mât. Au besoin, ils fabriqueront même un nouveau drakkar. Profitons du vent favorable et allons-y.

CHAPITRE QUINZE

Lama entra dans la salle du trône. Pour l'occasion, elle avait choisi la robe cendrée qui lui conférait un air sévère. Cette toilette servait à impressionner ses interlocuteurs, qui se hâtaient de répondre à ses questions pour pouvoir fuir sa présence le plus vite possible. Cette fois, il s'agissait d'intimider le prisonnier. Certes, elle ne croyait pas que l'homme dévoilerait tous ses secrets à la seule vue de sa tenue vestimentaire, mais l'effet psychologique participerait à sa mise en condition. Lama n'avait aucun doute, elle le briserait. Le Viking, un dénommé Waram, lui révélerait tout.

L'homme se tenait debout au centre de l'allée, à quelques mètres de l'estrade sur laquelle se trouvait le trône. Ses vêtements en haillons et les ecchymoses sur son visage prouvaient combien ses geôliers lui avaient mené la vie dure pendant le voyage. Il restait pourtant bien droit entre deux gardes et la corde qui lui enserrait le cou ne semblait pas avoir entamé sa fierté. Lama s'autorisa un sourire furtif en songeant à son divertissement imminent. La joute contre cet adversaire constituerait un changement agréable par rapport aux interrogatoires qu'elle infligeait parfois à des prisonniers apeurés.

Lama adopta un pas volontairement lent et majestueux pour impressionner davantage. Elle marcha jusqu'au trône et s'y installa, feignant d'ignorer le détenu. Elle attendit un moment avant de baisser enfin le regard vers le Viking. Le colosse blond lui rendit son regard. Un garde tira un coup sec sur la corde de manière à forcer le prisonnier à baisser la tête.

— À genoux devant ta déesse, chien !

— Allons, soldat, fit-elle d'une voix mielleuse. Ce n'est pas une façon de traiter un invité. Cet homme est un fier guerrier du Nord, pas un vulgaire voleur. Nul doute qu'il va nous montrer toute sa fidélité à la couronne du Pentacle et nous dire tout ce qu'il sait. N'est-ce pas ?

Elle s'était tournée vers Waram en posant cette question. Le Viking se releva, sous l'œil vigilant des gardes. Il resta cependant muet. Lama le toisa et, une fois encore, le prisonnier soutint son regard. De plus en plus amusée, elle décida d'une nouvelle approche. Elle se leva, descendit de l'estrade et s'avança jusqu'à l'homme. Elle s'arrêta à moins d'un mètre du Viking. Il ne broncha pas.

— Je sais déjà beaucoup de choses, commença-t-elle. Tu te nommes Waram. Ton drakkar transportait cinq passagers : un de tes compatriotes, un centaure, une cyclope, un versev et une créature que tu dois considérer comme une femme albinos et qui est en fait une hermaphroïde... Ah ! Ce mot t'est familier ! Tu vois, j'en sais beaucoup.

Elle fit une courte pause.

— Il y a cependant des choses que tu peux m'apprendre. Le but de votre voyage et les intentions des cinq fugitifs, par exemple.

Waram ferma les yeux un moment. Quand il les rouvrit, il semblait plus pâle, comme en proie à une grande frayeur. La déesse en fut déçue. Elle s'était attendue à plus de résistance de sa part. Mais elle n'avait eu qu'à descendre du trône pour le briser. En fixant le Viking droit dans les yeux, elle réalisa qu'il paraissait plutôt en proie à une vive douleur. Elle sourit, satisfaite. Ce prisonnier allait l'amuser encore plus qu'elle ne l'avait cru.

Le garde de gauche se crut obligé d'intervenir.

— Pardonnez-moi, déesse, mais il me semble qu'il...

Elle le fit taire d'un geste de la main. En adoptant une démarche posée, elle fit le tour du Viking. La sueur commençait à couler sur la nuque de l'homme du Nord et il paraissait pris de tremblements. Lama imaginait sa souffrance et s'en amusait. Dans un instant, elle lui donnerait une leçon d'humilité qui lui ferait prendre conscience de la futilité de ses efforts.

— Tu sais, fit-elle, je finirai par tout savoir. Ton silence s'avère donc inutile. Tu vas tout me dire et tout ira bien ensuite pour toi.

— Je me permets d'insister, déesse, coupa le garde. Cet homme est en train de...

— *Karrga* ! lança-t-elle soudain en accompagnant son cri d'une gifle.

Il ne s'agissait que d'un léger soufflet administré du revers de la main. Le garde vola pourtant dans les airs sur près de deux mètres avant de retomber sur le dallage noir et blanc. Il glissa sur plusieurs mètres et se heurta durement à une colonne. Lama se désintéressa du soldat qui s'était pratiquement assommé contre le pilastre de marbre. À l'avenir, le garde saurait qu'il ne devait intervenir qu'à la demande de sa déesse.

Lama reporta son attention sur le Viking.

— Tu as vu ? Tu vois ce qu'une magicienne peut faire ? Il m'a suffi d'un seul mot pour décupler ma force. Voilà le genre de pouvoir que je pourrais utiliser contre toi. Je pourrais te faire souffrir le martyre si je le voulais. Nul besoin pour ça de te confier à mes bourreaux.

Elle se colla tout contre le Viking et lui murmura à l'oreille :

— Mais nous n'aurons pas besoin d'en arriver là, n'est-ce pas ?

Lama fit de nouveau le tour du prisonnier. Elle ne craignait nullement que l'homme se rebiffe, et encore moins qu'il tente de l'attaquer. L'eût-il envisagé que ses pouvoirs de prescience l'auraient avertie et qu'elle se serait mise hors de portée à temps. La magicienne acheva de tourner autour de sa proie en se délectant de sa crainte. Elle s'immobilisa à nouveau devant lui.

— Ma magie ne se limite pas à de simples tours de force physique, reprit-elle. J'ai aussi des pouvoirs sur l'esprit des êtres.

Elle leva soudain les mains, poings fermés, et les posa sur les tempes du Viking.

— Là, par exemple, j'utilise un sortilège qui me permet de lire les pensées. Lentement, mon esprit s'infiltre dans le tien et me permet de te connaître aussi bien que si j'avais vécu chaque instant de ta vie. Ainsi, je saurai tout ce que tu sais de la mission des fugitifs.

Des larmes apparurent au coin des yeux du prisonnier.

— Tu commences enfin à comprendre, sourit-elle. Toute cette douleur que tu t'infliges pour éviter de me répondre aura été vaine. Tu n'as aucun moyen de me cacher la vérité. Pas même celui que tu as choisi. C'est en vain que tu t'es mordu la langue pour la trancher.

La magicienne continua à scruter l'esprit du Viking. Le prisonnier tremblait de plus belle, épuisé par la souffrance qu'il s'était imposée. En lui révélant qu'elle connaissait son dessein, Lama avait brisé ses dernières résistances mentales. L'esprit du prisonnier devint comme une scène sur laquelle se rejouaient ses souvenirs. Lama balaya ceux qui lui étaient inutiles et se concentra sur les cinq fugitifs. Elle revit le centaure Nolate répéter le plan de Pakir.

Et ce fut à son tour de ressentir de la frayeur.

Lama relâcha sa prise et fit un pas en arrière. Soudain privé de cet appui, le Viking tomba à genoux. La magicienne regardait sans le voir le prisonnier qui crachait des flots de sang. Le choc de sa découverte la laissait comme assommée. Désormais, elle savait jusqu'où Pakir était prêt à aller pour l'empêcher de créer un monde nouveau. Il avait mis en route la seule menace capable de l'anéantir. Lentement, sa fureur chassa son effroi.

Elle se pencha sur le Viking, toujours agenouillé.

— Vous voulez donc ma mort ! rugit-elle d'une voix tremblante d'émotion. Je peux t'assurer que je ne vous donnerai pas satisfaction. Je vais faire en sorte que mon triomphe soit incontestable. Et tu sais quoi ? Je veux que tu y assistes.

Elle se redressa et s'adressa aux gardes.

— Emmène-le chez le médecin, ordonna-t-elle. Qu'il soit bien soigné. Ensuite, je me chargerai de lui à ma manière. J'ai dit !

Les soldats obtempérèrent sans oser le moindre commentaire. Celui qu'elle avait envoyé valser à l'autre bout de la pièce massait son épaule endolorie. Les deux gardes relevèrent le Viking qui n'avait plus la force de se tenir debout et le traînèrent hors de la salle du trône. Lama resta seule à réfléchir à son problème. Lentement, elle recouvra son calme et trouva même la force de sourire. Elle mettrait tout en œuvre pour retourner la situation à son avantage, d'une manière ou d'une autre.

Le courant du fleuve n'était pas trop puissant. Il freina néanmoins le *Piwanga* lorsqu'il s'engagea dans l'embouchure du Moneil. Les rameurs se mirent au travail pendant que Borgar, au gouvernail, faisait pivoter le drakkar pour l'engager dans le cours d'eau. Deux mois après le départ de Dragonberg, ils arrivaient enfin à l'île Majeure. Certes, ils ne remontaient pas le bon fleuve, mais au moins, ils se trouvaient en territoire cyclopéen.

Aleel observait le paysage qu'elle ne connaissait guère plus que ses compagnons de voyage. Les cyclopes vivaient essentiellement dans la moitié nord de l'île Majeure et sur les rives de l'Agnarut. Les forêts tropicales ressemblaient en tout point à celles de la côte ouest. Néanmoins, cette vision émouvait la cyclope. Elle respirait à fond l'air du pays.

Les huit derniers jours en mer appartenaient enfin au passé. Après le constat de la perte du *Ravachol*, bien qu'on ne sût pas s'il avait sombré ou s'il était seulement perdu en mer, le moral avait été pour le moins maussade pendant le reste du voyage. Pourtant, ils avaient profité d'un vent favorable jusqu'à l'extrémité de l'île Majeure, après quoi une brise du sud avait soufflé au bon moment pour les pousser vers le nord, une fois l'île contournée. Il n'y avait eu qu'une journée de pluie pendant le reste du voyage et encore, sous un temps calme. Tout, en somme, pour les avantager. Après les déboires qui s'étaient multipliés depuis le départ de Dragonberg, il était temps que la chance tourne enfin en leur faveur.

— Voilà donc ton pays, commenta Nolate. Il doit être agréable de se retrouver chez soi.

— Oui, c'est vrai. Même si mes compatriotes ne vivent pas dans cette partie de l'île, c'est tout de même mon foyer. Mais nous ne sommes pas encore à destination. Il nous faut traverser une vaste région inhabitée.

— Ne t'inquiète pas pour cela, la réconforta Sénid. Une carte imprécise et ancienne ne nous empêchera pas de remonter ce fleuve.

La confiance de Sénid dans les capacités de navigation de ses compatriotes ne rassurait que modérément la cyclope. Elle se rappelait trop bien les réunions pendant lesquelles ils avaient étudié la route à suivre. Le capitaine détestait ne posséder pour seule source d'information qu'une carte dressée à l'époque de la création du Pentacle. Personne ne semblait avoir exploré cette région depuis, de sorte qu'ils naviguaient en territoires inconnus.

Il reconnaissait tout de même qu'une carte récente leur aurait été de peu d'utilité, une fois dans le Moneil. Des bancs de sable se formaient dans les cours d'eau et ils risquaient de s'échouer. Sénid répétait que les drakkars étaient conçus pour naviguer dans des eaux peu profondes et Aleel se rappelait comment ils avaient piégé un pirate, lors de la bataille survenue durant la première semaine du voyage. Ils devaient remonter le fleuve jusqu'à sa première courbe. Sauraient-ils en éviter tous les pièges ?

De toute façon, ils n'avaient aucun autre choix.

— Je n'y connais rien en navigation, dit Nolate. Combien de temps nous faudra-t-il pour atteindre l'endroit où nous devrons laisser le navire ?

La carte indiquait une large courbe qui amenait le fleuve à changer complètement de direction dans sa course vers la mer. Mais, depuis le drakkar, la déviation demeurait imperceptible et le Moneil paraissait avoir un cours assez droit. Il prenait naissance dans les montagnes les plus méridionales de la chaîne bordant l'île Majeure et descendait d'abord vers le nord, avant de bifurquer vers le sud-est. Ils avaient prévu le remonter jusqu'à l'endroit où le changement de direction se produisait de façon plus marquée. Poursuivre plus loin les éloignerait de leur objectif.

— Quelques heures tout au plus, estima Sénid. Quand un cours d'eau coule en droite ligne comme ce fleuve, on y trouve moins de hauts-fonds. La navigation sera encore plus facile que je ne l'avais estimé. Ce qui n'empêchera pas le capitaine de rester prudent, évidemment.

Il avait conclu son commentaire en montrant deux Vikings à la proue, un homme et une femme. Penchés au-dessus de la rambarde, les guerriers scrutaient les flots à la recherche du moindre obstacle. Soudain, la femme leva un bras et pointa une zone de remous dans les flots sombres. Le capitaine donna le signal et Borgar poussa sur le gouvernail. Le *Piwanga* passa à plusieurs mètres de la zone signalée.

— Je suppose qu'il sera difficile de nous frayer un chemin dans cette forêt, observa Nolate.

Le centaure faisait référence à la forêt tropicale dense qui bordait les deux rives du Moneil. Elle ressemblait à celle qu'ils avaient traversée sur l'île aux sirènes. Aleel avait convaincu les Vikings de dresser un camp sur la rive pour y passer la nuit, avant d'entreprendre la traversée de cette jungle. Devait-elle leur parler des conditions qu'ils rencontreraient dans la suite du voyage ? Pas encore.

— Ce ne sera pas facile, affirma la cyclope. Il nous faudra deux jours pour atteindre le premier village. Il s'agit en fait du camp d'entraînement des recrues de notre armée. Nous y rencontrerons des officiers qui pourront nous conduire à Œculus.

— Tu sembles croire qu'il sera aisé de les convaincre, commenta Sénid. Pour ma part, je pense qu'ils ne seront pas contents de trouver un groupe de guerriers vikings sur leur territoire.

— Surtout que les officiers du Pentacle ont certainement transmis notre signalement, ajouta le centaure. Il doit y avoir une récompense substantielle attachée à notre capture.

— Le roi ne nous extradera pas sans nous recevoir, assura Aleel. Chacun de ses sujets peut en appeler à la justice royale en cas de conflit grave. Nous le persuaderons de la justesse de notre cause. Notre amie Twilop représente une preuve suffisante des intentions maléfiques de la déesse. Le roi sera convaincu et nous scellerons l'alliance entre Vikings et cyclopes.

— Tu as vraiment une grande confiance dans la clairvoyance de votre souverain, commenta Nolate. Que ferons-nous si tu te trompes ?

— Je ne me trompe pas ! s'emporta Aleel. Maintenant, excusez-moi, nous arrivons à la grande courbe du Moneil : je vais montrer au capitaine un endroit propice où dresser le camp.

Aleel se leva, soulagée. Elle commençait à trouver son secret de plus en plus lourd à porter. Peut-être devait-elle tout dire à ses amis dès à présent ? Elle n'osait toujours pas. Elle redoutait qu'ils la rejettent quand ils sauraient qui elle était et ce qu'elle avait fait.

Et ce qu'elle devait encore faire.

Après deux mois en mer, Twilop aurait cru qu'elle apprécierait au plus haut point un sol stable pour dormir, plutôt que le pont agité d'un drakkar. Pendant le trop long voyage, ils n'avaient débarqué sur la terre ferme qu'à deux reprises, lors de la halte de la pointe Viking et sur l'île des Sirènes, sans passer une seule nuit ailleurs que sur le *Piwanga*. Cette fois, enfin, ils étaient à terre, dans le camp que les Vikings avaient préparé sur la rive du Moneil. Et l'hermaphroïde éprouvait sa première insomnie de tout le voyage.

Twilop se retourna une fois de plus dans sa couche. Le sommeil la fuyait toujours. Pourtant, le feuillage qui lui servait de lit lui procurait son premier matelas depuis le départ de Dragonberg. Avait-elle pris l'habitude du plancher de bois du drakkar au point de ne plus supporter le confort ? Le hululement d'un hibou se mêla aux autres bruits nocturnes de la jungle. L'hermaphroïde soupira. Avec tant de bruit, pas étonnant qu'elle ne trouve pas le sommeil.

Quelqu'un se leva tout près d'elle. Une silhouette se déplaçait discrètement. Twilop reconnut Aleel à la lueur du feu de camp. La cyclope cherchait sans doute l'abri des arbres pour soulager un besoin naturel. Elle se déplaçait avec discrétion, en prenant soin de ne pas réveiller ceux qui dormaient. Mais elle se comportait étrangement, ce qui fit froncer les sourcils à Twilop.

Plutôt que d'avertir les sentinelles, elle cherchait à les éviter.

Intriguée, l'hermaphroïde suivit son amie des yeux, jusqu'à la perdre de vue dans l'obscurité du sous-bois. Qu'Aleel ne souhaite pas réveiller les membres de l'expédition endormis était une chose. Qu'elle sorte du camp en catimini à l'insu des sentinelles, c'était là un geste surprenant. Twilop aurait presque pu croire que la cyclope avait décidé de les abandonner.

Le comportement énigmatique de leur compagne de voyage enlevait à l'hermaphroïde sa dernière chance de trouver enfin le sommeil. Elle repoussa donc sa couverture et enfila ses chaussures. Elle s'éloigna du camp tout aussi discrètement qu'Aleel un instant plus tôt et s'engagea sur le même chemin qu'elle. Elle parvint elle aussi à éviter d'attirer l'attention des sentinelles. Cela la surprenait, sachant à quel point les Vikings se montraient vigilants, habituellement.

Elle ne trouva aucune trace du passage d'Aleel. Rien d'étonnant à cela. C'était la nuit et elle n'avait aucun talent pour le pistage. Il y avait cependant une piste animale qu'elle suivit sur quelques mètres. L'hermaphroïde réalisa la futilité de ses efforts pour retrouver Aleel et fit demi-tour. Il valait mieux qu'elle prévienne les autres de ce départ inattendu.

Elle comprit soudain qu'elle n'apercevait plus la lueur du feu de camp. Quelle direction devait-elle prendre ? Sentant poindre un début de panique, elle songea à crier pour signaler sa position. Elle renonça à ce projet, ignorant si un tel comportement pouvait attirer une bête sauvage. Mieux valait garder cette option comme dernier recours. L'hermaphroïde se mit en marche. Quelques pas dans la direction d'où elle était venue lui permettraient de repérer la lueur du feu à travers les branches du sous-bois.

Au bout d'une vingtaine de minutes, elle dut reconnaître qu'elle s'était vraiment égarée. Hormis la lueur de la lune qui franchissait à peine le feuillage, il n'y avait aucune lumière pour la guider. Elle envisagea une nouvelle fois de crier, mais opta pour une dernière tentative et reprit sa marche. Quelques instants plus tard, elle vit de la lumière.

— Enfin ! murmura-t-elle, en sortant de la forêt.

Elle comprit aussitôt son erreur. Devant elle, il y avait une large clairière et, en son centre, un camp éclairé par quelques feux qui n'avaient rien à voir avec celui des Vikings. Une palissade protégeait le camp, accessible seulement par une entrée où deux sentinelles montaient la garde. Ce mur de pieux prouvait que le campement existait depuis longtemps. C'était celui qu'avait mentionné Aleel, assurément. Sauf qu'il se trouvait à beaucoup moins de deux jours de marche.

Les sentinelles avaient également aperçu l'intruse qui sortait du boisé, car ils donnèrent l'alerte avant de se précipiter vers elle. Twilop n'envisagea à aucun moment de prendre la fuite. Les soldats connaissaient sûrement mieux les environs qu'elle et la retrouveraient avant qu'elle n'aille bien loin. Elle écarta lentement les bras pour montrer qu'elle n'avait aucune arme.

— Qui êtes-vous ? demanda une des sentinelles.

Twilop hésita, réfléchissant à ce qu'elle pouvait dire et à ce qu'il valait mieux cacher pour le moment.

— Je ne suis pas votre ennemie, éluda-t-elle. Je cherche une amie qui s'est égarée dans les bois.

— En pleine nuit, dans une région pratiquement inhabitée ? Il va falloir trouver mieux comme histoire. Notre commandant sera certainement intéressé de l'entendre. Suivez-nous sans résister et il ne vous sera fait aucun mal.

Les deux sentinelles conduisirent leur prisonnière à l'intérieur du camp. Twilop devint vite l'objet de l'attention des soldats chargés des feux. Elle put voir à la lueur des flammes leurs visages juvéniles. L'hermaphroïde se rappela qu'il s'agissait d'un camp d'entraînement pour les recrues. Cependant, son attention se porta rapidement sur les deux cyclopes en pleine discussion à l'entrée d'une tente plus imposante que les autres. Elle supposa que l'officier était le commandant du camp. Effarée, Twilop reconnut l'interlocuteur, en fait une interlocutrice. Aleel.

— Je leur ai recommandé le bois des enmétals comme combustible pour le feu de camp, expliquait son amie cyclope. L'effet soporifique de sa fumée rendra les Vikings plus dociles.

— Nous irons les chercher à l'aube... Qu'est-ce que c'est ?

L'officier s'était tourné vers Twilop et son escorte.

— Nous l'avons faite prisonnière à l'orée de la forêt, annonça un garde.

Aleel considérait les arrivants. Twilop vit la cyclope pâlir en découvrant l'identité de la prisonnière. L'hermaphroïde se ressentait également du choc. Non seulement leur compagne de voyage déambulait librement dans le camp cyclopéen, mais elle venait d'avouer qu'elle avait trahi les Vikings en les rendant incapables de se défendre. Cela expliquait la facilité avec laquelle elles avaient pu quitter le camp sans attirer l'attention des sentinelles. Cela signifiait aussi qu'Aleel était une traîtresse et qu'elle les leurrait depuis le début.

Le souffle du vent dans le feuillage provoquait moins de bruit que les vagues quand elles se brisaient contre la coque du *Piwanga*. Ce bruissement réveilla pourtant Sénid. Après un si long séjour en mer, il s'était si bien accoutumé aux bruits de l'océan qu'il ne les remarquait plus. Il en allait autrement de ceux de la terre. En sentant la lumière du jour sur son visage, il ouvrit les yeux et aperçut le ciel bleu entre les branches. Il était déjà temps de se lever.

Aleel ne se trouvait pas dans son lit de branchage. Elle devait discuter avec Nolate et le capitaine Rogor de la meilleure façon de traverser cette jungle. Sénid ne vit Elbare nulle part non plus. Le versev devait se régaler de ce sol riche, enraciné dans un coin de la clairière. En revanche, le Viking fut étonné de découvrir que Twilop aussi s'était levée avant lui. Il n'avait jamais vu en l'hermaphroïde une paresseuse, mais elle était presque toujours la dernière à quitter le confort de sa couverture.

Sénid retrouva Nolate en compagnie du capitaine, comme il l'avait supposé. Par contre, Aleel n'était pas à leurs côtés. Sans doute prenait-elle son repas matinal avec Twilop et les rejoindrait-elle dans un moment. En le voyant arriver, le centaure se détourna du capitaine et attendit que son élève soit arrivé à leur côté.

— Justement, j'allais te faire chercher, fit-il. Aleel a disparu.

— Elle doit être en train de casser la coûte avec Twilop, répondit Sénid. Il n'y a pas matière à paniquer.

— Ce n'est pas le cas, répliqua Rogor. Personne n'a vu votre amie cyclope depuis ce matin. L'hermaphroïde non plus, d'ailleurs.

L'information surprit Sénid, qui chercha aussitôt une explication.

— Elles ont peut-être décidé de s'offrir une nouvelle baignade dans le fleuve, supposa-t-il sans trop y croire.

La veille, une fois le camp dressé, l'équipage avait profité du reste de la journée pour se remettre des épreuves du voyage en mer. Un bain dans le Moneil avait permis à chacun de chasser la crasse accumulée au fil des jours. Bien sûr, ils avaient pu se laver à l'occasion sur le *Piwanga*, mais à l'eau salée seulement, les réserves d'eau douce ne servant qu'à la consommation. La baignade dans le fleuve leur avait permis de nettoyer le sel à l'origine de bien des irritations. Aleel et Twilop avaient pu décider qu'un nettoyage supplémentaire s'imposait.

— Nous avons vérifié, confirma Nolate. Elles ne sont nulle part dans le camp ni dans les environs immédiats. Elles ne répondent à aucun appel non plus.

— Trois équipes viennent de partir à leur recherche, expliqua le capitaine. Je crois qu'elles sont sorties du camp au cours de la nuit, peut-être pour soulager un besoin naturel. Une bête a pu les attaquer.

Sénid frémit en imaginant Aleel victime de l'attaque d'un fauve ou de tout autre animal féroce hantant cette jungle. Comment envisager la suite de la mission en sachant la cyclope morte quelque part dans cette contrée hostile ? Son absence créerait un vide impossible à combler dans leur équipe. Le Viking songea ensuite à Twilop, qui aurait eu plus de difficulté à se défendre contre un animal sauvage ; sa mort serait une catastrophe plus grande encore.

Mais qu'il se soit d'abord inquiété pour Aleel le perturbait plus qu'il ne l'aurait cru. Il s'efforça d'éviter d'approfondir cette réflexion.

— Les sentinelles les auraient vues sortir du camp, objecta-t-il. Elles auraient donné l'alerte en constatant qu'elles ne revenaient pas.

— Elles auraient difficilement pu nous alerter, révéla Rogor. Les gardes se sont tous endormis à leur poste.

— Comment ?

Furieux, Sénid ferma les poings.

— J'ai ressenti la même colère quand je les ai découverts endormis, à l'aube. Votre ami versev m'a cependant convaincu qu'ils n'étaient pas à blâmer. Apparemment, nous avons utilisé pour le feu un bois dont la combustion provoque une fumée aux propriétés soporifiques.

— C'est pourtant Aleel qui a choisi les arbres. Elle a même insisté pour que nous prenions ce bois plutôt que tout autre.

— Vraiment ? s'étonna Nolate. Elle devait ignorer l'effet de la fumée.

— Pourquoi son insistance, dans ce cas ?

Sénid n'apprécia pas le sous-entendu qu'impliquait la question du capitaine.

— Insinuez-vous qu'elle a agi sciemment ? s'indigna-t-il. Nous sommes alliés. Pourquoi aurait-elle fait une chose pareille ?

Rogor leva lentement les mains dans les airs, comme s'il se rendait face à un ennemi.

— Pour alerter les siens afin qu'ils nous surprennent, lança-t-il.

Le capitaine fit un mouvement du menton en direction de la clairière, derrière Sénid qui se retourna et resta figé par la surprise. Plusieurs cyclopes vêtus d'uniformes militaires venaient de surgir du bois. Quelques Vikings eurent le temps d'attraper leur épée. En retour, les cyclopes levèrent lentement leur arbalète. Le capitaine sembla réaliser la futilité de toute résistance, car il ordonna à ses guerriers de déposer leurs armes. Un à un, les gens du Nord obtempérèrent.

Un officier cyclope s'avança au centre de la clairière.

— Voilà un geste sensé, capitaine. Tout sera plus simple si vous obéissez sans nous causer de problème. Je crois d'ailleurs que telle n'est pas votre intention.

Il se tourna vers les Vikings.

— Vous êtes entrés illégalement sur les terres de Sa Majesté Sirrom VII, annonça-t-il. Je vous demande de vous montrer coopératifs et de récupérer vos effets personnels. Nous allons vous emmener devant les autorités qui décideront de votre sort.

Sénid retourna à son lit de branchages et ramassa ses affaires. Avisant celles d'Aleel, il les prit également, pendant qu'Elbare se chargeait des biens de Twilop. Ils rejoignirent ensemble les prisonniers. La mort dans l'âme, Sénid songea à ce qui venait de se passer. Ils avaient risqué l'arrestation en débarquant secrètement en pays cyclope.

Toutefois, il n'aurait pas cru que ce serait à la suite d'une dénonciation d'Aleel.

Nolate fut surpris lorsqu'ils sortirent de la jungle pour aboutir sur le flanc d'un val déboisé et assez bien aménagé. Il remarqua le camp militaire entouré d'une palissade et, au-delà, une plaine faite de pâturages et de champs de culture. Des paysans se chargeaient des récoltes dans certains d'entre eux. Au loin, sur l'autre flanc de la vallée, le centaure aperçut un village et une route qui se perdait à l'horizon. Un nuage de poussière révélait le passage d'une diligence qui filait dans le lointain.

Aleel avait décrit cette vallée en parlant de la marche qui les séparait de l'Agnarut. Elle avait cependant parlé d'un voyage de deux jours pour traverser la jungle alors qu'il leur avait fallu quinze minutes à peine. Nolate aurait voulu croire qu'elle s'était trompée, tant la véritable conclusion lui était douloureuse. Il fallait pourtant l'accepter, Aleel les avait livrés à ses compatriotes !

Il avait fallu attendre plusieurs minutes avant de partir de la clairière qu'ils avaient aménagée pour passer leur première nuit en pays cyclope. Redneb, commandant du camp cyclopéen, avait permis aux Vikings de tirer le *Piwanga* hors de l'eau pour éviter qu'il ne parte à la dérive et se perde dans l'océan. Quelques cyclopes avaient même aidé à la manœuvre. Ils avaient ensuite rappelé les équipes parties trouver Aleel et Twilop. Sénid avait protesté.

— Nous ne pouvons pas les abandonner en pleine jungle !

— Rassurez-vous, avait expliqué Redneb. Elles sont toutes deux en sécurité dans notre campement. Vous leur devez d'ailleurs une fière chandelle. Si Aleel ne nous avait pas révélé votre présence, nous aurions sûrement attaqué plutôt que de nous contenter d'une arrestation.

Malgré cette information, Nolate n'avait pas vraiment cru en la trahison d'Aleel. Il pensait plutôt que les soldats cyclopéens l'avaient capturée et qu'elle avait parlé sous la contrainte. Pourtant, elle avait menti concernant la durée de la traversée de la jungle. En fait, ils auraient pu rejoindre le camp fortifié la veille, sans dresser de campement près de la rive. Il fallait se rendre à l'évidence : Aleel avait organisé cette halte pour se donner le temps de rejoindre seule le campement. L'usage du bois à la fumée soporifique s'ajoutait aux pièces à conviction qui l'accusaient.

Sénid marchait juste à côté de Nolate. Le centaure voyait à quel point cette trahison affectait son élève. Il n'avait jamais vu le Viking aussi déprimé. Même son entraînement dans la garde du Pentacle, à Capitalia, n'avait pu briser son moral. Seulement, entre le Viking et la cyclope, il s'était développé une profonde amitié.

Les prisonniers suivirent leurs gardiens jusqu'au camp fortifié. Ils défilèrent devant les soldats de l'armée cyclopéenne et furent conduits dans un coin du campement. L'endroit ressemblait fort peu à une prison, ce qui calma les appréhensions de Nolate. Le commandant Redneb avait assuré qu'ils seraient bien traités aussi longtemps qu'ils coopéreraient. Étant donné qu'ils avaient rejoint l'île Majeure justement pour sceller une alliance avec les cyclopes, le centaure avait confiance que les Vikings respecteraient les règles qu'édicteraient leurs gardiens.

Le commandant Redneb s'approcha du capitaine et de Nolate.

— Vous passerez la nuit ici, expliqua-t-il. Demain, nous vous escorterons vers le port de Xis Nogrev pour vous amener par barge jusqu'à Œculus, où on décidera de votre sort. Préparez-vous pour la marche de demain. Nous allons vous servir un repas dans peu de temps.

— Nous n'avions aucune intention hostile à l'égard de votre peuple, déclara le capitaine. Nous sommes en mission et souhaitons une audience auprès de votre roi.

— Vous êtes entrés illégalement dans le royaume de Sa Majesté, rappela Redneb. Cela, il me semble, n'est pas la meilleure façon de vous assurer qu'il se sentira bien disposé à votre endroit.

Sénid osa intervenir.

— Qu'en est-il de nos amies ? demanda-t-il. Vous ne pouvez rien reprocher à Twilop. Quant à Aleel, je vous assure que votre compatriote est une personne digne de confiance.

La remarque sembla amuser le commandant.

— Comme je vous l'ai dit, elles vont bien toutes les deux.

— Pouvons-nous les voir ?

— Je regrette, mais une diligence les conduit à Xis Nogrev. Elles arriveront à Œculus une journée avant vous. Je crois bien que vous les reverrez là...

Nolate se rappela la diligence qu'il avait aperçue au loin, à la sortie de la forêt. Apparemment, ils avaient manqué Aleel et Twilop de peu. Il se souvint aussi de ce qu'avait dit le commandant quelques instants plus tôt concernant la marche. Le centaure s'étonna du traitement particulier qu'on accordait aux deux prisonnières. Il s'inquiéta un moment du sort qui attendait peut-être la cyclope. S'ils ne parvenaient pas à convaincre le roi de l'importance de leur mission, toute l'équipe se verrait expulsée. Aleel, elle, risquait une condamnation pour trahison. Et dire qu'elle avait toujours été persuadée qu'ils seraient bien reçus parmi son peuple !

— J'espère qu'ils ne lui feront aucun mal, commenta Sénid. Elle ne mérite pas un châtiment.

— Elle nous a livrés à eux, rappelle-toi.

Sénid fit la moue.

— Elle y était peut-être forcée, suggéra-t-il.

Sénid cherchait surtout à trouver une justification au comportement de leur amie. Nolate devait admettre en lui-même qu'il partageait cette vision de la situation. Pourtant, Aleel était toujours restée discrète sur ce qui la concernait, depuis le départ de Capitalia. À la réflexion, elle avait même éludé les questions à propos de son passé. À croire qu'elle cachait un secret qu'elle ne voulait pas voir surgir au grand jour. Qui était donc vraiment Aleel ?

CHAPITRE SEIZE

Elbare fut légèrement déçu de l'aspect que présentait Œculus vu depuis l'Agnarut. Certes, les maisons de corail rose, blanc, ocre ou orange qui bordaient les rives du grand fleuve aux eaux scintillantes offraient un fort joli spectacle. Cependant, l'absence de relief de la région ne laissait voir que les premières rangées de bâtiments. Après quatre jours de voyage sur la barge des cyclopes, le versev appréciait le changement. Mais il s'était attendu à mieux.

La barge franchit un méandre du fleuve et le château royal se dévoila. Elbare en oublia sa déception. L'imposant édifice occupait une pointe qui s'avançait entre l'Agnarut et une rivière venue du nord. Chaque aile du château était faite d'un corail orangé, décoré d'incrustations de couleurs différentes selon l'angle du soleil. Au centre, deux tours s'élançaient vers le ciel, entourées de tourelles. Un mur d'enceinte complétait le tableau. L'ensemble dominait le site, sans pour autant écraser les autres bâtiments de sa présence.

— La demeure des Agnarut, souffla Redneb. Quelle merveille, n'est-ce pas ?

— Les Agnarut ? s'étonna Elbare.

— La famille royale, expliqua Redneb. Comme le fleuve dont ils ont pris le nom, et qui irrigue nos terres et nous nourrit, les Agnarut sont le cœur et le sang de notre peuple.

Le commandant cyclope se tut, le regard posé sur le château. Elbare regardait l'édifice royal d'un œil différent. Le château n'avait pas les dimensions du palais du Pentacle, à Capitalia. Elbare le trouvait toutefois bien plus beau. Alors que le palais de la déesse imposait l'idée de domination sur les environs et sur les peuples du Monde connu, celui-ci faisait plus l'effet d'un ami bienveillant, soucieux du bien-être de tous.

La barge tourna à gauche et emprunta la rivière qui se jetait à cet endroit dans l'Agnarut. Le courant les poussa doucement vers le mur d'enceinte. Les soldats cyclopéens guidèrent l'embarcation jusqu'à un quai, à l'extrémité d'une courte chaussée de pierres qui menait à une porte grillagée. Cet accès semblait conduire aux sous-sols du château. Les prisons, assurément.

Elbare ne fut pas mécontent de quitter la barge, même si c'était pour gagner l'obscurité d'un cachot. Le bateau cyclopéen, large et plat, ne se manœuvrait pas comme un drakkar. Alors que le fleuve coulait paisiblement vers la mer, sans les inconvénients des hautes vagues du large, la barge tanguait continuellement et cherchait sans cesse à se mettre en travers du courant. Le commandant Redneb avait expliqué que ces plates-formes flottantes servaient normalement au transport de marchandises ou de soldats, pas de passagers.

Les Vikings furent conduits dans un long corridor qui menait effectivement aux sous-sols du château. Elbare ignorait tout des prisons et il s'attendait à de sombres passages mal éclairés entre des murs de pierres grossièrement taillées. Borgar lui avait fourni cette description en se référant aux geôles du palais du Pentacle. L'ancien soldat n'avait pas mentionné dans quelles conditions il avait visité ces cellules. Le souvenir lui semblait pénible et le versev avait renoncé à demander une explication.

La prison du château des Agnarut ne correspondait en rien à cette description. Bien sûr, il s'agissait d'un centre de détention, les barreaux des fenêtres ne permettaient pas d'oublier cette réalité. La propreté des lieux rendait toutefois l'endroit moins sinistre. Les cyclopes comprenaient apparemment qu'un traitement digne réduisait les risques de récidives.

Les Vikings furent séparés en petits groupes et enfermés dans les cellules.

— Vous vous êtes comportés admirablement tout au long du voyage, commenta Redneb. Cette attitude sera prise en compte lorsque votre sort sera décidé. Vous ne resterez pas trop longtemps ici.

— Qu'en est-il de notre demande d'audience auprès du roi ? demanda Nolate. Il nous faut lui exposer les raisons de notre présence sur vos terres.

Le commandant cyclopéen sourit.

— Je vais lui en glisser un mot dès que possible, répondit-il. Prenez note que Sa Majesté a un royaume à gouverner. Il faudra prendre votre mal en patience, j'en ai bien peur.

Le commandant s'éloigna, laissant les prisonniers à eux-mêmes. Il prit cependant soin de s'entretenir un moment avec les gardiens, mais d'une voix trop basse pour qu'Elbare entende la conversation. Les geôliers argumentèrent un moment et finirent par hocher la tête en signe d'acquiescement. Redneb quitta la prison.

— Vous auriez peut-être dû lui révéler le but de notre mission, commenta Sénid. Il aurait informé le roi plus rapidement.

— À condition de nous croire, répondit Nolate. S'il a interrogé d'abord Aleel et Twilop, il y a fort à parier qu'elles lui auront expliqué les motifs de notre présence dans leur pays. Le commandant Redneb a certainement vu le morceau de Pentacle d'Hypérion. Je ne vois pas ce que j'aurais pu ajouter pour le convaincre.

Sénid resta silencieux un moment.

— J'espère qu'ils ne lui feront aucun mal, lança-t-il enfin. Aleel ne peut nous avoir dénoncés que dans l'espoir de nous faciliter les choses.

— Tu devrais plutôt t'inquiéter de notre sort, inter-vint l'un des Vikings prisonniers dans la même cellule qu'eux. Ils vont sans doute nous livrer à la marine du Pentacle. Lama ne s'est sûrement pas contentée d'ordon-ner le blocus du port d'Œculus-sur-Mer.

— Je crois qu'on le saura bien assez tôt, coupa Elbare.

Le commandant Redneb venait de redescendre à la prison. Le cyclope se dirigea sans hésiter vers la cellule du versev et de ses amis. Le gardien ouvrit la porte et Redneb pria Nolate, Sénid et Elbare de les suivre. Il demanda à un garde, Darnoc, de fermer la marche, afin de rappeler leur position aux prisonniers.

— Je ne sais pas s'il s'agit d'une chance pour vous, les informa-t-il, mais le roi va vous recevoir immédia-tement. Il a un invité qui souhaite vous rencontrer sans attendre.

Ils suivirent le commandant sans poser de questions. Elbare ignorait comment se sentaient le centaure et le Viking. Pour sa part, il gardait un optimisme raisonnable. Aleel avait souvent dit que le souverain des cyclopes comprendrait l'importance d'agir avant que Lama-Thiva ne transforme tous les êtres vivants du Monde connu en hermaphroïdes. Dans quelques minutes, ils sauraient si la confiance de la cyclope en leur souverain se justifiait.

Redneb les introduisit dans une salle d'audience. Elbare remarqua à peine l'étonnante sobriété des lieux. Il y avait une table et des sièges, sûrement assez confortables, mais peu d'ornements. Le roi se tenait debout à l'extrémité de la table, près d'un fauteuil un peu plus imposant que les autres. Le versev repéra surtout l'hôte du roi, un humain que Sénid et Nolate devaient aussi reconnaître. L'optimisme d'Elbare s'évanouit. Face à eux, les fixant avec un regard chargé de mépris, Somsoc, capitaine du galion du Pentacle *Félicité*, jubilait.

Sirrom VII avait décidé de livrer ses prisonniers à la marine du Pentacle, finalement.

Sénid remarqua le regard haineux que Somsoc jetait à Nolate. Le Viking se rappelait comment le centaure s'était joué de lui sur le *Piwanga* lors de l'affrontement. Somsoc les avait pourchassés, à la fois pour se venger de l'humiliation subie et par crainte des représailles de Lama-Thiva s'il échouait. Rien de surprenant à ce qu'il savourât sa victoire.

— Ce sont bien eux, clama-t-il. Du moins, trois d'entre eux. Il y avait aussi une cyclope dans le groupe de ravisseurs de la jeune femme albinos.

— Nous l'avons également trouvée.

— Il faut nous la livrer aussi ! Tous les quatre vont répondre de leur crime devant la déesse en personne. Quant à l'albinos, nous la confierons aux soins de nos médecins. Elle a certainement souffert de sa détention.

— Il va sans dire que les ravisseurs vous seront remis, affirma le roi. Je souhaite plus que tout satisfaire notre très estimée déesse.

Sénid s'étonnait de la servilité du roi face à son visiteur. Bien sûr il s'agissait d'un officier du Pentacle, représentant du pouvoir de Lama-Thiva. Sirrom VII paraissait pressé de lui plaire, au point de ne pas offrir aux prisonniers l'occasion de présenter une défense. Ce comportement ne correspondait pas à celui du dirigeant soucieux de justice et d'équité dont Aleel leur avait parlé. Comment Redneb pouvait-il lui vouer un tel respect ?

— Elle sera ravie de votre promptitude à la servir, commenta Somsoc.

Le capitaine fit un pas vers les prisonniers, mais le roi l'arrêta d'un geste de la main.

— Il faut toutefois respecter les traités qui lient notre royaume à la couronne du Pentacle, lança le souverain. Les affaires internes ont préséance sur une extradition.

— Que voulez-vous dire ? s'étonna l'officier du Pentacle. L'extradition immédiate fait partie des droits dont je dispose.

— Seulement en cas de sédition, compléta le roi. Pas pour un enlèvement. Je ne peux donc pas vous livrer la cyclope avant qu'elle ait répondu des délits commis envers son peuple.

Le capitaine semblait exaspéré.

— Vous vous opposez aux décisions de la déesse ? s'indigna-t-il.

— Je vous rappelle seulement la nécessité de respecter les règles édictées par notre bien-aimée souveraine, rétorqua le roi. Vous ne souhaitez certainement pas l'irriter en agissant contre ses propres engagements, n'est-ce pas ?

Sénid sourit de la déconvenue de l'officier du Pentacle.

— Soit, concéda-t-il. Je vais emmener ces trois-là et attendre un moment pour la cyclope.

— Malheureusement, lança Sirrom VII d'une voix calme, ils ont aussi commis des actes illégaux envers notre royaume. Ils devront eux aussi en répondre devant notre justice avant que nous n'envisagions leur extradition.

Cette fois, Somsoc fulminait. Sénid crut même un instant que le capitaine du *Félicité* irait jusqu'à s'en prendre physiquement au roi. Un geste qui aurait été vraiment mal avisé de sa part. Le Viking constata que le commandant Redneb et le garde Darnoc se tenaient prêts à intervenir. Ils défendraient leur souverain, peu importaient les conséquences pour eux. Les deux cyclopes ne pouvaient ignorer ce qui les attendait s'ils portaient la main sur un représentant de la déesse.

— Vous le regretterez ! clama finalement Somsoc. J'en réfère sur-le-champ à la déesse.

Il tourna le dos au souverain et marcha d'un pas sonore vers la sortie. L'officier du Pentacle quitta la pièce sans aucune forme de salutations. Sirrom VII ne s'en formalisa pas, mais Sénid remarqua l'indignation de Redneb et de Darnoc. Le roi se tourna enfin vers les prisonniers et marcha jusqu'à eux.

— Notre ami le capitaine Somsoc semble très désireux de vous emmener en croisière jusqu'à Capitalia, commenta le roi. Je vous ai évité ce sort provisoirement, mais, en définitive, je n'aurai d'autres choix que d'acquiescer à sa requête.

Il les regarda un moment avant de reprendre :

— Il attendra donc l'issue du procès que vous subirez pour votre intrusion en pays cyclope. Pour l'équipage de votre navire, la sanction se limitera sans doute à une amende et à une interdiction de séjour d'une durée de quelques années. Votre cas, cependant, s'avère plus compliqué.

Nolate risqua une intervention.

— Je vous assure, Majesté, que nous agissons pour le bien de tous les peuples du Monde connu. Une menace effroyable pèse sur chacun de nous et nous devons la combattre.

— Il vous faut pour cela rester libres, conclut le roi. Ce qui justifie que, pendant votre transfert vers le tribunal, vous réussissiez une évasion particulièrement habile.

Sénid regarda Elbare et Nolate. Il lut la même perplexité dans leur regard que celle qu'il éprouvait.

— Voilà une offre généreuse, commenta le centaure. Si je puis me permettre, Majesté, pourquoi souhaitez-vous nous aider ?

— Il est vrai que je devrais vous livrer à Somsoc, dit le roi en souriant. Je pourrais espérer quelque privilège en retour. Toutefois, ma fille a plaidé votre cause et j'ai cédé à sa demande de vous venir en aide.

— Votre fille ? s'étonna Sénid, prenant la parole pour la première fois. Pourquoi prendrait-elle fait et cause pour nous ?

— Je vous suggère de le lui demander... Tu peux venir, ma chérie.

Une porte dérobée dans le mur du fond de la salle d'audience s'ouvrit. La princesse fit son entrée, vêtue d'une robe bourgogne qui soulignait son élégance. Elle s'avança jusqu'à son père d'une démarche qui trahissait une grande nervosité. Sénid en comprit instantanément la raison. Il comprenait en fait beaucoup de choses, sans savoir ce qu'elles signifiaient pour la suite de leur mission. Comme hypnotisé, il ne pouvait détacher son regard de la princesse.

À n'en pas douter, cela rendait Aleel plus nerveuse encore.

★★★

Aleel avait quitté l'île Majeure pour échapper aux obligations que lui imposait son rang, afin de vivre comme une simple citoyenne. Mais, à Raglafart d'abord, puis à Capitalia, elle avait dû demeurer presque recluse, dans la crainte que des compatriotes la reconnaissent. Ce n'était qu'au contact de ses compagnons de mission qu'elle avait découvert et apprécié ce que représentait le fait d'être traitée comme une personne ordinaire. Elbare, Nolate, Sénid et Twilop étaient devenus des amis fidèles. Ils lui avaient accordé toute leur confiance et, en retour, elle leur avait caché son identité. Elle leur avait menti.

— J'espère que vous ne m'en voudrez pas pour cette petite comédie, expliqua son père. Je voulais avant tout éviter que Somsoc rencontre Aleel. Les serviteurs n'auraient pas manqué de la saluer et notre bon capitaine aurait su que vous aviez voyagé avec ma fille.

— Il aurait tout de suite compris que vous n'aviez aucunement l'intention de nous livrer à lui, commenta Nolate.

— En effet, messire centaure. Il me fallait gagner du temps pour vous sauver tous les cinq. Comme vous vous en doutez, Aleel m'a tout raconté concernant votre mission et les intentions de la déesse. Elle m'a présenté votre amie Twilop, ce qui a achevé de me convaincre. Il va de soi que mes troupes combattront aux côtés des vôtres pour arrêter la magicienne.

— Je vous remercie, Majesté. Puisque nous parlons de Twilop, où se trouve-t-elle ?

Aleel intervint pour la première fois.

— Elle tient compagnie à nos archivistes, expliqua-t-elle. Elle est en admiration devant le second morceau de Pentacle.

— Il va de soi également que je vous remets ce morceau, déclara le roi. Il faudra aussi tenir une réunion pour discuter des termes de notre alliance. Je suppose que ce sera vous, messire Sénid, le porte-parole de votre peuple ?

— En effet, sire, répondit le Viking.

— Je vais donc vous laisser pour organiser cette rencontre. Le lieutenant Darnoc va vous reconduire à votre cellule. Je suis certain que vous comprenez que nous devons continuer cette comédie, afin de leurrer le capitaine Somsoc.

— J'en conviens, approuva Nolate.

— S'il vous faut quoi que ce soit, prévenez le lieutenant Darnoc ou le commandant Redneb. Eux seuls sont dans le secret.

— Je crois que je dois leur parler d'abord, père.

Le roi fixa un moment sa fille dans l'œil.

— Cela va de soi, fit-il. Darnoc et Redneb attendront dans le hall.

Aleel regarda les trois cyclopes quitter la pièce, ce qui la laissa seule devant ses amis. Elle garda le silence un long moment, soudain incapable de trouver les mots qui convenaient. Elle avait pourtant cru qu'il serait plus facile de leur parler, puisqu'elle avait tout expliqué à Twilop pendant la descente de l'Agnarut. L'hermaphroïde avait accepté ses explications, mais, contrairement aux autres, elle n'avait pas voyagé en tant que prisonnière.

— Avez-vous été bien traités ?

Question inutile, Aleel le réalisa aussitôt. Dès son arrivée au camp d'entraînement, elle s'était assurée d'être reconnue et avait demandé à parler au commandant du camp. Elle se rappelait encore son soulagement en rencontrant Redneb, un officier de la garde personnelle de son père qu'elle connaissait depuis son enfance. Elle lui avait parlé des Vikings et de la mission et avait fait escorter ses amis jusqu'à Œculus. Lorsque Redneb lui avait parlé de la présence de Somsoc dans la capitale, elle avait compris la nécessité de changer ses plans.

— Nous avons été mieux traités que nous ne l'avions redouté, répondit Nolate.

Sénid, lui, ne disait toujours rien. Ni Elbare. Aleel ne parvenait pas à déchiffrer les émotions sur le visage du versev. Elle voyait en revanche à quel point le Viking était perturbé. Ses amis comprendraient sûrement pourquoi ils avaient voyagé jusqu'à Œculus en tant que prisonniers, mais plus difficilement ce qui avait poussé Aleel à leur cacher son identité depuis le début de la mission.

— Je suis navrée pour votre incarcération, fit-elle. Je vous assure que telles n'étaient pas mes intentions quand je suis allée au camp d'entraînement. Je voulais tout vous raconter à ce moment-là. Redneb m'en a dissuadé. Il avait ordre de me cacher aux troupes du Pentacle et de me conduire ici en sécurité aussi vite que possible.

— Ça, je peux le comprendre, lança Sénid. Seulement, nous voyageons ensemble depuis des mois. Les occasions de tout nous avouer ne t'ont pas manqué...

— Je sais, j'aurais dû vous révéler mon identité il y a bien longtemps. Essayez de me comprendre. Ici, tout le monde me traite avec déférence, en raison de mon titre. Je ne voulais pas que vous me mettiez à l'écart pour me surprotéger ni que vous soyez mal à l'aise devant moi. Je voulais que vous me traitiez comme une personne ordinaire, je tenais à ça plus qu'à tout.

Elle se tut un instant, cherchant ses mots.

— Au début, je craignais que vous ne me considériez différemment si vous appreniez mon ascendance royale. Le temps a passé et j'ai apprécié votre présence, votre amitié. J'ai alors craint que vous ne m'en vouliez de vous avoir caché mon identité.

— Tu as donc attendu encore et encore et repoussé à chaque fois l'inévitable, conclut Nolate. Jusqu'à ce qu'il soit trop tard.

Aleel se tordit nerveusement les mains.

— Jamais je n'ai voulu vous tromper, je le jure ! conclut-elle. Je ne peux qu'espérer que vous finissiez un jour par me pardonner mon silence.

Elle ne trouva rien de plus à dire. Ses trois amis la regardaient sans que l'un d'eux se décide à reprendre la parole. Ce silence lui causait le plus grand désarroi. Elle aurait préféré les reproches à leur mutisme. Qu'ils lui manifestent leur déception ou lui expriment leur colère, tout plutôt que ce silence qui s'étirait en longueur.

— Je ne peux parler que pour moi, dit finalement Sénid. Je comprends tes motivations et, même si tu as commis une erreur en te taisant aussi longtemps, je n'oublie pas que je te dois la vie. J'imagine toutefois que tu réalises que tes révélations vont changer les relations dans notre équipe à l'avenir.

— Je suis d'accord, lança Elbare. Tu es toujours des nôtres.

Aleel fut désolée de devoir leur asséner une autre confidence.

— J'aimerais vraiment que ce soit le cas, répondit-elle. Cependant, voyez-vous, je suis l'unique héritière du royaume et je suis appelée à régner lorsque mon père se retirera. Et cette mission est très dangereuse.

— Tu ne veux pas dire que... commença Nolate.

— J'ignore si je serai autorisée à repartir avec vous, acheva Aleel.

✷✷✷

Ils étaient huit dans la salle d'audience à écouter Nolate raconter comment Lama-Thiva comptait transformer le Monde connu. En plus de ses quatre compagnons de mission, il y avait le roi Sirrom VII et Redneb, chef de sa garde personnelle, qui connaissaient déjà l'histoire. Le roi avait convoqué le grand vizir Naginnarb et le général Grebdioz afin de les inclure dans la confidence. Le centaure avait lu leur scepticisme sur leur visage pendant son récit et il se doutait que, sans la confirmation du roi, ils n'auraient pas cru le moindre mot de cette histoire.

À présent, ils manifestaient leur indignation.

— Que peut-on faire ? s'inquiéta le grand vizir. Il ne servirait à rien, j'imagine, de lui envoyer une protestation officielle.

— Vous savez très bien qu'elle n'en tiendra aucun compte, intervint le roi. Non, nous n'avons qu'une alternative : la disparition ou la résistance. Je crois que personne n'acceptera la première option.

— La deuxième ne nous offre aucun espoir non plus, rétorqua le général. Contre la magie, il n'existe aucune défense. Il lui suffira de lancer ses incantations depuis son palais.

— Il lui faudra bien quelques années pour mettre son plan à exécution, commenta Redneb. Peut-être aurons-nous le temps d'agir pendant ce délai.

— Voilà pourquoi nous avons navigué jusqu'à vous, reprit Nolate.

Il répéta les raisons de leur présence en pays cyclope pour le grand vizir et le général, absents lorsqu'ils avaient rencontré le roi la première fois. Nolate leur apprit ce qu'ils comptaient faire pour contrecarrer le plan dément de Lama-Thiva. Lorsqu'il parla de coalition et de révolution, ils frôlèrent l'apoplexie.

— Ne dites pas de sottises ! s'exclama le grand vizir. La déesse sera à même de recruter de nouveaux fidèles aussi longtemps qu'elle vivra. Et vous savez tout aussi bien que moi qu'elle est immortelle.

— Elle gagnera le temps qu'il lui faut et nous transformera tous à l'heure de son choix, renchérit le général.

— Nous connaissons un moyen de l'éliminer.

Tous se turent devant l'intervention d'Aleel. Nolate lui fut reconnaissant de son appui, car les cyclopes écoutèrent religieusement leur princesse. Ils pouvaient se méfier de lui, de Sénid, d'Elbare ou de Twilop, mais pas de celle qui deviendrait un jour leur souveraine. Aleel expliqua ce qu'ils avaient découvert concernant les pouvoirs du Pentacle et Twilop leur montra les deux morceaux qu'elle détenait. L'idée que la réunion des cinq morceaux d'un si petit objet puisse tuer une personne dotée de tant de pouvoirs restait tout de même troublante.

Le roi reprit la parole.

— Comme vous le constatez, dit-il, il est possible de l'éliminer. Pour cela, nos amis venus d'outre-mer doivent poursuivre leur quête et récupérer les cinq morceaux du Pentacle. Pourtant, cela ne suffira pas. L'élimination de la déesse ne fera pas disparaître ses troupes.

— Une coalition militaire aurait de meilleures chances d'y parvenir, compléta le général. Elle détournerait également l'attention de la déesse de nos visiteurs.

Grebdioz saisissait à présent l'ensemble du plan visant à empêcher Lama de mettre en œuvre son projet démentiel. Le grand vizir paraissait aussi reprendre espoir. Une coalition des Vikings et des cyclopes serait insuffisante pour tenir tête aux troupes du Pentacle. En qualité de maître d'armes à l'Académie, le centaure connaissait la puissance d'une armée bien entraînée. Or, avec huit siècles de paix, les armées des autres peuples n'avaient aucune expérience des conflits, ce dont tous semblaient conscients dans la salle.

— Nous allons donc poursuivre notre mission vers le Sud, commenta Nolate. Je me fais fort de décider les miens à joindre notre alliance. Nos trois peuples réunis pourront former une armée aux compétences variées.

— Pour ma part, je compte convaincre les miens de servir d'agents de renseignements, intervint Elbare. Nos dons de camouflage feront de nous d'excellents espions.

Ces deux interventions ramenèrent un certain calme autour de la table. Nolate et Elbare venaient de rappeler que leurs peuples respectifs n'avaient pas encore entendu parler du projet de Lama ni de la possibilité de l'arrêter en recomposant le Pentacle. Le centaure était sûr de persuader les siens. Dès lors, ils pouvaient vaincre, même sans l'apport des versevs. En revanche, la coordination de tant d'armées différentes restait un problème. Ils convinrent donc d'un délai avant de lancer l'assaut.

— Je propose que nous utilisions le temps que prendront notre ami centaure et son équipe pour retrouver les autres morceaux, suggéra Grebdioz. Le moment venu, des messagers pourront nous prévenir, de sorte que nous portions une attaque massive dès le début.

— La passe Trizone ferait un point de ralliement convenable, suggéra Nolate. Laissez-y des messagers afin qu'ils vous relaient la nouvelle.

Il s'abstint de parler de la pire des éventualités, l'échec de leur mission. S'ils n'arrivaient pas à causer la mort de Lama, les hostilités qu'ils se préparaient à déclencher se prolongeraient jusqu'à ce que la déesse soit prête à changer le monde à sa convenance. Plus encore, la guerre la persuaderait du bien-fondé de sa décision.

— Nous sommes donc d'accord, conclut Sirrom VII. Le moment venu, les drakkars vikings et nos vaisseaux de transport traverseront la mer pour mener nos troupes au combat contre l'armée du Pentacle. Cette alliance, bien sûr, doit rester secrète aussi longtemps que possible. Lama va sûrement découvrir que nous tramons quelque chose, mais laissons-la s'interroger sur les actions que nous envisageons contre elle.

— L'avenir du Monde connu repose désormais entre nos mains, conclut Nolate. Sachons nous montrer dignes de la tâche qui nous incombe.

Ils se levèrent, prêts à se mettre au travail. Le général Grebdioz parla de troupes à entraîner, alors que le grand vizir comptait préparer le pays à l'effort de guerre imminent. Le commandant Redneb annonça qu'il organiserait le transfert des prisonniers vers les prisons civiles du tribunal et se désola de l'évasion qui entacherait la réputation de ses troupes. Aleel suivit son père et Nolate la regarda partir en se demandant à quoi ressemblerait leur groupe sans elle. Leur mission devait se poursuivre, évidemment, mais elle leur manquerait, à n'en pas douter.

Tandis que le lieutenant Darnoc les reconduisait aux cellules, le centaure pensa au prochain voyage. Dans quelques jours, ils seraient de retour sur le *Piwanga* et feraient de nouveau voile, cette fois vers les territoires du Sud et le pays des centaures. Nolate songea avec nostalgie à sa contrée, qu'il n'avait pas vue depuis un an. Il se languissait d'elle.

Les circonstances de son retour ne pouvaient ternir complètement sa joie de rentrer enfin.

TABLE DES MATIÈRES